新潮文庫

待ち伏せ街道

蓬萊屋帳外控

志水辰夫著

新潮社版

9939

目次

待ち伏せ街道

蓬莱《ほうらい》屋《や》帳外《ちょうがい》控《ひかえ》

なまくら道中

I

勝五郎《かつごろう》が火鉢の中をのぞきこんでいる。と思ったのはまちがいだった。うつむいたまま、居眠りをしていたのだ。このごろときどき見かける。

「親方」

「おう、鶴吉《つるきち》か。どうだい、親父《おやじ》さんの具合は」

びくっとして目覚めると、照れ隠しみたいな顔になって言った。こういう恰好《かっこう》はいままで見せたことがなかった。

「はい、ありがとうございます。年が年ですから、元通りというわけにはいきませんが、このごろは仕事もできるようになりまして……」

父親の惣七《そうしち》はこの春、もらい火で焼け出されて逃げる途中、転んで命に係わる大怪《おおけ》我《が》をした。

それから半年。なんとかふつうの暮らしができるところまで回復したものの、歩くほうは、いまでも杖《つえ》をついてやっというありさまだ。

先月ようやく、桶《おけ》づくりの仕事をはじめた。ただし場所は、自分の生まれ育った深川ではなく、下谷《したや》になった。

鶴吉の姉のぶが、自分の目が届くところへ、父親を住まわせようとしたからである。のぶの亭主朝吉《あさきち》は、一介の大工から身を起こし、いまでは家に若いものを五人も置く棟梁《とうりょう》になっていた。

裏の空き地に家を建てるくらいはお手のもの。そこまでお膳立《ぜんだ》てされたら、人の助けなしでは暮らせなくなっていた惣七も、いやとは言えなかった。渋々越してきて、いまでは下谷の住人になっているのだ。

口ではなんにも言わないが、仕事がはじめられて仕合わせそうだった。たったいま、鶴吉はそれを見届けてきたところである。

「それじゃあ、おめえ、仕事に出られるのか」

「へえ、いつでもようございます」

「明日の朝七つ立ちと、少々早いぞ。行き先は信州善光寺だ」

と勝五郎が言い出したとき、格子戸《こうしど》が開いて表店《おもてだな》の忠三郎《ちゅうざぶろう》が入ってきた。

「遅くなってあいすみません。丹波屋の隠居が立ち寄ってくださったものですから、そのお相手をしておりまして」

それで忠三郎も呼ばれたらしいことがわかった。丹波屋というのは、築地《つきじ》にある得意先の薬種問屋の名だ。

鶴吉は坐《すわ》り直して膝《ひざ》を合わせた。忠三郎もかつての主人。ふたりそろうと、固くならざるを得ないのだ。

「おう、忙しいのに呼び立ててすまんな。急な話が舞い込んできて、信州の善光寺まで荷を運ばなきゃならなくなった。出立《しゅったつ》は明日の七つ。荷はふたつあって、鶴吉ひとりじゃ持てねえ。どうしてもひとり、荷物持ちがいる。それでひとり、そっちから借りたいと思ったんだ」

なるほど、そういうことだったのか。このごろ荷を運ぶ仕事が増えてきたことはたしか。鶴吉も今年は白河まで、蚕《かいこ》の種を運んで行ったことがある。

「こういうとき、次郎吉《じろきち》がいてくれると助かるんだけどな。あいにく、しばらくだめということで、当分間に合いそうもない。それで、だれを借りようかと、さっきから考えていたんだ。ほんとは金造《きんぞう》あたりがいちばんいいんだけど、金造を連れて行かれたら、そっちが差し支えるだろう。そこで思いついたんだが、長八《ちょうはち》はどうだい？」

「はあ、長八ですか」

おどろいたか、忠三郎の声がうわずった。鶴吉もびっくりした。まさかここで、長八の名が出てこようとは思わなかったのだ。

蓬萊屋《ほうらい》の生え抜きだった半助《はんすけ》が不治の病にかかり、死期を悟って郷里の陸奥《むつ》へ帰ったのは、去年春のことだった。

半助は自分の病気を、勝五郎に最後まで隠していた。あとから知った勝五郎は、歯がみして悔しがった。

これまでのことを考えたら、万金を費やしてでも治療させてやるべきだった。せめて最期《さいご》くらい、看取《みと》ってやらなきゃ気がおさまらねえと、わざわざそのあとを追って行った。

鶴吉も志願して同行した。

そのとき病んだ半助につき従い、龍田村《たつたむら》までついて行ったのが、同じ長屋に住んでいた長八だった。

半助の男らしさ、いさおしさにひかれ、相馬《そうま》まで荷物持ちとして同行したあと、陸奥までついて行ったのだ。

半助はそのとき、よほど具合がわるかったらしく、道中をはじめてすぐ、歩くことさえままならなくなった。

長八は半助を、那須《なす》の近くにある母親の住まいまで連れて行った。

長八の母親くめは、息子の恩人だというので、必死になって看病をしてくれた。飼っていた鶏をつぶし、一日がかりで精のつく力汁《ちからじる》をつくって、半助に飲ませてくれたくらいだ。

勝五郎はそのときの、くめがしてくれた恩を忘れなかった。江戸に帰ったのち、半端《はん》《ぱ》もので使い道のなかった長八を、忠三郎のところに引き取ってもらったのである。

鍛え直して一人前にしてやろうとしたのだが、はじめのうちは人前でのしゃべり方ひとつできなかった。それで、小僧と同じ扱いからの出立となった。

それから一年。

長八が手代に引き立てられた、という話はいまもって耳に入ってこない。

いまの話を聞いたときの忠三郎のおどろき方が、なによりもその返答になっていた。

「その荷というのは、大事な荷なんでしょうな」

「仏像だそうだ。本体と台座。秘仏なので、送り出すところを、人に見られたくない。それで七つ立ちにしたいと」

「長八にそんな大事をまかせて、大丈夫でしょうかね」

「なんだよ。まるで使いものにならねえような言い方じゃないか」

「言いつけられたことはやるんです。けどだれか、目を光らせてなきゃいけません。そこへもってきて一言も、二言も多い。言わずもがなのことを言います。自分の手間暇はいくらでも惜しみます。人前に出せないから、いまだに小僧をやらせてます」

「おいおい。それほど持てあまされていたとは知らなんだ。性根を入れ替えて、真面《まじ》目《め》に働いてるものだとばかり思ってた」

「本人はそのつもりだと思います。ところが、持って生まれた性分というやつですか。手や躰《からだ》より先に口が出る。身のほど知らずで生意気、金造あたりにはしょっちゅう殴られてます。それでも改まらない。そういうことでは見上げた根性かもしれません」

「へえ、あきれたね。それほど強情もんとは思わなかった。しかしそういう台詞《せりふ》なら、まえにも聞いたことがあるように思うけどなあ」

勝五郎はため息をつきながら言い、それから鶴吉に目を移すと、しげしげと見つめてきた。

「なんですか、親方。まるでひところのおれそっくりだ、と言いたいみたいですけど」

「ああ、そうか。そういえばまえにも、似たようなやつがいたと思ってました。ここにいたんだ」

忠三郎までが横から、真顔になって相づちを打った。まじめ一方の堅物《かたぶつ》だが、ときにはすっとぼけて、こういう芸当もやってのける。

「ええ、ええ、どうせ、そうですよ。あっしはみなさんのつまはじきもんでした。迷惑ばかりかけて、匙《さじ》を投げられてました。それがこうして、一人前の顔ができるようになったのも、もとはといえば半助兄貴のおかげ。兄貴が取り持つ縁かもしれません。わかりました。その長八を、あっしが預かろうじゃありませんか。なまくらは、なまくらが、いちばんよくわかるもんです。あいつを鍛え直します」

ふたりを前にすると、鶴吉に勝ち味はない。大むくれになって、見得《みえ》を切った。

「だとよ」

勝五郎が真面目くさった顔をして、忠三郎にうなずきかけた。

「今日の、明日のという話だから、これ以上人探しをしてる間はねえんだ。おめえが引き受けてくれるんだな」

「いいですよ。こうなったら意地でも長八を鍛え直してみせます。あとになって、あの男は端《はな》からおれが見込んでいたんだ、なんて言わないでくださいよ。あいつが一人前になれたとしたら、それはあっしのお陰なんですからね」

話が決まり、忠三郎が承諾して店に帰ると、入れ替わりに長八がやって来た。

ここへ顔を出したのは、いちばんはじめ、忠三郎に連れられて挨拶《あいさつ》しに来たとき以来。以後は使い走りにも出してもらえなかったということだ。

とはいえ長八を見ると、そんなことなど頭の端にもおぼえていそうにない。

「どうも」

にやにや笑いながら入って来た。締まりのない顔に、馴《な》れ馴《な》れしさだけを浮かべている。

相変わらず、大まかで、とらえどころのない顔だ。眉《まゆ》とか、目とか、鼻とか、ひとつひとつを見てみると、それなりに線が太く、輪郭だってわるくない。その位置取りがよくなかった。それぞればらばらで、すべてが納まってみると、まるっきり釣り合いに欠けているのだ。

おまけに口許《くちもと》がだらしない。鮪《まぐろ》の赤身みたいな唇が、開きっぱなし。見方によっては人を小馬鹿《こばか》にしたような、あざ笑っているような顔に見えなくもないのだ。

一年まえに比べると、ずいぶん身ぎれいにはなっていた。渋茶の木綿地に縦縞《たてじま》、絵に描いたような奉公人のお仕着せだが、躰が大きいからそれなりに見られる。

その着物でさえ、この男が着ると、たちまちくずれてしまう。きりっとしたところが、どこにもないのである。

「大親方。それから鶴吉兄ぃ。お久しぶりでございます。このたびは大事な仕事におれを使ってくださるそうで、まことにありがとうございます。一生懸命つとめさせていただきますから、どうか存分にお引き回しのほど、お願いいたします」

と一応殊勝な口をきき、畳に手をついて、きちんと挨拶してみせた。それだけでもずいぶんましになったというべきだろうが、にやつきのほうは消えていない。心のこもった挨拶に見えないのである。

「まだそうと決めたわけじゃねえ。そいつをどうするかは、すべておめえの返答次第だ」

「えっ？　なんだ。おれを使うということで、お呼びになったんじゃないんですか」

「だからそれが、一言多いというんだ。おめえは奉公人のなかでも、下の下の小僧並という格なんだ。その下はねえ。周りはすべて、おめえより上という人間なんだ。そういう分際で、そう先から先へと、したり顔で、生意気な口をきくんじゃねえ。おめえの考えを聞かれたとき、はじめて答えりゃいいんだ。いいか。わかったら、はいと言え」

「はい」

「今回おまえに声をかけたのは、なにもおまえを引き立ててやろうとしたからじゃねえ。人手が足りなくて、急なことだから、ほかを探している間がないんだ。こうなったら、忠三郎のところからだれか借りるほかない。と頼んだら、ほかのものだったら店の商売に差し支えますが、ひとりどうでもかまわんやつがおりますと、そこではじめておめえの名が出てきた。よっぽど持てあまされてるみたいだな」

「さよですか。自分では一生懸命やってるつもりですが、どういうわけか、お店《たな》の仕事というのは、おれの性に合わないところがあるみたいで、なんかこう、すごくかったるいんです」

「ばかやろう。それがいけねえんじゃねえか。仕事に、かったるいもくそもあるか。今回欲しいのは、ただの荷物持ちなんだ。その口はいらねえ。鶴吉の言う通り、黙って荷を運んでくれる牛代わりの人足だよ。できると、ここで誓えるか」

「はい」

「よし。荷はふたつあるから、ふたりでひとつずつ、背負って運ぶことになる。おまえが重いほうを背負え。行き先は信州の善光寺。旅立ってから江戸へもどってくるまで、すべて鶴吉に従え」

「はい」

「おめえが一人前に使えるかどうか、この仕事で試されると思いな。だめということになったら、以後二度と声はかけねえ」

勝五郎が引導を渡すと、つぎは鶴吉の出番だ。

「このまま旅立てるか」

「いえ。とにかく話を聞いてこい、と言われて来ただけですが」

「するとまた店に帰るんだな。わかった。明日は八つ半に、先方へうかがわなきゃならん。それでおれは今夜、下谷にいる親のところで泊めてもらう。行き先が、下谷の近くなんだ。だからかまわなかったら、おまえも来い。仕事場を空けてもらって、そこで寝ることになるが、二刻《ふたとき》ぐらいの仮寝だから、我慢しろ」

「へっ、下谷ですか。下谷ならおらっちの地元みたいなもんでさ。目をつぶっても歩けます」

というから、家のある場所と、桶惣《おけそう》という屋号を教えた。

「遅くなってもまずいから、少なくとも五つには来いよ」

「わかりました。それで、なにを運ぶんです」

そこでまた、勝五郎の雷が落ちた。

「それが余計な質問なんだ。客がこれをどこそこへ運んでくれと言ったら、はい、かしこまりました、といって引き受けるのがおれたちの商売。荷の中味によって、仕事を選べる身分じゃねえ。おめえは牛みたいに、荷を背負って鶴吉の後から、黙ってついて行きゃいいんだ」

「はい。わかりました。でも、ひとつだけ、すごく気になることがあるんで、教えてください。その荷物、重いんですか」

「五、六貫ぐらいだと聞いてるけどな。木箱に納めて、背負い紐《ひも》がつけられてるそうだ。ほんとは背負子《しょいこ》で背負ったほうが楽なんだろうけど、大事な荷ということで、箱にわざわざ紐を取りつけたらしい」

「へえ、五、六貫ですか」

長八は喉《のど》が裏返ったような声を上げた。

「それほど軽いもんじゃないんですね。困ったな。おれ、重いものを担《かつ》ぐのは苦手なんで……」

いかにも自信なさそうに、声が小さくなった。

鶴吉と勝五郎は、あっけにとられて顔を見合わせた。それから人並み以上はある長八の躰を、あらためてまじまじと見つめた。

2

仕事場の隅にふたり分の寝床をつくってもらい、さっきから待ち受けているのだが、その長八がいっこうに現れなかった。

五つはとうに過ぎた。あんな生ぬるい言い方をするべきではなかった。五つまでに必ず来い、と厳命しておくべきだったのだ。

障子の向こうでは、父親が眠っていた。さっきまで軽いいびきをたてていたが、その音がしなくなったところを見ると、熟睡したのだろう。

今夜は早めにやってきて、ふたりで一緒にめしを食った。鯖《さば》の煮つけをのぶが持ってきてくれ、鶴吉は浅蜊《あさり》の汁をつくり、めしを炊《た》いた。

「ちょっと薄いな」

というのが、味噌《みそ》汁《しる》に対する父親のことば。ほかは一切なし。ほめたり、いたわったりすることばなど、一度もかけたことがない親子だった。

四つの鐘が鳴りはじめた。

だんだん腹が立ってきた。いまごろは白河夜船《しらかわよふね》で、高いびきをかいてないといけない時分なのだ。

「ああ、ここだ、ここだ」

いきなり、間延びした声が聞こえた。つづけて、どんどんどんと戸が叩《たた》かれた。

やっとご到着になったようだ。鶴吉は手燭《てしょく》を掲げて出て行った。

新月を過ぎたばかりだから、外は真っ暗である。その闇《やみ》のなかから、なまっちろい顔がぬっとのぞいた。

「どうも。遅くなって、すみません」

時分もわきまえない大声で言った。しかも顔をつきあわせた途端、ぷんと臭《にお》った。

「おめえ、酒を食らっていたのか」

「いえ、その、飲んだって、わけじゃ、ねえんで。ちょっと、長屋へ顔を出したもんですから、みんなからお祝いだと、無理強いされて。断るのもなんだから、ほんの一杯、口をつけただけです」

鶴吉の険しい顔を見て、長八はあわてて言った。懸命に、かぶりを振ってみせる。

たしかに酔ってはいないようだが、これから仕事に出かけるという、引き締まった面《つら》もしていなかった。鼻唄《はなうた》のひとつもうなりながら、のんびりやって来た顔だ。

「長屋って、芋坂《いもざか》にあった、あの長屋へ寄ってたのか。いったい、元岩井町《もといわいちょう》をいつ出たんだ」

「へえ。親方と、仲間に見送られて、暮れ六つまえに出ました。まっすぐここへ来るつもりだったんですけど、めしも食わなきゃならなかったし、どのみち通りすがりだから、ちょっと寄って、挨拶ぐらいしておこうと思いまして。長屋を出てから、いっぺんも顔を出してなかったんです。それがおかげさまで、こうやって一人前のご用をいただき、旅に出してもらえるようになったから、みなによろこんでもらいたかったんです。善光寺まで行くんだって、うらやましがらせてやりました」

「じゃあなにか。行き先まで、ぺらぺらしゃべっちまったのか」

「いえ、なに、善光寺と、じかに言ったんじゃなくて、善光寺のほう、っていう風に……。帰りに、お参りぐらい、してこられるだろうってんで、餞別《せんべつ》のほか、何人かから、お札をもらって来てくれと、頼まれました」

またしどろもどろになった。鶴吉を見て、これはまずかったかもしれないと、はじめて気がついた顔だ。

こいつは使いものにならない。鶴吉は本気でそう思った。餞別ほしさもあっただろうが、一方では得意になって、今回の仕事の吹聴《ふいちょう》をしたのだ。

「もういい。これ以上無駄話をしてる間はねえ。そこが寝床だ。明日は早えんだ。すぐ寝るぞ」

怒りを抑えながら言い、前の床を指さした。父親の惣七が毎日ここで、桶をつくっている板敷きの床だ。

そこをざっと片づけ、布団《ふとん》を二組持ち込んで、敷いてもらった。鶴吉も今夜はここで寝る。ほかに部屋はないからだ。

「兄ぃの親父《おやじ》さんへ、挨拶代わりにと思って、雷おこしを買ってきたんですけど」

「親父ならとっくに寝ちまったよ。そこまで気が回るんだったら、もっと早く来い、このばか野郎」

つっけんどんに言って、先に布団へ入った。長八は草鞋《わらじ》を脱ぎはじめた。手甲脚絆《てっこうきゃはん》まではつけていなかったが、一応の旅支度はしている。

だが草鞋ひとつ脱ぐのに、いやになるほど手間がかかった。ぐずとは言えないまでも、要領がいいほうではけっしてない。動きが鈍いのだ。鶴吉みたいな敏捷《びんしょう》な男には、いちばん苛立《いらだ》たしい人間だった。

「消すぞ」

声を抑えて言うと、先に火を消した。長八はまだ、ごそごそやっていた。

「なにをやってるんだ」

「へえ。提灯《ちょうちん》を借りてきたんで、そいつを出しとかなきゃと思いまして」

「そんなことは、向こうへ着いてからでいい。先方までは提灯なしで行ける」

「へ、さよですか。近ぇんですね」

「上野だ。だから今夜は、ここで泊まることにしたんだ」

「なんだ、上野ですか。上野なら、今夜通り抜けてきたばっかりでさ。長屋へ行くとき、お山の下をぐるっと回るより、真《ま》っ直《す》ぐ突っ切ったほうがだいぶ近ぇんです」

やっと横になった。

「それで、上野の、どの辺りですか」

「芳蔵院という寺だ」

「ほ、芳蔵院ですって！　芳蔵院ならよく知ってます。というより、いつも通り抜けてたとこなんです。今夜もなかを通り抜けて、長屋へ行ったとこでして」

「なんだと。芳蔵院のなかへ入ったのか」

思わず頭が持ち上がった。

「はい。今夜なんかあったみたいで、だいぶ人が集まってました。表の門が開いてたんです。いつもは、六つに閉まるんですけどね。今夜はご信徒が大勢集まって、お経を唱えてました。本堂の前で、かがり火まで焚《た》かれてたんです。それだけ人が多かったから、おれが紛れこんでも、目立たなかったということですが。いつも表門から入って、裏の木戸へ抜けるだけです。これまで咎《とが》められたことはありません」

「寺に顔見知りでもいるのか」

「いやぁ、全然。顔を知ってる坊主《ぼうず》なら、何人かおります。おれのほうが知ってる、というだけですけどね。夜、ときどき寺を抜け出して、酒を買いに行く坊主がいるんです。なかには夜遊びに出かけて、明け方帰ってくる坊主だっております。そのとき出入りしてるのが、裏の木戸というわけで。夜は一応閂《かんぬき》がかけられるんですけど。細ぇ木を下の隙間《すきま》から差し入れて、ちょこちょこっとやると、外せるんです。たままそいつを見かけて、知っちゃったもんだから、以来表門が開いてるときは、通り抜けさせてもらってます。外から開けられるくらいだから、外からでも閉められるんです」

「信徒が集まってなにをしていたか、見たのか」

「ちょっと見ただけですから、詳しいことはわかりませんけど、本堂の前に、二、三十人くらい集まってました。みなで声をそろえて、お経を唱えてたんです。本堂から出てきた十人くらいの白装束が、これからどこかへ、向かうところだったみたいです。本堂の前にいたのは、それを見送りに来た連中だろうと思います。白装束のうちふたりが、大きな箱を背負ってました」

「どんな箱だ」

「ふつうの木の箱です。長持ちほど大きくはないですけど、長いのと、平べったくて、四角いのと。長いほうの箱のてっぺんは、背負ってるやつの頭の上まで出てました。布みたいなものがかぶせてあって、うやうやしい扱いでしたね。その連中の出立《しゅったつ》を、ほかの信徒がお経を唱えながら見送りましたよ」

　鶴吉が黙っていると、なおも言った。

「荷がふたつだったってぇのが、いまになると引っかかるんですけどね。明日おれたちが運ぶ荷物と、今夜出てった荷物との間に、なんかつながりがあるんですかね」

「それはねえだろう」

　鶴吉は即座に言い返した。

「行き先も、荷もちがうから、出立の時刻もちがうんだ」

「あ、そうか。刻が同じだったら、どっちの荷か、こんぐらがってしまいますよね。それでお互いが顔をつき合わせないですむよう、出立をずらせたんだ」

「どっちにしろ、おれたちがここであれこれ言ったところで、はじまらねえ。すべて明日になってからだ。もういい。寝ようぜ。ただし、ひとつだけ、釘《くぎ》を刺しておく。

今夜見たことは、明日芳蔵院へ行っても、絶対口にするな。おめえはひと言もしゃべるな。わかったな」

それで話は終わった。しばらくすると、長八が気分よさそうにいびきをかきはじめた。

だが鶴吉のほうは、完全に目が覚めてしまった。夜のうちに運び出された荷というのが、俄然《がぜん》気になりはじめたのだ。

今回鶴吉らが運ぶ荷は、芳蔵院が所蔵している仏像だと聞いた。

これまで開帳されたことのない秘仏とかで、善光寺の別院である天台宗大勧進院のひとつへ、ひそかに運んでくれというものだ。日限は十月七日じゅう。

今回の運送は人目をはばかる隠密《おんみつ》行動で、世間には知られたくないのだという。出立を未明の七つと、わざわざ指図してきたのもそのためだ。

「話を引き受ける以上、正直な事情を打ち明けていただきたいと申し出たんだけどな。宗派の名誉に関わる問題なので、詳しいことは話すわけにいかないと断られた。あとは、話を持ち込んできた植村昭三郎《うえむらしょうざぶろう》という寺侍《てらざむらい》を信用するほかかねえ。見かけは風采《ふうさい》の上がらない、もっさりとした男だったが、話しぶりは誠実で、けっしてよこしまな人物ではないと見た」

「ご公儀の掟《おきて》に背くようなことではないんですね」

「それはないと明言した。世間話ということにして、それとなく匂《にお》わせてくれたところによると、大本《おおもと》に寺同士の紛争がからんでいるみたいなのだ。寛永寺といえば東叡《とうえい》山《ざん》、天台宗のお山だ。芳蔵院は、その子院《しいん》。その子院同士の争いらしい。要するにあの仏さまは、当院が貸したもの、それを返していただきたい。とんでもない、あれはもともと当院に伝わる仏さま。借りた覚えは毛頭ございません、といった争いが、かれこれ二百年つづいているそうなんだ。どちらの寺にも決め手となる証拠はない。仮にあったとしても、二百年まえの証文なら、後世の偽造だと疑ってかかるのが本筋だろう。かといって問題を明るみに出し、公儀の裁定を仰ごうという気は、両寺ともにない。つつかれたら困るうしろめたい問題を、双方が抱えているんだろう」

「しかしその手のもめ事だったら、いつまでたっても決着はつかないでしょう」

「だからここへきて、業《ごう》を煮やした先方の信徒だか、法師だかの過激な一団が、力ずくで奪い返そうとしはじめたそうなんだ。先方に忍び込ませている味方の間者《かんじゃ》が知らせてきたところによると、どうやら嘘《うそ》ではないらしい。現に当方の寺にも、敵方の間《かん》諜《ちょう》と思われる人物が何人かいて、なにもかも筒抜けになっている。このまま放置しておいたら危ないから、大事に至るまえに、この際安全なところへ、しばらく仏さまを隠しておこう、ということなのだ。だから行き先が、天台宗の一統である善光寺なのよ」

荷物の中味は月光菩薩《がっこうぼさつ》の立像。奈良期に創《つく》られた木彫りの名品だという。ただし像と台座とはべつべつにつくられているため、ふたつに分けられる。今回の荷がふたつになったのは、そのためだった。

その仏像を納めた箱というのが、長八の見た箱と、ふたつに重なってしようがないのである。なにか裏がありそうですごく気になるのだ。いずれにしろ、いい予感ではなかった。

おかげでほとんど眠れなかった。

ようやくうとうとしかかったところで、表戸を叩く音に起こされた。

「起きなさい。八つだよ」

表に住んでいる姉ののぶが、手燭を手に入ってきた。

「はい、これがお弁当」

包みをふたつ差し出した。弟のため、こんな真夜中に、めしを炊いて握りめしをつくってくれたのだ。

「すまねえ」

長八はいびきをかいて寝ていた。そいつを足蹴《あしげ》にして起こした。

後で障子を開ける音がした。

振り向くと、父親が杖《つえ》につかまりながら出てくるところだった。

「なんだい。起きなくていいって、あれほど言ってあったじゃないか」

「ばかやろう。しょんべんに起きたんだ」

惣七は去年、六十一になった。姉の一家が還暦の祝いをしてやったとき、その席に鶴吉は出ることができなかった。急な仕事で、上方《かみがた》まで出かけていたからだ。

長八がやっと目を覚まし、あわてて父親とのぶに挨拶《あいさつ》した。

身支度といえるほどの手間はない。草鞋をはき、手荷物を持ったら、それでお終《しま》いだ。

長八と一緒に外へ出た。

「気をつけてね」

のぶが戸口から顔をのぞかせて言った。

「ああ」

と弟。それから父親に言った。

「行ってくる」

手燭《てしょく》の明かりが届かない暗がりに、父親の顔があった。黙って見返してきただけだ。去年に比べ、いっそう小さくなったような気がした。

3

冷たいしじまが黒々とひろがっていた。

星明かりを拾って歩きはじめたが、まだ真っ暗である。道を知っているところとはいえ、足が空を踏んでいるみたいに浮く。

たちまち長八が悲鳴を上げた。

「こりゃだめだ。まるっきり歩けねえですよ。鶴吉兄ぃ」

「辛抱しろ。すぐそこなんだ」

下谷を出たところが金杉村《かなすぎむら》、上野まではほんの一足なのだ。音無川《おとなしがわ》に沿って、ぐるっと山裾《やますそ》を回ると、闇《やみ》が黒々と盛り上がっている天王寺《てんのうじ》下へやって来た。

芳蔵院へはここから上がる。寛永寺の鬼門ともいうべき東北の方角にあたり、上野もここらまで来ると、山門や木戸がなくなって、夜でも自在に歩くことができる。

「あ、わかりやした。これは天王寺へ上がる道ですね。ここまで来たら、あとはおいらにまかせてくだせえ。やっとお膝元《ひざもと》まで来ました」

「しっ」

鋭く制止して鶴吉は腰を落とした。

前方でなにか光るものが見えたのだ。ざわめきのようなもの、あるいはかすかな動き、音も聞こえた。

息を殺して、前方をうかがった。

まちがいなくなにかうずくまっていた。動かずにいるから、寒いのだろう。手先に息を吹きかけているような音がする。五人から六人、いやもっといるかもしれない。

なにかが赤く光った。

つづいて声。それほど抑えた声でなかったのは、鶴吉たちにまだ気がついていないからだ。

赤くともったのは、どうやら煙草《たばこ》の火だ。

長八を肘《ひじ》でつついてうながした。足音を忍ばせ、後ずさりする。

物陰へ入ると、足を速めてもどりはじめた。

「なにものでしょう」

「わからん。だが五、六人はいた」

「けどあそこを通らなきゃ、芳蔵院に行けませんよ」

「おまえの言った裏口は、どこだ」

そっちへ回った。家の建て込んだごみごみしたところにさしかかり、今度は長八に手を引かれた。

犬が吠《ほ》えはじめた。家と家の間の、狭い路地を通り抜けた。頭の上に星が見えたかと思うと、前が坂になった。

手探りしながらそれを上がった。

長八が「そこ」と小声で言って、どこか指さした。自分のいた長屋を教えようとしたらしい。

頭上を仰ぐと、寺の塀らしいものが見えた。ほの白い築地《ついじ》塀《べい》が、かすかに浮かび上がっている。

坂を上がりきると、塀に突き当たった。

「だれだ！」

いきなり鋭い声で射すくめられた。前方に人影みたいなものが立っていた。

「蓬萊屋か」

「そうでございます」

「ちょうどよかった。探しに行こうとしていたところだ。こっちへ来てくれ」

声が動きながら言った。塀に手を当てて、ついて行った。

十間ほど行くと、塀が内側に切れ込んでいるところへ来た。木戸のようなものがある。それが開くと、わずかな明かりが瞬《またた》いた。

門扉《もんぴ》のところに龕灯《がんどう》が置いてあった。その明かりだ。

ふたりがなかに入るのを待って、相手が戸を閉めた。刀を差していた。

顔がなんとか見分けられた。とはいえ髷《まげ》と、細長い顔くらいしかわからない。背丈は鶴吉より低かった。

「植村さまですか」

「そうだ。近くの寺で常夜講をやっててな。人が集まっておる。この際人目は避けたいんだ」

相づちを求めた口調ではなかった。侍は言うなり、先に立って歩きはじめた。

しばらく建物の裏をすすんだ。それが終わって右に曲がると、前が板塀になった。木戸がある。植村が開け、入れとうながした。

物置のような長屋の前にさしかかった。さらに倉みたいな建物。沢庵《たくあん》の匂いがした。

案内されたのは、天井のない納屋《なや》のような建物だった。なかはすべて土間。搗《つ》き臼《うす》が据えてあるほか、竈《かまど》もある。桶《おけ》や瓶《かめ》などが伏せて置いてあるところを見ると、いまは使われていない建物のようだ。

持ち込んだ手燭のほか、三脚の上に載せた火皿で松明《たいまつ》が燃えていた。

その明かりの傍らに男が三人いた。坊主頭《ぼうず》がふたりと、寺男風の丸腰がひとり。坊主は僧衣、寺男はふつうの着物だ。

坊主に指図され、寺男が木槌《きづち》で箱を打ちつけていた。

最後の板が、これから打たれようとしているところだった。できあがりつつあったのは、長さが四尺くらいもある木箱だ。表側に穴が開けられ、この箱を背負うための縄が通されている。

もうひとつは二尺四方くらいの平たい箱、厚さが一尺。こちらはすでにできあがっていた。

長八の目つきに気づいた。鶴吉に目配せしようとしている。

きびしい目を返して、やつの動きを封じた。この際妙な動きはしてもらいたくないのだ。

打ちつけているのは、竹の釘だった。尖《とが》らせた竹ひごで板を止めているところを見ると、あらかじめ錐《きり》で釘穴が開けられていたようだ。

「ちょうどよかった。中がどうなっているか、見ておいたほうがいいだろう」

植村が坊主のひとりから手燭を受け取り、箱にかざして見ろとうながした。

白い布でぐるぐる巻きにされた、仏像のようなものが入っていた。ぐらついたり、こすれて傷《いた》んだりしないよう、箱のなかに数ヶ所桟が取りつけてあり、仏像はそれにしっかりしばりつけてあった。

「走ったり、箱を傾けたりしたぐらいでは、仏さまがどこかに当たって傷む、ということはありませんね」

「よほど乱暴なことをしなければな」

植村は手を差し入れ、仏像をつかむと強く揺さぶって見せた。仏像はびくともしなかった。

巻きつけてあるのは、晒《さら》しよりもっと上等の布のようで、この分だと、一反まるまる使われているかもしれない。どこも剝《む》き出しになっていなかった。

「関所で怪しまれたら困るだろうと思ってな。中が見えるよう、のぞき穴をつけようかとも考えたんだ。だが雨に遭って、水が吹き込んでも困る。もし中のものを見せろと言われたら、この板を外して見せてやってくれ。それで竹釘にしたんだ。この端へ金てこのようなものを差し込み、こじ開けたら簡単に外れる。ただし、大事な仏さまを、あまりいじられたくはない。できたら避けてもらいたい」

「それは関所を避けて通れということですか」

「そこまでは言えんが、関所を通るたびに呼び止められたんじゃ、そっちだって面倒だろう。そこはそちらの判断で、よろしくやってくれということだ」

人の気配がしたので振りかえると、略衣というふつうの小袖《こそで》姿の坊主がひとり、外からやって来たところだった。なかまでは入ってこず、外から植村に目配せをした。

植村が出て行き、二言三言、短いやり取りがあった。坊主はふたたび去って行った。

できあがったふたつの箱に、布がかぶせられた。柿渋《かきしぶ》の臭《にお》いがする。油も引いてある。雨除《よ》けの合羽《かっぱ》だった。

箱づくりに携わっていた三人が、ここで一礼すると引き上げた。

鶴吉は植村の顔をうかがい、長八に言った。

「どっちを運ぶか、自分の背負いたいほうを選べ」

長八が意外そうな目を向けてきた。しかし迷わず、小さな箱のほうを指さした。

「それでは提灯《ちょうちん》の火をお借りします」

手荷物から、旅行用の小型提灯を取り出しながら言った。

「なしにできんか」

植村が言った。ぼそっとした声だったが、ことばに迷いはなかった。目が慣れてきて、いまでは植村の風采《ふうさい》がほぼ見分けられた。年は四十をいくつか出たくらい。肉づきのよくない躰《からだ》と、しなびた顔、猫背で、手がやや長いのか、持てあましているみたいに見える。顔つきも見栄《みば》えがするほうではなく、眉《まゆ》が下がり、口許《くちもと》が寂しげで、なんとなく悲しそうだ。

「外の連中がまだ去っていないのだ。この際目につきたくない。さっきの木戸を開けるから、そっちから出て、下へおりてくれ。音無川沿いの道に出たら、あとはなんとか行けるはずだ。五、六町も遠ざかったら、提灯を使ってもいいだろう。道中はまかせる。期日までには届けてもらえるな」

「先ほどはなぜ、手前どもが木戸口のほうに現れたか、ごぞんじだったんですか」

「いや。そういえば、裏の木戸のことは、だれにも教えてなかった」

「表門に行こうとしたら、物陰に人がいたので、それを避けて裏へ回ってきたのです。顔を見たわけではありませんが、妙にものものしい気配がしました。供養《くよう》や信心でお寺へやって来た連中とは、思えなかったんですけどね」

間があった。植村はしばらく黙って、ふたりの顔を見比べていた。

「小細工をしすぎたかもしれんと、いまになって反省しているんだ。裏をかいたつもりで、わざわざこんな時分に立たせようとしたが、あさはかだった。それが敵方に漏れていたこともあり得ると、いまになって気がついている始末だ」

「敵の目当てはこの仏さまですか」

「それ以外にない。不当に奪われたご本尊を、奪い返すのが自分らの使命だと、信じ切っている連中だ。いかなる手段に訴えようが、正しいことをしているのだから仏も許してくださると、勝手に奮い立っている。足の達者なおぬしたちなら、たとえ追われてもその手を振り切ることができるだろう、そう思って頼むことにしたのだ」

「飛脚にとって荷を奪われることは、命を奪われるのと同じことです。もし襲われるようなことがあったら、自分の命を捨てても荷を守ります。荷を奪われるか、守るかということは、殺すか、殺されるかということにつながります。下手をしたら死人が出ますが、こちら様はそこまでお考えになった上で、手前どもにまかせようとなさったのですか」

「そこまで言われると、ことばがなくなる。仏門に入っている身としては、血を見る争いはしたくない。だからこそこうして、仏さまに忍従をお願いしたんだ。おぬしたちにも、騒動が起こったらとにかく逃げてくれと言うしかない。命まで投げ出すことはない。わたしとしては、そう言えるだけだ」

「言いがかりみたいな理屈をこね、まことに申し訳ありません。そこまで追い込まれることがないよう、精一杯のことはいたします。われわれの本分は、力ずくで決着をつけることではありません。争いやごたごたは避け、引き受けたご用を果たすことです。どこまで請け合えるかわかりませんが、とにかく一生懸命やらせていただきます。ご無礼の段はひらにご容赦ください」

「よろしく頼む。陰ながら無事を祈っている」

植村が態度をあらため、背を伸ばすと丁重に頭を下げた。

遠くないところで犬がけたたましく吠えはじめた。吠え声はつぎからつぎへとこだまし、それこそ上野じゅうの犬が吠えはじめたかと思われる騒ぎになった。

4

中山道《なかせんどう》を行くつもりだった。だがいまから中山道をたどるわけにはいかなかった。戸田へ早く着きすぎるからだ。

戸田の渡しが動きはじめるのは明け六つからだ。これでは船着き場でだいぶ待たされる。

山谷堀から小塚原へ出て、水戸街道に向かった。千住大橋を渡ることにしたのだ。

「兄ぃ。そろそろ提灯をつけませんか。なんにも見えねえから、危なっかしくて」

後から来る長八が情けない声を上げた。夜道に慣れていないらしく、絶えず声をかけてないとすぐ遅れてしまう。

「辛抱しろ。火をおこしてる間がもったいねえ。腰を落として、下から空を見上げるんだ。あと半刻《はんとき》我慢すると、夜が白んでくる」

それでも気がついて、脇差《わきざ》しを差しのべてやることにした。これにつかまらせ、鶴吉が引いて行くのだ。

「へっ、こりゃありがてえや。これなら歩けます。しかし兄ぃ。目明《めあ》きってぇのも不便なもんですね」

千住大橋を渡ると小菅《こすげ》で左へ折れる。荒川に沿って北上し、蕨《わらび》から中山道へ出ようということだ。

荷はそれほど重くなかった。丈があるから、荷の重さが満遍《まんべん》なく背中へかかり、少なくとも平地では、ふつうに歩ける。

ただし長八はべつ。引っ張っているからなんとかついてくるが、隙《すき》さえあれば足をゆるめようとする。引いている手が急に重くなるから、すぐわかるのだ。

そのたびに、叱《しか》りつけて強く引いた。するとしばらくは持つ。それからまた遅れる。これの繰り返しだ。

鶴吉としては、今日はなんとしてでも、深谷《ふかや》まで行ってしまいたかった。五日で歩き通そうとするからには、はじめの二日間が肝心なのだ。

川口へさしかかった辺りから、ようやく夜が白みはじめた。

うっすらと霧が流れ、露をふくんだ朝の匂《にお》いが漂ってきた。刺すほどではない冷気が、汗ばんできた躰に快い。

蕨を通りすぎたころから、旅人が行き交いはじめた。どうやら六つになった。

それでかえって、腹立たしさがこみ上げてきた。思惑ちがいもいいところだ。当初の心づもりからすると、いまごろはもう、浦和くらいまで行ってないとおかしいのである。

夜が明けてきて、長八の恰好《かっこう》をあらためてとくと眺めた。

それであきれ返った。歩き方が、てんでさまになっていない。まるで昨日今日、歩くことをおぼえた子どもみたいな足取りだ。手、足、躰の動きがばらばら、よたよたと歩いている。

第一紐《ひも》が長すぎる。荷が背中にだらんとぶら下がっているのだ。

「おめえなあ、それじゃあ荷が重いだろう。紐が長すぎるんだ。もっと背中全体に重さがかかるよう、結び直したらどうだ」

荷を背負うまえ、鶴吉は紐の長さを自分の身の丈に合うよう結び直した。しかし長八が同じことをした記憶はない。なにもしないで、突っ立っていたような気がする。

「へえ。やっぱり、そう見えますか。おれもなんかこう、しっくりこなくて、具合が悪いなあ、悪いなあと思ってたんで」

「だったらなぜすぐ直さない」

「だって、暗かったし、兄ぃはずんずん行くし、ついて行くのに必死だったんです」

背負い紐は、三本の縄をよじり合わせて一本にしてある。箱の上下に四つ穴を開け、それに縄が通してあるだけで、穴の位置は、必ずしも荷を背負うのに楽なようにつけられてはいなかった。

それで足を止め、荷を下ろして紐を締め直させた。これがはじめての休憩となった。

「兄ぃ、ちょっといいですか。いつ言おうか、いつ言おうかと、思ってたことですけど」

長八が縄を締め直しながら言った。

「この荷のことなんですけどね。おれがゆんべ見た箱ってのが、こいつとそっくりだったんです」

「それがどうした」

なにくわぬ顔をして鶴吉は言った。

「兄ぃが背負ってるその細長い箱と、おれが背負ってるこの、平べったい箱。芳蔵院から出て行った連中の背負ってた箱と、まったく瓜《うり》ふたつだったんです。形から、大きさまで、そっくり。上にかぶせた、この布まで一緒ですぜ。これっていったい、どう考えたらいいんですか」

「それって、ただ似てるだけなのか。それとも、絶対に同じ箱だ、と断言できることなのか。どっちだ」

「そこまで言われると、自信なくなるんですけど。最初見せられたとき、あれ、そっくりじゃねえかと思ったもんですから、そのあとは、ほかのことが考えられなかったのかもしれなくて」

「箱が運び出されたとき、どれくらい間近から見ていたんだ」

「そりゃ、だいぶ、離れてましたけど」

長八の声が、だんだん弱くなった。

「植村という侍が、おれたちになにもかも話してくれたわけじゃないことくらい、察しがつくだろう。今回運び出した仏さんが、ひとつじゃなかった、ということだって考えられるだろうが。もちろん行き先だって、同じとは限るまい。わざわざ真夜中に運び出したからには、それなりの事情があるはずだ。おれたちはなにも、そういうことまで知った上で、こいつを預かったわけじゃねえ。この荷をどこそこまで運べと言われ、はいと引き受けて、いまここにいるんだ」

「すみません。つまらねえことばかり言って。大親方に言われた、口が多すぎるってのは、こういうことだったんですね。おれ、頭が悪いもんで、すこし込みいったことになると、わけがわからなくなってしまうんです」

疑問が解けて、ようやく納得してくれたようだが、足のほうはその後もいっこう早くならなかった。後から来た旅人にどんどん追い抜かれてしまう。

たまりかねて振り返り、にらみつけた。

「すみません。腹が減って、腹が減って……」

鶴吉の形相に気づくなり、長八は哀れっぽい声を出した。

「ゆんべはうどんしか食ってなかったんです。酒は飲ませてもらいましたけど、腹にたまるものはなんにも入ってなくて……」

仕方がない。そこで弁当を使うことにした。

竹の皮二枚を使った包みに、三角ににぎった握りめしが四個入っていた。浅蜊《あさり》の煮つけ、梅干し、沢庵《たくあん》が添えてある。浅蜊を甘辛く煮つけた菜《さい》は、子どものころからなじんだ味だ。母親が早く亡《な》くなったから、以後はのぶの手料理で育ってきたのである。

長八の食いっぷりは、見事としか言いようがなかった。そのたくましいこと、早いこと。目を白黒させ、うんうん言いながら喉《のど》へ詰め込んでいる。仕事の身ごなしと、まるっきりちがう。

しかしあらためて見直してみると、なんとも締まりのない、ぶよぶよした躰だ。太っている、という言い方は当てはまらない。ふやけているとしか言いようがないのだ。見えている肩の辺りが桃色になっていた。気になったからのぞきに行き、それからあわてて、長八の襟元をさらに開いた。

背負い縄が食い込んで、荷ずれを起こしていた。

「これ、荷ずれの跡じゃねえか」

「やっぱりそうですか。さっきから、だんだん痛くなって、痛くなって。おれ、ものを担《かつ》ぐの、すごく下手なんです」

「ものを担ぐのに、うまいも下手もあるか。第一、半助兄貴のお供をしたとき、相馬まで荷を担いで行ったじゃないか」

「あのときは、本気だったから、なにもおぼえてねえんです」

「するといまは、本気じゃねえっていうのか」

「いや、本気じゃねえってこともないんですけど、あのときはとにかく、半助さんが具合悪そうだったし、歩くのもやっとらしかったから、なんとかしてお役に立ちたくて、必死だったんです。ほかのことを考える余裕は、全然なくて。いまは逆に、考えることがいっぱいありすぎて……。それでもって、なんかこう、ちょっとちがうみたいな、いまここにいるのは本物のおれじゃないみたいな、うまく言えないんですけど、よくわからねえんです」

「このやろう、よくそんなことをぬけぬけと言えるな。おめえはやんごとないところの、若君だったのか。ご先祖は平家の、公達《きんだち》だったとでもいうつもりか」

「そうだったらうれしいけど、どうやら先祖代々、水呑《みずのみ》百姓の家だったようでして。それなのに、おれときたらがきのころから、百姓仕事が嫌いで、嫌いで。だから江戸へ飛び出したんです。あとになってよく考えてみたら、ものを担ぐのがいやでたまらなかったから、逃げてきたってことでした。だって百姓仕事というのは、いつだってものを、担いでなきゃならんでしょう。それが重くて、重くて、いまにも肩の骨が折れそうで、肉がへこんでしまいそうで、ただただつらかっただけでした」

「ばかやろう。ものを担がない仕事なんてあるか。百姓にかぎらねえ。仕事というものの大方は、ものを担ぐことじゃないか」

「だから百姓がつとまらなかったんです。かといって、どこへ行っても、重いものを担がされるばっかりで。それで、どこも長つづきしなかったんです」

「じゃあおめえ。どんな仕事だったら、自分に向いてると思うんだ」

「それが見つからないから、困ってるんじゃないですか」

あきれて、それ以上はものが言えなくなった。どうやら長八は、本気で悩んでいるのだ。

「するとせっかくひろってもらったうちの仕事も、本気で打ち込める仕事では、なかったと言うんだな」

「なんか、そんな気がするんです」

「だったら今回、大親方から話を聞いたとき、なぜ断らなかった」

「そりゃお店のかったるい仕事より、まだましだろうと思ったもんで」

「それで、ましだったか」

さすがにきまり悪そうな顔になって、目をしょぼつかせた。

「でも、こんなに重いものを担がせられるとは、思わなかったもので」

「はじめに五、六貫の荷だと言ったはずだぞ」

「五、六貫というのが、どれくらいの重さか、わからなかったんです。これまで、目方というものを、あんまり量ったことがないもんですから」

「ちょっとそれを持ち上げてみろ」

鶴吉は向かいに置いた自分の荷を指さした。長八はけげんそうな顔をしたが、縄に手をかけると、腹に力を入れてうんしょとばかり持ち上げた。

荷が軽く持ち上がったので、力余ってひっくり返りそうになった。

「ええーっ。軽い！　こっちのほうが軽いじゃないですか」

「おまえがそっちを選んだんだ」

「だって、こっちが軽いと思ったから」

「そういうのを、報いと言うんだ。こっちの箱には、仏さんの本体が入っている。背丈があるし、出っぱりもあるから、そいつがじかに箱へ当たらないよう、大きめの箱に納めてある。なかが隙間だらけだったのは、おまえも見ただろう。一方そっちは台座だから、目一杯の大きさでつくられてて、遊びは全然ねえ。一本の木から彫り出したものが、ぎりぎりの箱に入れてある。おまえが背負っているのは、木の切り株みてえなものなんだ」

「兄ぃはそれを知ってて、おれに選ばせたんですか」

「台座のほうが重いとは聞いていた。それでおめえを試してみたのよ」

「するともしおれが、そっちの大きいほうの箱を選んでたら、どうなりました」

「おめえの性根を見直していただろうよ。おめえを見る目が変わっていた。だが、それでもやっぱり、そっちの重いほうを背負わせていたと思うぞ。大親方にも言われただろうが。おめえがおれの手下である限り、おめえが重いほうを背負わなきゃならねえんだ。とにかく今日中に、深谷まで行く。おめえが本気になろうがなるまいが、これからまる五日は、おれの足に合わせて歩いてもらう。おれの命令に従え。荷を担げ。足をいままでの倍の早さで動かせ。行くぞ」

冷たく言い放つと、先に立って歩きはじめた。以後はほとんど振り返らなかった。長八がついて来るものとして歩き、待ってやるとか、足をゆるめるとかいった配慮は、まったくしなかった。

はじめのうちは、必死になってついてくるのがわかった。どたどたという足音が聞こえていたからだ。

その音がだんだん遠ざかってゆき、とうとうまったく聞こえなくなった。

はじめて足を止め、振り返った。

長八の姿は一町ほど後にあった。

紐を結び直したはずなのに、まだ歩き方がさまになっていなかった。やや前屈《まえかが》みになり、荷の重さを腰で受け止めるという、だれもが自然にできる躰《からだ》の使い方ができていないのだ。

突っ立ったまま歩いている。紐がまだ長いのだ。だから荷が背にくっつかず、ぶらさがっている。これでは荷の重さがもろに縄へかかる。肩だけでそれを受け止めているのだ。

いまでは顔を真っ赤にして歩いていた。長八にしてみたら、一所懸命なのだ。その一所懸命が、身を助けていない。これほど不器用な男も見たことがなかった。

日が昇ると気持ちのよい陽気になった。昼まえには躰もほぐれてきて、足取りが弾みはじめた。空はやや色が薄いものの、くっきりと澄み渡り、西の空に富士が望めていた。

桶川《おけがわ》で昼めしにした。江戸からおよそ十里。深谷までの半分を過ぎたところだ。

長八が丼《どんぶり》めしだけでは足りなさそうだったので、餅《もち》を買い足して食わせてやった。

なにか食わせてやると、しばらくは元気が出た。蓬莱屋の表店《おもてだな》には全部で八人奉公人がいるが、長八がいちばんの大食らいだと聞いている。なにかさせるときは食いもので釣るしかないのである。

めしのあとも、小半刻《こはんとき》したらまた遅れはじめた。いまでは手を肩に当てたきりだ。どうやら縄と肩との間に手を差し入れ、肩にかかる痛みをすこしでも和らげようとしている。

つぎの休みを取ったとき、荷を下ろさせて肩を調べてみた。

両肩とも皮膚がすりむけ、血がにじんでいた。なんともやわな肩だが、いまさら毒づいたってはじまらない。五日は持たせなければならない肩なのだ。

あきれたことに、紐がまだ長すぎた。どうやらこの男は、いちばん担ぎよい紐の長さというのを知らないみたいなのだ。ものを担いだことがろくになかった、という証拠でもあった。

仕方なく紐を締め直してやった。鴻巣《こうのす》では古着屋を見つけたので、ぼろを買った。肩紐のところへ、そのぼろを巻いてやったのである。

「兄ぃ」

巻いている途中で、長八が小さくささやきかけた。表の街道を指さしている。

古着屋の前を、巡礼風の白装束の一団が通りかかるところだった。

人数は十一人。うちふたりが木箱を背負っていた。

それを見た途端、目が釘《くぎ》づけになった。自分たちが背負っている木箱と、まったく同じだったからだ。大きさ、形、紐の取りつけ方、かぶせた雨除《よ》けの布、なにもかも瓜ふたつなのである。

「ねっ、そっくりでしょうが」

「しっ！」

白装束の後からやや遅れ、べつの一団がさしかかってくるのに気がついたのだ。笈《おい》を背負った修験者《しゅげんじゃ》風の一団だった。数は七人。全員金剛杖《こんごうづえ》を持ち、腰に刀を差していた。行者が持ち歩く芝打ち刀ではない。ふつうの脇差《わきざ》しだ。

瞬時にして覚《さと》った。ゆうべ暗がりに潜んでいた連中の仲間にちがいない。

こいつはとんでもない仕事を引き受けてしまった。躰のなかを戦慄《せんりつ》が貫いた。ゆうべの連中が自分たちを待ち受けていたことは、もはやまちがいないからだ。

5

翌朝は六つに深谷を出た。これまでは平坦な道だったが、今日から山へ分け入る。

上州と信州を結ぶ街道には、本街道の中山道のほか、いくつもの脇往還《わきおうかん》がある。ただ碓氷峠《うすいとうげ》越えの本街道から北の道となると、一本しかなかった。高崎から榛名山《はるなさん》の山麓《さんろく》を回り、長野原の万騎《まんき》峠で浅間《あさま》連山を越える大戸《おおど》道《みち》だ。

今回はこの道を行こうと、昨夜のうちに決めていた。高崎から長野まで、道程がいちばん短いからだ。

ただし長八には言わなかった。言ったってわからないだろうし、相談したくなるような知恵も持ち合わせていないからだ。

いまになって鶴吉は、長八を買いかぶりすぎていたのではないかと思いはじめていた。

生来の怠け者と決めつけるのは、かわいそうかもしれない。本人が一所懸命のつもりなのは、嘘《うそ》ではないみたいだからだ。その一所懸命が、人並みをかなり下廻るのである。

長八の肩がぶよぶよして、まるで手応《てごた》えがないのを、触ってたしかめたときはびっくりした。筋肉が、どこにもついていないのだ。

背負う箱を取り替えてやろうかと、考えないでもなかった。しかし重さの差にしたって、せいぜい一貫と少々だろう。長八の荷でも七貫止まりなのだ。

その程度の荷なら、振り売りで生計を立てている商売人なら毎日担いでいる。それすらできないようでは、世渡りそのものができないということなのだ。ここは無慈悲なようだが、耐えさせるしかなかった。

「今日も行けるところまで行く。山道にさしかかるから、昨日よりきびしくなるぞ。手は差しのべてやらないから、這《は》ってでもついて来い。善光寺に着くまで、その荷はおめえが責任を持って運べ。おれのしてやれることは、めしを腹一杯食わせてやることぐらいよ。ほかはなにもしてやらねえ」

今日も天気は上々だった。とはいえいまどきの上州はたいていこんなもの。わずかに風はあったが、その分空気が澄み、姿を現しはじめた妙義《みょうぎ》の山々が、引き寄せたみたいにくっきり見えた。

めし屋へいちいち寄る間がもったいないから、旅籠《はたご》に弁当をつくらせた。赤子の頭ほどある握りめしが四つ、風呂敷《ふろしき》に包んで、長八の首にぶらさげてある。鶴吉の分はべつ。食いものも各自が、めいめいに処置するということだ。

歩き出してすぐ、長八の足取りがぎこちないことに気づいた。足の踏み出しが、右と左でちがう。躰の揺れが大きいところを見ると、どうやら左の足を痛めているらしい。

鶴吉にそれを気づかれたとき、長八は情けなさそうな、まことに面目なさそうな顔をした。おそらく昨日のうちに痛めていたのだ。これまでなにも言わなかったところをみると、やせ我慢を通していたのかもしれない。そのやる気は認めてやってもよかった。

鶴吉は遅れてくる長八をときどき振り返り、気遣うふりをしながら、実際は周辺に目を光らせていた。自分たちをつけてくるものがいないかどうか、絶えず見張っていたのだ。いまのところ、それらしい人影はなかった。

深谷から二里ばかりで本庄《ほんじょう》に着く。ここから道が下仁田《しもにた》道《みち》、中山道に分かれる。長八が道標に気づいた。鶴吉は黙って中山道のほうに顎《あご》を向けた。

四つ半に倉賀野《くらがの》へ着き、街道が見渡せる小高い畑に腰を下ろし、早めの昼めしを食った。

倉賀野は利根川《とねがわ》下りの船が出るところである。信濃《しなの》や越後《えちご》から送られてきた荷が、ここですべて船に積み替えられ、江戸へ運ばれる。

同様に江戸から船で送られてきた荷もここで下ろされ、馬や牛に積み替えられて、各地へ送られる。

めしを食っている間にも、荷駄《にだ》を背負った馬や牛が、前の道を引きも切らず通った。

馬子《まご》ひとりが三、四頭の馬や牛を引いている。どうかすると人間より牛馬のほうが多いのだ。

長八が目を丸くして、見とれていた。一度にこれほどの馬や牛を、まとめて見たことはないというのだ。

「兄ぃ、この馬ぁどこから来るんです」

「ほとんど信州からだ。上州まで送られてきた荷のすべてが、この倉賀野で下ろされるのよ」

「あの馬が背負ってる菰《こも》包みには、なにが入ってるんですか」

「いま時分だと、なにを積んでるのかな。大豆か、小豆ではないかと思うんだが。米、麦、麻、酒、綿、菜種、たばこ。信州でつくるものは、なんだって送られてくる」

「すると、兄ぃ。あの馬ぁ、また信州へ帰るんだね」

長八が目を輝かせた。

「帰り馬に乗せてもらおうという腹なら、見込みちがいだぞ。荷を運んできた馬が、空馬で帰るなんてことはありえねえんだ。衣類、金物、瀬戸物、塩、酢、醬油《しょうゆ》、鰹節《かつおぶし》、ありとあらゆる暮らしの品が、帰り馬で信州へ運ばれる。人間さまを乗せる余裕なんてねえよ」

馬子や人足が多く集まれば、当然その腹を満たすための食い物屋もたくさんできる。匹夫《ひっぷ》、馬丁が食うものだから、量があって、安いものばかりだ。

宿へ着くまでの中食《ちゅうじき》として、鶴吉はふかしたばかりの饅頭《まんじゅう》を買い入れた。首に今度はほかほかの饅頭がぶら下がったわけで、長八はこっちのほうが重いやとご満悦だった。

高崎は素通りし、町を出たところで利根川の支流を渡った。このとき、じつは中山道から逸《そ》れたのだが、道標が出ていなかったから、長八は気づかなかった。旅人の数は減ったが、荷駄を運んでいる牛馬の数は変わらなかったから、そっちに気を取られてわからなかったのだ。

この道が、大戸道と呼ばれている脇往還のひとつにほかならなかった。

大戸道は万騎峠を越えると大笹《おおざさ》道、鳥居峠を越えて信濃に入ると仁礼《にれい》道と呼ばれることが多くなるが、荷駄を運ぶ信州の百姓のほとんどは、この道を往来していた。

高崎から中山道、上田回りの北国《ほっこく》街道を通って長野へ行くより、大戸道のほうが一泊分道中を倹約できるのだ。だから費用をかけたくないものや旅慣れたものは、少々難路でもみなこの道を行った。

この脇往還の欠点は、山の高いところを越えるため、冬はしばしば雪で通れなくなってしまうことだ。ときならぬ積雪や吹雪で動けなくなり、凍え死んでしまう旅人が、毎年必ず何人か出るのである。

一方この街道には大戸、狩宿《かりやど》、大笹と、三ヶ所に関所が設けられていた。榛名山の山裾《やますそ》にある大戸の関所は、去年国定忠治《くにさだちゅうじ》が磔《はりつけ》になったことで、一躍その名が知られた。

ここはもともと横川《よこかわ》の関所の裏口として設けられたもので、関所の采配《さいはい》は近在の十数ヶ村にまかされており、それほど取り締まりの厳しい関所というわけではなかった。

中山道をはじめ、信濃へ向から旅人のなかでいちばん多いのは、善光寺へお参りに行く参詣《さんけい》客だ。

そのほとんどが関東近辺の民百姓で、関所の通行手形を用意するものはまれ。どうやって通行手形をもらうのかさえ知らず、みなが行くからおれたちも行くべえ、と出かけてくるものが大半だった。

そういった旅人の多くは、横川の関所を避け、脇往還の大戸道や、本庄から下仁田へ抜ける下仁田道を通った。

監視の目がゆるかったからである。またどの脇往還にも、関所を通らなくてすむ抜け道が用意されていた。

ところが忠治は子分を引き連れ、衆を頼んで大戸の関所を押し通ったのだ。お上《かみ》の面目は丸つぶれ。こうなっては、公儀の威信にかけても捕まえなければならなくなる。十四年もの歳月をかけて、中風《ちゅうぶ》で寝たきりになっていた忠治を捕えたのは、その執念のあらわれだった。

忠治の罪名は関所破り。わざわざ江戸まで連れて行き、市中引き回しのうえ大戸へ連れ帰り、関所の前で磔にしたのは要するに見せしめのためだったのだ。

ここらの関所は、男であればかぶりものを取り、黙礼さえすれば黙って通してくれる。だが中の見えない大きな箱を背負っていれば、役人はなにが入っているか問わねばならないし、聞かれたほうは答えなければならなくなる。

その手間を省こうとすると、ここはやはり関所を通りたくなかった。それで抜け道を使うつもりで、この大戸道を選んだのだ。

道が利根川から分かれた烏川《からすがわ》に沿ってすすみ、すこしずつ坂を上がりはじめた。いまでは山のただ中へ入っていた。

坂がきつくなってくるにつれ、長八の足は遅くなった。いまではそれとわかるほど、引きずっていた。一足ごとが痛そうで、それを見ながら知らん顔をするのもけっこう苦痛だった。

分去《わかされ》というところへ来た。よくある地名のひとつで、街道が分岐するところにつけられている名だ。

そこから左側へ分かれる道が、山のなかへ分け入っていた。荷駄を運んでいる牛馬のすべてが、こちらへ入って行く。

鶴吉らも当然そちらに入った。

右側を行くのが正式の大戸道で、関所はその先にある。駄賃稼ぎの百姓は、関所を通るつもりがないということだ。きわめて細い脇道だが、往来する牛や馬に踏み固められ、いまではすっかり引き締まっていた。

一頭の馬に三俵ずつ荷を載せた馬子の一行と、さっきから前になり、後になりしていた。馬の数は合わせて十頭。これを三人の馬子が引いていた。

馬子のひとりは、背丈が鶴吉の肩くらいまでしかなかった。頬かむりをしているから顔は見えなかったが、子どもみたいな躰《からだ》つきだ。馬子になって間がないのか、足取りがおぼつかなかった。前のふたりから、とかく遅れがちだ。

ほかのふたりは三十代の屈強の男。明らかに、遅れてくる後を気遣っていた。

ここへ来て、長八の足がとうとう止まった。草鞋《わらじ》を取り替えようとしているから、しばらく待っていた。だがいっこう立ち上がる気配がない。うずくまって、うつむいたきり、動かなくなった。

鶴吉は荷を下ろし、自分の手荷物のなかから、備え用として持っていた手拭《てぬぐ》いを取り出すと、それを真ん中からふたつに裂いて、長八のところまで持って行った。

「こいつを足に巻け。きつくしばったら、痛みを感じなくなる」

「すみません」

長八は消え入るような声で言って、うなだれた。余分な手拭いなど持っていなかったのだ。

鶴吉もこの手拭いは、使ったことがなかった。怪我《けが》をしたときや紐《ひも》代わり、ちょっとしたものを包むなど、使い道はいくらでもある。実際に使う機会はめったにないが、まさかのときの備えだから、それでいいのである。

先ほど追い抜いた馬子の一行が、また前を通り過ぎた。先頭にいた年嵩《としかさ》の男が、鶴吉に頭を下げながら笑って言った。

「そちらさまも、お連れの方にはご苦労なさっているみたいで」

「いやあ、やつにとっては、はじめての旅なんでさ」

「さよですか。こっちのほうも、はじめてでございます。親の代わりに出てきてくれましたもので」

ひげ面《づら》をほころばせて男は言った。後の歩みの遅いのを苛立《いらだ》っている顔ではなかった。むしろ振り返って見る目は、温かみにあふれていた。

遅れた馬子は、小半町ほどあとからやってきた。鶴吉は腰を下ろしていたので、今度はほっかむりしている顔がはっきり見えた。十をいくらも出ていない年頃だった。歩き慣れていないこともあるだろうが、それよりもっと疲れていた。

長八がもらった手拭いで、左の足をぐるぐる巻きにしている。どうやらまめがつぶれてしまったらしい。やわな足が、一度はくぐり抜けなければならない関門《かんもん》だった。だが足をいたわらせるのが、すこし遅かったかもしれない。手当をしたのちも、長八の足取りは元にもどらなかった。いまではかかとだけを地につけ、かろうじて歩いていた。

当初の腹づもりでは、今日のうちに、万騎峠の手前の羽根尾まで行ってしまいたかった。それだけ明日が楽になるからだ。

だが、長八がとうとう音を上げた。

「すみません。兄ぃ。これ以上は、どうにも歩けません」

目に涙を浮かべて言った。

羽根尾より一里手前の、本宿《もとじゅく》というところだった。本宿と名がついているだけあって、この大戸道でいちばん大きな宿場だった。宿を取るとしたら、悪いところではない。

それでも慎重に宿を選び、町の真ん中にあって、大きさが中くらいの旅籠を選び、草鞋を脱いだ。

注文をつけて二階のいちばん奥の部屋を借りた。相部屋はなしということにしてもらい、そのための心づけも渡した。

部屋に通ると、ふたつの荷をまず押し入れに隠した。だれかが外へ出るときも、ひとりは必ず部屋に残る。昨夜もそうした。寝るときは脇差《わきざ》しを枕元《まくらもと》に置いた。

宿に頼んで湯を沸かしてもらい、長八に足を洗わせた。さらにあたらしい晒《さら》し布を手に入れてもらった。傷が膿《う》んだら困るので、足に巻く布を取り替えさせたのだ。

つぶれたまめの跡を、そのとき鶴吉ははじめて見た。空豆ぐらいもある大きさだった。皮がめくれ、跡が桃色になっていた。赤子みたいなやわらかい足の裏だ。

つぶれた跡は、あたらしい晒しで丁寧に拭わせた。今夜一晩ようすを見ることになる。とにかくいまは、乾かすことがいちばんの手当だった。

見ていた宿の女中が、お薬師さんの膏薬《こうやく》がよく効きますよ、と教えてくれた。隣村の去来寺《きょらいじ》という寺に伝わる秘伝の膏薬だそうだ。切り傷、擦り傷、腫《は》れもの、かぶれ、あらゆる外傷に効能あらたかとかで、近在ではひろく知られている薬だという。

寺の本尊は薬師如来《にょらい》。身代わり薬師という名で知られているというから、聞き捨てならなかった。人間の身に降りかかるあらゆる災厄を、ご本尊さまが身代わりとなって引き受けてくださるというのだ。

父親が達者だったころは、そんなことなど、聞いても耳に入らなかったものだ。それが、いまはちがう。じゃちょっと行ってきてやろうという気になった。

今日の旅籠《はたご》の客を見たところ、怪しい者は泊まっていなかった。晩めしを大急ぎで食うと、長八にはどんなことがあっても部屋から出ないよう言いつけ、鶴吉は去来寺へ向かった。

小半里先の村だから、日の暮れるまえに着いた。どこにでもある小さな山寺だ。しかしこの時分になってもまだそこそこ参詣客がいた。

四の日参りといって、四のつく日にお参りすると、四千日お参りした効能があるとかで、今日は深夜までお参り客が絶えないのだという。

膏薬を買い求めながら見ていると、本堂で夕の勤行《ごんぎょう》がはじまろうとしていた。それに参列するのだろう。何人もの信者が本堂へ上がって行く。

そのとき小走りにやって来た若い男が、鶴吉を見るとびっくりして、あわてて頭をぺこんと下げた。ほっかむりを取っていたから、すぐはわからなかった。昼間見かけた若い馬子だったのだ。

どう見てもまだ十二、三だった。あどけなくて、幼い顔つき。ほっかむりは、頭の稚児髷《まげ》を隠すためだったのだろう。

「お参りか」

と声をかけると、恥ずかしそうにうなずいた。

「今日が四の日だと知っていたのか」

「知らね。次平《じへい》どんが教えてくれたから来ただ」

「おとっつぁんが病気なのか」

うんとばかりうなずき、もう一度頭を下げると、本堂へ上がって行った。

膏薬の使い方を一通り教えてもらったあと、鶴吉も本堂へ行ってみた。

勤行がはじまっていた。参列している信者が十人くらい。それぞれ手を合わせたり、頭《こうべ》を垂れたりしていた。

正座できないのか、後に離れて、足を投げ出して坐《すわ》っている老婆《ろうば》がいた。付き添いの娘に足をもんでもらいながら、数珠《じゅず》をまさぐっている。

鶴吉も本堂へ上がると、信者のいちばん後についた。

隣にさっきの馬子が座っていた。

馬子ははじめのうちこそ神妙な顔でお経を聞いていたが、途中から船を漕《こ》ぎはじめた。ときどきわれに返るものの、眠気のほうが我慢をはるかに超えていた。

鶴吉が躰を寄せ、肩を出してやると、とうとうそこへもたれかかった。すぐさま寝息をたてはじめた。勤行が終わるまで、一度も目を覚まさなかった。

終わったから揺り起こすと、はじめて目を開き、あわてて飛び退《の》いた。

わずかに夕映えが残っている空を見ながら、何町かの道を一緒に帰ってきた。馬子は恥ずかしいのか、なにも言わなかった。

分かれ道に来たようだ。

「どこに泊まっているんだ」

と聞くと、前方の山裾にある百姓家を指さした。旅籠ではない。ただの家だ。

「じゃあな。頑張れよ」

と声をかけて別れた。

馬や牛で上州や甲州へ荷を運んでいる馬子は中馬《ちゅうま》と呼ばれ、その数は年々増える一方だった。百姓にしてみたら、これほど確実に金の稼げる商売はほかになかったからだ。

　だがかれらは、街道や宿場で必ずしもよろこばれているわけではなかった。荷や人の継ぎ立てでめしを食っている街道筋の人間にしてみたら、宿場を通さず、素通りして、荷をじかに運んで行ってしまう中馬は、商売敵《がたき》以外のなにものでもないからだ。

　中馬にとって宿場とは、自分たちの食いものと、牛馬の秣《まぐさ》さえ手に入れられればいいところということになる。

　中馬がいくら往来を賑《にぎ》わせようが、宿場には金が落ちない。むしろ宿場を寂れさせるもとだ。ということで、中馬と宿場とはしょっちゅうもめごとを起こしていた。公儀の場で争われたこともたびたびあり、お上もこの問題にはいつも頭をかかえていた。双方が納得できる決め手など、あるはずがないからだ。

　察するところ今日の馬子らは、宿場での宿泊を避けてふつうの百姓家で泊まっているようだ。宿場との不和を避け、自分たちで宿や秣の手当をしている中馬も、このごろは多いのである。

　自分たちのやっている通し飛脚も似たようなものだが、いまのところ、まだもめごとは起こっていなかった。蓬萊屋みたいに、一方で継ぎ立ても兼ねている飛脚屋が多いからだろう。

宿へ帰り着いたときは、日がとっぷり暮れていた。部屋にもどると、大きないびきが聞こえてきた。

灯明《とうみょう》が小さくともっていた。出かけるとき火を消さないよう、長八に言いつけておいたからだ。

鶴吉が帰ってきても、長八は目覚めなかった。左の足を布団《ふとん》の外に出し、大いびきをかいている。

押し入れを開けてみた。ふたつの箱はきちんとそこに納まっていた。

6

朝になって一悶着《ひともんちゃく》あった。長八が目覚めるなり、こう言い出したからだ。

「鶴兄ぃ、昨日はいろいろありがとうございました。どうやったらこれ以上迷惑をかけなくてすむか、あっしなりにずっと考えました。どうやら今日は、ちっとばかりよろこんでもらえるかもしれません。足を手に入れたんでさ」

鶴吉は身支度の手を止め、胡散臭《うさんくさ》そうに長八の顔を見回した。

「足ってぇのは、なんのことだ」

「馬ぁ手に入れたんです。六つに、ここまで来てくれることになってます。おれと、おれの荷、かまわなかったら兄ぃの荷も、預かることができます。もちろん銭は、おれが払わせてもらいます」

「馬をどうやって雇ったんだ」

いまにも食いつきそうな顔になって詰め寄ったから、長八はあわてて手を振った。

「いえ、なにも、おれのほうから、馬ぁ探しに行ったわけじゃねえんで。向こうのほうが、おりよく、やって来たんです。声が聞こえたから、障子を開けて声をかけただけでして、部屋からは一歩も出ておりません」

昨日鶴吉が去来寺へ出かけたあと、二階のとっつきの部屋に客が入ったという。その男が馬子を呼び、行き先や、駄賃について掛け合いをはじめた。

話を聞いていると、男も足を痛め、歩けなくなっているとか。行き先は善光寺と言いはじめたから、じっとしていられなくなった。

気がつくとわれを忘れ、長八のほうも声をかけていたというわけだ。

「こっから首を出して、そっちが終わったら、こっちへ来てくれと、言っただけです。やって来た馬子は廊下に座らせて、部屋には入れておりません」

「おれが出かけたあとで来た客というのは、どんなやつだ」

旅籠の二階の真ん中には廊下が走り、左右に部屋が配されていた。部屋の数はそれぞれ五つ、合わせて十部屋あった。

鶴吉が出かけたときは三部屋に客が入っていた。前と隣の部屋は、鶴吉の頼みを聞き入れてくれ、客を通していなかった。

客の内訳は、善光寺へお参りに行く下野《しもつけ》の百姓が五人、これは男ばかりだった。あとは旅商いのひとりものの男。商家の女将《おかみ》と思われる五十くらいの女に、付き添いの男がふたり。

「顔は見てねえんです。声の調子からすると、江戸もんじゃないかと思いました。荷は、挟み箱がふたつ。しゃべり方が横柄《おうへい》で、高飛車でした」

「馬にはその男と相乗りするのか」

「いえ。そっちの馬は、そいつが借り切りにしました。おれはせがれの馬に乗ります」

馬はふつう、左右と背中、三ヶ所に荷を載せる。三方という乗馬鞍《くら》をつけたときは、この配置で、三人乗ることができる。

相乗りとなると問題だが、馬がちがうのであればやむを得ない。この際長八が勝手に決めてしまったことは、咎《とが》めないことにした。

ところが、ことは思惑通りに運ばなかった。

朝食の膳《ぜん》を運んできた女中が「お客さーん、馬方《うまかた》の七兵衛《しちべえ》が来ただよ」と大声を上げながら二階へ上がってきたからだ。

「馬が一頭、都合できなくなったそうだ」

あわてて廊下へ出てみると、階段脇の部屋から男がひとり出て来るところだった。

色の浅黒い、三十四、五の、ごつごつした顔の男だった。口許《くちもと》が心持ちゆがんでいるが、とくに目つきが鋭いとか、引き締まった躰《からだ》とかではなく、際立《きわだ》つものは身につけていなかった。

脚絆《きゃはん》を片方だけ着けていたのは、支度をしていたのだろう。着ているものはふつうの小袖《こそで》。髷を見る限り、町人だ。

男が鶴吉に向けた目は、無愛想と不機嫌が入り交じって、あまり感じのいいものではなかった。ただし一瞬値踏みをしただけのこと、すぐさまそっぽを向いた。

長八に残っているよう言いつけ、鶴吉はあとから階段を下りて行った。

土間に五十前後の、ひげ面《づら》の馬子が立っていた。先に下りていった男に、手振りをまじえながら言い訳をしているところだ。

「せがれの馬がよ。とげぇ踏み抜いたらしくて、びっこ引いてるだ。今日は仕事させられそうもねえ。それで、おらの馬だけになったが、お客さんさあ、相乗りで我慢してくんねえか」

「いやだ」

鶴吉のほうへ目を走らせてから、男は言った。

「おれが、先におめえを雇った。大事な荷だから一頭分の代を払うことにしたんだ。相乗りなぞもってのほかだ」

顔に吹き出物があり、頭には白髪があった。鬢《びん》も白くなりかけている。左の頬に、傷ともあざともつかぬ跡があるが、人相を損なうほどではない。

素知らぬ顔をして、手を盗み見た。骨太い指だが、とくに鍛えたものでもなさそうだ。

それでかえって当惑した。男の正体がわからなかったのだ。まっとうな町人ではなさそうだが、では何者、となるとさっぱりわからなかった。

思い浮かぶ商売を当てはめてみようとした。鳶《とび》、香具師《やし》、水手《かこ》、中間《ちゅうげん》、足軽、やくざ。だいたいそういう類《たぐい》ではないかと思うのだが、かといってどれも当てはまりそうにない。

「こっちも、できたら相乗りはしたくないんだ。よその馬でいいから、もう一頭、都合をつけてもらえんか」

鶴吉は馬子に言った。

「さっき権吉《ごんきち》と伊作《いさく》が荷ぃ積んで出て行ったから、もうこの宿に馬方はいねえだよ。この先の狩宿か、大戸までもどったら、いると思うけど」

「それじゃあ役に立たねえ。おまえさんもゆうべは、承知して引き受けたんだ。こっちはそのつもりで当てにしていた。なんとかしてくれ」

「だからよう。相乗りでお願えできねえかや。荷物は真ん中にふたり分積めるだ。荷ずれを起こしたり、落っこちたりしねえよう、しっかり結わいつけるからよう」

「おれは断る。相乗りはだめだと、はじめに念を押した。大事な荷なんだ。万一のことがあったら、おれの首が飛ぶ」

男が鶴吉には顔を向けないようにして言った。鶴吉は男のほうに足を踏み出し、頭を下げた。

「手前の連れは、足を痛めて歩くのにも難渋しております。ですからせめて片方の鞍に、連れの荷だけでも積ませてもらえませんか。支払いの半分は、こっちで持たせてもらいますが」

おだやかに、丁寧に言った。この際下手に出るしかない。

「ふたつの荷を両側の鞍に載せ、おれは背中に乗って行くつもりだったんだ。荷が三つになったら、おれはどこに乗りゃいいんだ」

「ふたつと、ひとつの荷を、両側の鞍に分け、旦那はそのまま、背に乗ってくださりゃいいだよ」

「馬子もああ言ってますから、そうしてもらえませんか。この通り、お願いします。代金の半分などと、しみったれたことを言ってあいすみませんでした。この際荷物賃は、全部こっちで払わせていただきます」

馬方の七兵衛とふたりがかりで拝み倒した。男の名は五十吉《いそきち》。主家《しゅか》の奉納品を、善光寺まで届けに行くところだという。

昨日、山道で瘤《こぶ》になったところを、気軽にひょいと飛び越した。その途端、膝《ひざ》にがくんときた。以来痛みが増すばかり。今日は歩くのもやっとだという。

支払いの三分の二を鶴吉側が持つ、ということにして、なんとかうんと言わせた。

このやりとりは、二階にいた長八のところまで、もちろん聞こえた。もどってみると、長八はがっかりして、投げ出した自分の足を悲しそうに見つめていた。

ひと晩で腫《は》れがだいぶ大きくなっていた。足の裏ばかりか甲のほうまでひろがり、触ったただけでも痛いという。ゆうべ叩《たた》き起こしてでも、薬師膏《やくしこう》を塗ってやるべきだったのだ。

膏薬を油紙に塗り、それを足の裏に押し当てて、上から何重にも晒《さら》しで巻き込んだ。長八はのけぞって痛がったが、締めつけ終わると、すこし楽になったと言った。

今日いっぱいは、これで持つだろう。ただし明日はわからなかった。膏薬が効いて腫れが引いてくれたらいいが、効かなかったら歩けなくなるかもしれない。

明日は国境《くにざかい》の鳥居峠を越える。そこから先は須坂《すざか》の仁礼まで、馬を借りられるような宿場はない。今回の道中でもいちばん長い山道になる。

朝の五つ、七兵衛の引く鹿毛《かげ》の馬にくっついて、ふたりは出立した。ほんとは六つに出たかったが、連れができたうえ、荷をくくりつける手間もあって、だいぶ遅くなった。

道は西へ向かい、山間《やまあい》の坂を上りはじめた。左右から山が迫ってきて、眺めはまったくないところだ。

五十吉は馬の背の、一段と高くなった三方の真ん中で、あぐらをかいて坐《すわ》っていた。どうやら馬にははじめて乗ったようだ。妙にこむずかしい顔をしていたが、ほんとは逆だろう。うれしいのだ。

主家と言ったからには武家の奉公人と思われるが、着ているものはふつうの町人着だった。腰に差しているのは木刀だ。

運んでいた挟み箱は、長持ちを半分くらいにした大きさ。蓋《ふた》がついて、取っ手に鉄製の環《わ》がふたつつき、これに天秤《てんびん》を通して担《かつ》ぐようになっている。箱には抱き柏《かしわ》の紋が描いてあった。箱は相当古ぼけているし、つくりは素朴、それほど高貴な家のものとも思えない。

重さはいくらもなかった。馬に載せるとき、片手で軽々と持ち上げていたからだ。ただし扱いは慎重にしていた。だがそれも、鶴吉の目があったから、ことさら格好をつけたと見えなくもなかった。

一行は縦に長くなって山道を行った。先頭が手綱を持った七兵衛。つづいて馬、それから鶴吉、しんがりが長八だ。

荷がなくなった分、長八の足取りはこれまでになく元気だった。足は引きずっているものの、歩くだけなら大きな支障はない。ついてくるのにそれほど苦労をしていなかった。

五十吉ははじめのうちこそ黙り込んでいたが、表情が落ち着くと、七兵衛相手にあれこれ話しはじめた。ときどき周囲を見回し、鶴吉に目を送ってきた。

その目つきを見て、鶴吉はかえって近づかないようにした。この男が何者か知りたくはあったが、そうすると自分たちのことも話さなければならなくなる。それはこの際願い下げだ。

一刻《いっとき》のちに万騎峠を通り抜けた。一抱えもあるぶなの巨木が一本立っていたほか、目立つものとてない、さびしい山のなかだ。

木の間がくれに浅間が望めた。

雲のような噴煙がたなびき、空には雁《かり》の群れが飛んでいた。浅間山がそれほど高く見えなかったのは、こちらも負けないいくらい高く登ってきたからだ。

「このまま、与喜屋《よきや》へ向かってええんだね」

七兵衛がもどってきて念を押した。本道は真《ま》っ直《す》ぐ下へ向かう。これを行くと狩宿の関所へ着くのだ。

七兵衛が指さしたのは、右の山中へ分け入る細い道だった。こちらは狩宿を通らず、草津道に近い与喜屋という村へ出る。関所を通らない抜け道のひとつだ。

「こっちはそれでいい」

「おれもまかせる」

鶴吉が答えると、五十吉も言った。それからとってつけたような、はしゃいだ声を上げた。

「やっぱり馬は楽でいいな。大笹といわず、その先まで行かんか」

「そりゃだめだ。おらの縄張りは、大笹までと決められてるだ。なんで中馬《ちゅうま》のやつがよくて、おらたちはだめなのか、そこんところが納得できねえけどよ」

めしは歩きながら食った。腰を下ろして休む間がもったいなかったからだ。七兵衛も、五十吉も、それぞれ弁当を用意していた。鶴吉と五十吉の弁当は同じものである。

馬もかいば袋を首からぶら下げてもらい、それに口を突っこんで、食い食いしながら歩いていた。

「なにを食わしてるんだ」

五十吉が聞いた。

「ぬかだ」

「けっこう贅沢《ぜいたく》なものを食わせてるじゃねえか。ぬかも食えない人間だっているんだぞ」

「麦だろうが、豆だろうが、食わせなきゃならんものは、食わせるだ。こいつのおかげで、おまんまを食わせてもらってるからよ。おらっちじゃ、めしを食う順番もこいつがいちばん先だ。つぎがおら、それからがき、最後がかかあ。銭を稼ぐやつがいちばんえれえことになってる」

「どうして子どもが女房より先なんだ」

「こいつの草ぁ刈ってくるのが、がきだからよ」

そのころから長八の足が、また遅れはじめた。足の運びが重くなり、動きも小さくなって、歩くほどに差がひろがってきた。

七兵衛が気づき、馬を止めて、長八を待つ回数が増えはじめた。長八がある程度近づくと、鶴吉がもういい、行けと七兵衛をうながした。

「ずいぶん後に冷めてえな」

五十吉が冷ややかな目を向けて言った。

「やさしくしたからって、足の痛みが消えるわけじゃない」

「まだ先ぁ遠いんだろう。どこまで行くんだ」

「信州」

「あの分じゃ明日はもっと歩けなくなるぜ」

「歩かせる。あいつだってそれを承知でやって来たんだ」

「ずいぶんでけえ箱を背負ってるが、なにを運んでるんだ」

「反物《たんもの》」

「それにしちゃあ箱の大きさがいびつじゃねえか」

「そっちは端切《はぎ》れの見本だ」

「おれが運んでるのは人形だ。そろいの内裏雛《だいりびな》よ。娘のはしかと、七つの小厄も無事にすんで、十の年をつつがなく迎えられたお礼として、これまでひな段を飾ってきた内裏さんを奉納しに行くんだ。なぜか女運の悪い家なんだよ。娘が無事に育ったのは三十年ぶりのことだそうだ」

鶴吉は足をゆるめた。長八を待つ素振りで、五十吉との間を開けたのだ。

「見た目は小汚い、古ぼけた、ただの人形なんだけどよ。衣装もすっかり色褪《いろあ》せて、ほころびまで出はじめてる。それが出すところへ出したら、大名家も真っ青になるような、由緒《ゆいしょ》のある、格式の高い人形なんだそうだ。たしかに、これまで見たことがないほど大きいんだけどよ。たかが人形だぜ。そいつを絹布《けんぷ》で何重にも包み、箱の隙間《すきま》には真綿まで詰めて、しずしずお嫁入りというわけだ」

鶴吉はさらに足をゆるめた。追いついてきた長八にわざと声をかけた。

五十吉がそれを見て腹立たしそうに顔をゆがめた。自分の言うことを、ろくに聞いてないのがわかったからだ。

五十吉は黙った。以後はひと言も口をきかなかった。

いくらか遅れたが、それでも日の高い八つには大笹へ着いた。この分だともうひとつ先まで行ける。

七兵衛とはここで別れた。長八はふたたび荷を背負うことになった。

「あと一里我慢しろ。今日いっぱい辛抱したら、明日はもっと楽になる」

茶店に寄り、団子を腹一杯食わせてやった。そこへ、とっくに行ったと思っていた五十吉がやってきて、やはり団子を食いはじめた。

話はしなかった。離れて席を取ったからだ。長八は気がついていなかった。食うときは一心不乱になるのだ。

食い終えるとすぐに出かけた。

道を左、浅間寄りの山のなかへ取った。大笹の関所を避けて、遠回りするのである。善光寺参りの旅人には、半ば公然と知られている間道だった。女の混じった旅人も、みなこちらを行った。

天明の大噴火から、すでに七十年ほどたっていた。そのとき噴き出した、いわゆる焼泥押《やけどろおし》という黒い岩の塊が、道すがら眺められる。急がない旅人は、回り道をして見物して行くところだ。

むろん鶴吉らは、そんなものに目もくれない。鶴吉が心がけていたのは、もっぱら後方だった。だいぶ離れたところで、五十吉の姿が見え隠れしていたのだ。馬から下りて以後の五十吉は、もう足を引きずっていなかった。

大きな岩に上がり、周囲を見回した。いまのところほかに人影はない。旅人もいなかった。ということは、ふたりきりだということでもある。

「先に行け」

長八を前に行かせ、自分は後から行くことにした。長八の姿を目に入れておくほうが、とっさのとき判断を下しやすいからだ。

なにげなく大きな岩を回り、ぎょっとした。目の前に人がいたからだ。岩の陰に潜んでいた。いや、うずくまっていたのだ。

ふたりいた。ひとりは岩にもたれ、ぐったりと足を投げ出している。怪我《けが》をしているらしく、左足の脚絆《きゃはん》に血がにじんでいた。連れの男はそばでおろおろしているばかりだ。

「どうしました？」

声をかけて長八を呼びもどした。

長八がふたりの風体を見るなり、目を見張った。白装束だったからだ。

手甲《てっこう》、脚絆とも白、笠《かさ》をかぶっていたが、頭には白鉢巻き、首にはずだ袋、どう見ても巡礼の恰好《かっこう》だ。傷ついている男の笠が破れていた。

「転びました。賊に襲われたんです。逃げる途中で、岩から転げ落ちました。刀を抜いて待ち伏せてたんです」

しゃべったのは、二十代と思われる若い男だった。怪我をしているほうは四十ぐらい。痛むのか顔をゆがめ、目を閉じていた。

鶴吉もそのときは事情を察していた。先に芳蔵院から仏像を背負って出立した連中だったのだ。

「ほかの方はどうされました。まだ何人かいらしたんでしょう?」

「はい。全部で十一人いました。みなさん、無事に逃げられたかどうか。ほかの人のことまで、気にかけている間がなかったんです。刀を振りかぶって飛びかかってきましたから、命からがら逃げ出すのに精一杯で」

「賊は何人いました」

「五、六人、いや、もっといたように思います。明らかに待ち伏せしてました。ときの声を上げて、斬《き》りかかってきたんです。ですからほかのことは、なにもおぼえておりません。だれかが、危ない、逃げろって叫んだのだけ覚えてます。わたしのほうは、おじさんを連れて逃げるのに必死で」

「賊の目当てはなんだったんです」

「わかりません。わたしどもは、仏さまをお運びしていただけで、襲われるような覚えはまったくないんです」

「ちがう。籐兵衛《とうべえ》が手引きしたんだ」

怪我をしていた男が目を開いて言った。恨みに満ちた形相をして、空をにらみつけていた。

「危ない、逃げろ、と叫んだのもあいつだ。それでみんな浮き足だって、あとはなんにも考えられんようになった」

「裏切り者がいたということですか」

「そうだ。今度の講に加わってくるまで、見たこともねえやつだった。おれぁおかしいと思ってたんだ。けど重い荷を持ったり、みなの世話を焼いたり、こまめによく働くから、そのうちだれも、なんにも言わなくなった。今回も沓掛《くつかけ》から、草津道へ出たほうが近いと言いはじめ、みなをその気にさせたのはやつだ。なにもかも、はじめっから仕組んでやがった」

「籐兵衛とやらの狙《ねら》いはなんだったんです」

「おれたちが運んでいた仏さまよ。善光寺へ納める仏像を横取りしたんだ」

と言ったときだ。けものがうなるような声と、荒々しい息遣いが聞こえてきたかと思うと、前方の岩陰から、つぎの人間が飛び出してきた。

長八と似た体格の、太りじしの男だった。年格好も同じくらい。着ている白装束がはだけ、体中から汗が噴き出していた。

背に小さいほうの木箱を背負っていた。

「おう、喜之助《きのすけ》さん、ご無事でしたか」

男はふたりを見つけてよろこびの声を上げた。

「おう、仁平《じんぺい》。おめえも無事だったか。ほかのもんはどうした」

「わかんねえす。自分の身を守るのが、やっとこさでしたから」

男はそう言うと、背負っていた木箱を下ろした。箱の板が割れていた。

「急な坂があって、背負ってたんじゃ下りられなかったんです。それで上から、草原めがけて落としたところ、ごろごろ転がりやがって」

岩に激しくぶち当たるまで、止まらなかったという。岩が食い込んだか、板の一部が内側へ折れ、中がかすかに見えていた。

「この人たちは？」

鶴吉と長八を見て言った。

「旅のお人だ。親切に声をかけてくださった」

「なにか、背負われているみたいだけど」

みながはじめて、こちらの荷に気づいた。長八が荷を下ろしたから、それで目についたのだ。

「手前どもも、仏さまをお運びしております。行き先は善光寺です」

「見ろやあ。おれたちの荷とそっくりじゃねえか。いったいどこの寺から、持って来なさったんだ」

「それは子細があって申しあげられません。人目をはばかって、こっそりと運んでいるところですから」

鶴吉も荷を下ろした。仁平と喜之助の甥《おい》とが寄ってきて、ふたりの荷をためつすがめつしはじめた。おどろきの声を上げている。

鶴吉はその間に、外板の折れ目から、中をのぞいた。藁《わら》のようなものがはみ出していた。

仏像の台座みたいなものが入っていた。しかしこちらは、包まれても、覆《おお》われてもいなかった。木地が剝《む》き出しになっている。藁は隙間をふさぐために詰めたもので、それこそぎっしり押し込んであった。

両手で抱えてみた。重さは長八のものと、ほぼ同じに思えた。

「おどろいた。この紐《ひも》のつけ方を見てみろや。取りつけた位置から穴の開け方まで、おれたちのとそっくりじゃないか。こんなことってあっていいもんか。おまえさま、どういう子細をお持ちなんですか」

「それよりこの板を外して、中を見てみませんか。この折れた板を取り外したら、わかると思うんですが」

「そりゃあできん。門外不出の寺宝といわれている仏さまなんだ。もっともこっちは、蓮華座《れんげざ》というただの台座だけどな。こちらの一存では、たとえ板が割れたからといって、勝手に取り外すわけにはいかん」

喜之助が言った。

「ですから、なかを見せてもらうだけでいいんです。板は取り替えるか、打ちつけ直したらいいじゃありませんか」

「なんで、そんなことにこだわるんだ」

「大事な仏さまにしては、箱への納め方が雑だからです。第一、こいつはなんでしょう」

指先を突っ込み、入っていた藁を掻《か》き分けた。

喜之助が膝《ひざ》を押さえて寄ってきた。中をのぞきこみ、それからにわかに顔を引き締めると、割れ目に手をかけて取り外そうとしはじめた。ふたりがかりで、板を剝《は》ぎ取った。

詰めてあった藁を取りのぞいた。台座に彫り込まれている蓮《はす》の花びらが、はっきり見えてきた。

その花びらが欠けていた。もとは塗りが施してあったようだが、いまではその色も消えている。縁はぼろぼろ。ほかにも欠けたところが数え切れないほどある。

台座の上のところに、厚さ一寸ばかりの厚い板が載せられていた。

喜之助に命じられ、仁平がそれを取り外そうとした。外せなかった。板を動かすと、台座まで一緒になって動いた。

板は釘《くぎ》で、台座に打ちつけてあったのだ。

7

二階の障子に穴を開け、外のようすをうかがっていた。

先ほど旅籠《はたご》の前を、男がひとり大笹のほうに向かって歩いて行った。しばらくするともどってきた。

笠をかぶっていたから顔は見えなかった。裾《すそ》をくった小袴《こばかま》をはいていた。山伏や修験者《しゅげんじゃ》がはく袴だった。

「これで当分の間来ないべや」

後で声がした。若い男が立っていた。十四、五かと見たが、顔つきがあどけないところからすると、もっと下かもしれない。

薄目を向けていた。にきびの吹きだした頬と、半開きの唇、世のなかをなめきったみたいなせせら笑い。首がふらふら揺れて止まらなかった。

「どうしてわかる」

「木箱を背負ったふたり連れが泊まってねえか、尋ねてきたからよ」

「なんと答えた」

「おらじゃねえ。おたけが、へえお泊まりですだと答えた」

「それで、おまえさんは」

「名は信次《しんじ》。一応この家の跡取りと呼ばれてるだ」

「ありがとよ。またなにかあったら教えてくれるか」

小銭をひとつまみ握らせた。信次はにやっと笑い、手のなかでガチャッと音をさせると、去って行った。

裏へ行って外を見下ろした。

方角としたら、こっちが南だ。井戸やもの干し場、畑などがあって、その先はすべて桑畑になっている。一町ほど先の木立で一旦《いったん》さえぎられるが、畑はさらに先までひろがっている。

木立の細長さからすると、どうやら川が流れているみたいだ。西へ、鳥居峠のほうへと延びている。

どこにも人影はない。街道を挟んで、十数軒の家がばらばらっと並んでいる。小さな宿場だ。上州側の最後の宿でもあった。

この先は鳥居峠から菅平《すがだいら》へ、ろくに人家もない寂しい山道がつづく。うっかりそこへは、踏みこめなかった。こうなった以上必ず、どこかで待ち受けられていると思わなければならないからだ。

鶴吉らに先立って、芳蔵院から善光寺へ向かっていたのは、芝高輪《しばたかなわ》の信徒からなる念仏講の一行だった。

ほかの信徒の見送りを受け、芳蔵院を旅立ったのは十月二日の夜。旅立ちが夜になったのは、奉じていた月光菩薩《がっこうぼさつ》が夜をつかさどる仏だったからで、善光寺までお供をする十一人は籤《くじ》で選ばれたという。

そのうちのほとんどのものは、自分らの運んでいる仏像が、何者かに狙われていることを知らなかった。

だが仏像の所有を巡って、ほかの寺と長年紛争があり、その問題がぶり返してきたので、この際しばらく安全なところへ預けておこう、という趣旨の旅立ちであったことは、喜之助はじめ一部のものが知らされていた。

だから途中でなにか、いざこざが起こるかもしれないくらいの覚悟はしていたが、まさか抜刀した賊が問答無用で襲いかかってこようとは、夢にも思わなかったという。

十人を超える一団が、そのような襲われ方をして仏像を奪われるなど、ふつうは考えられないからだ。

だが芳蔵院のほうは、念仏講の一行が襲われるかもしれないことを、はじめから考えに入れていた。そうなると、修羅場の経験がない町人は、いくら数がそろっていたところで頼りにならない。

蓬萊屋に話が持ち込まれてきたのは、そうなったときの、万一の備えだったのである。

つまり念仏講の一行は、鶴吉らが本物を運んでいることを隠すための、囮《おとり》にすぎなかったのだ。

そう考えれば、ふたつの箱がかたちから重さまで、そっくりにつくられていたことが、はじめて納得できる。念仏講は囮だったからこそ、わざわざ人目につくよう、鳴り物入りで、にぎにぎしく送り出されたのだ。

念仏講の仁平が背負っていた箱には、たしかに台座が納められていた。しかしそれは廃棄された古い仏像のもので、大きさもやや小ぶり、それで板を足して、目方を合わせたのだった。

もうひとつの仏像の行方はわからなかったが、おそらく賊どもに奪い取られたものと思われる。そしていまごろは、壊れたり傷《いた》んだりして廃棄された仏像だとわかり、怒りまくっているはずなのだ。

念仏講の一団がなにごともなく、善光寺へ無事に仏像を納めていたとすれば、それはそれで問題なかった。

一行が箱のなかを見る機会はなかったし、本物がべつに運ばれていることも知らなかったから、自分たちの果たした役割など、知ることもなく終わっていたはずだ。

喜之助らとは、あの場で別れた。かれらはそのあと大笹へ行き、今夜はそこで宿を取って、ほかの仲間が逃げてこないか、ひと晩待つという。

喜之助は人の肩につかまらないと歩けなかったが、仁平がいたおかげで左右から支えられ、なんとか連れて行かれた。いまごろは甥の音吉《おときち》が、芳蔵院へ知らせるために旅立っていることだろう。

自分らの運んでいるのが本物の仏像だと、鶴吉は最後まで打ち明けなかった。芳蔵院の名も出さなかった。しつこく尋ねられたが、口を濁して答えなかった。

かれらの役回りを思い知らせることなど、だれにもできはしない。おそらく芳蔵院の植村昭三郎だって、その点になると最後までしらを切るはずだ。

ただし問題はこのあとだ。いまではことのからくりがあかるみになり、自分らがつぎの獲物《えもの》となっているからだ。

仏像を善光寺まで無事に送り届けるため、芳蔵院が二組の荷を用意していたことは、送りこまれていた間者《かんじゃ》の知らせによって敵方も知っていた。だが鶴吉と長八が裏をかいて裏門から出立《しゅったつ》したため、連中は追いかけることができなかった。それでふたりを探索するため五十吉が先にやってきたのだ。

五十吉が敵の諜者《ちょうしゃ》であったことは、もうまちがいない。

あのときも同じ道を来ていたのに、途中から姿が見えなくなった。喜之助らと出会って話を聞いている間に、まずいと察して姿を消したのだ。

いまごろは仲間と落ち合い、ことの次第をすべて敵方に伝えているはずだ。本物の仏像は明日、鳥居峠を越える。運んでいるのはふたりの男。うちひとりは足を痛めている。

敵が待ち伏せたり人手をそろえたりするまえに、あのまま突っ走って信州入りしたほうがよかったかもしれない。ここでじっとしていればいるほど、自分らが不利になってしまうからだ。

だがいまの長八の足の状態では、どんなに急いだところで逃げ切れるものではなかった。いずれ追いつかれ、念仏講の連中と同じ目に遭っていただろう。

「権六《ごんろく》という下男のじいさんが、四阿山《あずまやさん》のなかにある米子《よなこ》不動尊へ、何度もお参りに行ってるだよ。あっちこっちから登ってるだで、四阿山のことならいちばん詳しいだ。話を聞きたいんなら、連れてきてやるが」

先ほどの小銭がものを言ったか、信次がわざわざ言ってきてくれた。

信州へは何度か来ているが、この街道は二回往復したきりだ。いつも先を急ぐ旅ばかりだから、寄り道したり、名所旧跡に足を延ばしたりしたことは一度もない。米子不動尊という名も、はじめて聞いた。

だが明日のことを考えたら、願ってもないこと。すぐさま下男に会い、半刻《はんとき》ほどかけて、四阿山のようすをあれこれ教えてもらった。

権六を帰すと、長八のところへ行った。

足に巻いた晒《さら》しを取り替えているところだった。朝方見たより、もっと腫《は》れ上がっていた。膿《う》んではいないが、腫れ方を見ると、薬師膏《やくしこう》がそれほど効いたとも思えない。

「どうだ？」

長八は寂しそうな顔をして、かぶりを振った。その目がすべてを物語っていた。

「今日はなんにもしなくていいから、ひたすら足を休ませてやれ。明日は鬼ごっこになる。それもまともな道は通れねえ。おれたちにたったひとつ、やつらの鼻をあかしてやれることがあるとしたら、こっちの姿が見えないところへ潜り込んで、絶対に出てこないことだ。明日は一日じゅう山のなかを這《は》い回ることになる」

「申し訳ないけど、兄ぃ、おれは山も苦手なんだけど。坂を登らせたら、いっぺんでわかるよ。すぐ息が切れて、足が突っ張り、胸が張り裂けそうになって、息ができなくなる。最後はほんとにぶっ倒れてしまうんだ。がきのころ、みんなで那須山へ登ったことがあるんだよ。そのときは途中で動けなくなって、最後は生け捕られた狸《たぬき》みてえに、木の枝へぶら下げられて帰ってきた」

「あの山を見ろ」

それには耳を貸さず、障子をすこし開けて正面に見えている山を指さした。

「四阿山だ。この辺りではいちばん高い山で、修験の山として知られている。できたらあの山を越えて、向こう側へ下りたい。山の頂上まで行くことはないが、途中のどんな低い峠を越えたとしても、今日通った万騎峠より高くなる」

長八は黙り込んだ。自分の言い分に耳を傾けてくれる気がないとわかり、それ以上しゃべる気をなくしたのだ。

鶴吉はもう一度信次に来てもらった。

「おまえさんを見込んで頼みたいことがある」

隅に置いたふたつの箱を指さして言った。

「なかに仏さんが入っている。こっちがお像で、あっちが台座。明後日《あさって》じゅうに善光寺へ届けなきゃならないんだが、外にそれを邪魔しようとしているやつがいる。さっきたしかめに来た連中だ。明日、どこかでおれたちを待ち伏せ、仏さまを奪うつもりだ」

信次は歯をせせるような気取った笑みを浮かべ、表を指さした。

「斜め前に土壁の倉を持つ家が見えるべえ。その家の後から、ひとりこっちを見張ってるだ。裏にもひとり」

それは街道の向かいにある家並みを西へ、三軒ほど行った先の家だった。姿が見えないのは旅籠の前を見張っているからで、二階を見上げているのではないという。

「仏さんを持って行くの、なんで邪魔するんかい」

こまっしゃくれた顔で信次は聞いた。

「商売敵の寺の指金《さしがね》だろう。この仏さんを開帳されると、客がそっちへ行ってしまって、自分とこの参詣《さんけい》客ががた減りになる。この仏さんさえいなきゃということらしいんだ。しかも自分たちが手を下さない限り、自分たちは関わりがないと、突っぱねることができる。外の連中はそのために雇われたならずもんだ」

「そうけえ。ありそうな話だのう。坊主《ぼうず》ってのは、欲が深いからのぅ」

「それで、外の連中の目をごまかして逃げるにはどうしたらいいか、ずっと考えていた。裏の桑畑の向こうに、帯みたいな林があるけど、あれはなんだ」

「川だべや。吾妻《あがつま》川の上流だ。この先の山んなかでお終《しめ》えになる」

「下は歩けるか」

「ちょっと谷になってるけど、そんなに深くはねえから、下りられる。水車小屋の先にある滝のところまでなら、歩いて行けるべ。けど、どうやってあすこまで行くだ。南側も五、六軒先の家の後で見張ってるだよ」

「それほど、むずかしいことじゃねえ。おれたちが裏から抜け出し、桑畑を横切って、あの川っ縁へ飛びこむまで、見張りの目を逸《そ》らしてくれたらいいんだ。明日の朝、友だちを使って、表で騒ぎを起こしてくれないか。派手な喧嘩《けんか》をやらかして、やじうまが集まってくるような大喧嘩だ」

そのやり方まで伝授してやった。この手の悪巧みは、がきのころ何度もやったことがあるのだ。

騒ぎを起こし、大人がそれに気を取られている隙《すき》に、店先の菓子をくすねたものだ。大事なことは、ぱっと起こして、ぱっと終わること。ほんの一瞬のことなので、大人は、くすねられたことに気がつかない。そういう手際《てぎわ》を最上とする遊びなのである。

信次は見込んだ通りの悪がきだった。一を聞いて十を覚《さと》り、にきびだらけの顔をぐじゃぐじゃにしてほくそ笑んだ。そして感嘆と尊敬の目で鶴吉を見つめた。

「にしの悪知恵にゃ、おれら、とても勝てんのう」

もちろんただというわけにはいかない。友人まで駆り出すご苦労賃として、信次の手に一朱金を握らせた。

宿には二食分の弁当を頼み、また万が一の備えとして、大豆と米を煎《い》ってもらって携帯することにした。予備の草鞋《わらじ》も各一足。野宿することもあるのを覚悟していた。

下に降りて旅籠《はたご》の親父《おやじ》と掛け合いをしていたとき、裏口へ、歩けないはずの長八が出てきたからびっくりした。今日は動くなと命じてあったのだ。井戸端の流しで、なにか洗いはじめた。足に巻いていた晒しを洗っていた。鶴吉はなにも言わず、二階へ引き上げた。

翌日。

宿場の朝は早い。夜の明けぬうちから旅立ちの準備がはじまり、六つになるともう街道を人や牛馬が往来しはじめる。大笹界隈《かいわい》から鳥居峠、菅平、仁礼を経て、須坂まである一日の行程なのだ。それが長くて苦しいから、だれもが気張って旅立つのである。

鶴吉と長八は支度を調え、裏口の土間に身を潜めて、ときが来るのを待ち受けた。冬枯れの桑畑の向こうに、川辺の木立が見えている。畑は真っ平らではなく、ゆるやかにうねりながら、全体としては上り坂。地肌が白く見えているのは霜が降りているからだ。山間《やまあい》をまだらになって朝靄《あさもや》が流れていた。

今日は日光がなかった。どんよりと曇り、ひょっとすると、一日じゅう晴れ間が出ないかもしれない。底冷えのする日になりそうだ。

「この野郎。なにしやがんでぃ」

はじまった。表でいきなり罵声《ばせい》がはじけた。

「ばかやろう。にしがわりぃんじゃねえか」

「あ、このやろう、おめ、人を殴ったたな。なんでおめみてえなくそやろうに……」

あとはことばにならなかった。上州弁丸出しの怒声が衝突したかと思うと、罵声だらけの叫び声になった。

とっ組みあいがはじまった。宿のなかから、なんだなんだと声が上がり、どやどやと人が下りてきた。

裏口から外をのぞいた。右手半町のところにある百姓家の陰に、見張りが潜んでいるはずなのだ。

左手の川辺の茂みから、突然人が立ち上がった。信次だ。手を上げてこちらへ合図を送ってきた。

見るなりふたりは駆けだした。長八が先。鶴吉が後。前屈《まえかが》み。長八も足の痛さを忘れ、転ぶような速さで駆けて行く。

信次の手の動きが早くなった。急げというしるし。

いきなり消えた。身をかがめて信次が隠れたのだ。

つぎの瞬間、長八と鶴吉は木立のなかへ飛び込んだ。そのまま這って先へすすんだ。

すぐさま崖《がけ》に突き当たった。

吾妻川だ。幅が五、六間とずいぶん痩《や》せ細っていた。谷の深さが二、三間。下には岩と、ごろごろの石。流れは川幅の三分の一くらいしかない。

川上のほうへ這って行った。すると崖がゆるくなり、踏み跡のついているところへ出た。ここから下りられるのだ。

長八を先に行かせた。

木立の陰から、見張りのいるほうをうかがった。納屋《なや》の陰に、腰を下ろしている男の姿が見えた。こちらには気づいていない。

下りたところは川原だ。粗い砂と拳《こぶし》くらいの石。ほかはほとんど岩。流れは右に寄ったり左に寄ったりしているが、しばらくはこのまま、岩づたいに行けそうだ。

「足場のよいところを第一に選んで行こう。水のなかには、どうせ入らなきゃならんから、だったらいつ入ったって同じだ」

向こう側が歩きやすいと見ると、鶴吉はためらわず歩いて流れを横切った。くるぶしの上くらいまでの浅い流れだったが、水は突き刺すみたいに冷たかった。

すぐに一ヶ所、小滝のような段差のあるところへ出た。高さは一間となかったが、乾いた岩がなく、しかも水に浸《つ》かった岩は苔《こけ》でおおわれ、つるつるに滑った。否応《いやおう》なし、両手両足を使って岩をよじ登らなければならない。

長八が足を滑らせ、転びそうになった。足の踏ん張りがきかないから、手だけでは躰《からだ》を支えきれなかったのだ。

荷物を下ろさせ、から手で上がらせた。それから手渡しで荷を上げ、鶴吉があとから登った。ここを乗り越えるだけで、ふたりとも濡《ぬ》れ鼠《ねずみ》になった。

「荷物を代わってやろう」

鶴吉は自分の荷を指して言った。

「この先にもまだ、同じような段差がありそうだ。しばらくこっちを担《かつ》げ」

長八はかぶりを振った。

「こっちがおれの荷だよ、兄ぃ」

四、五町行くと、川が二手に分かれた。右へ行けと信次から教えられている。左のほうが流れはゆるやかなのだが、大笹街道に沿ってすすむから、上から丸見えになるのだとか。

右の川へ入った。幅が狭くなり、崖が高くなった。

頭上を土橋が横切った。大笹街道だ。往来する旅人の姿がないのをたしかめてくぐり抜けた。

滝のような音がしはじめた。間もなく水車小屋が現れた。ここで上がれと信次から教えられている。

踏み跡がついていた。上がったところにわずかな畑。前が水車小屋で、この村のものだ。米搗《つ》き臼《うす》と、粉挽《ひ》き臼とが据えられていて、村のものならだれでも使える。

表に回ろうとして、はっと腰を落とした。声が聞こえてきたからだ。

「めしはたらふく食っておけよ。残りは握りめしにして持たせるが、ことによったら今日はこれで、食えなくなるかもしれんぞ」

鶴吉と長八は顔を見合わせた。聞こえてきたのはまぎれもなく、五十吉の声だったのだ。

「でぶのほうは追わなくったっていい。あの蓮華座《れんげざ》は、どのみち後世につけ合わされたもので、偽物《にせもの》ではないまでも、それほど値打ちのあるもんじゃない。欲しいのはただひとつ。鶴吉という野郎が背負っている仏さまだ。ただし何度も言うが、こやつはしぶといぞ。足だっておれたち以上に速いと思え。かまわねえから、とにかくぶっ叩《たた》いて、歩けなくなるようにしてしまえ。刀を抜いて刃向かってきたら、殺したってかまわん。二百年もの間呻吟《しんぎん》してきたわれらの手に月光菩薩《がっこうぼさつ》様を取りもどし、日光菩薩様、月光菩薩様を晴れて対にしてご安置する最後の機会だ。やつらこそ憎むべき仏敵。

たとえ殺したって、仏はお許しくださるだろう」

鶴吉は長八をうながし、もとの崖へもどった。

「食い終わったらさっさと片づけろ。厳信《げんしん》と慈光《じこう》は鍋釜《なべかま》を洗ってこい」

五十吉の声が追いかけてきた。降りたところに藁《わら》を束ねたたわしが置いてあった。岩についた煤《すす》の跡。米粒らしいものも流れに引っかかっている。

急いでその先の流れに潜りこんだ。傾斜が見る間に険しくなった。ひと抱えもふた抱えもある岩が、縦に折り重なっている。乗り越えるのにひと苦労。本物の滝はまだ先らしいが、これだってすでに半分滝だ。冷たい水が容赦なく降りかかってくる。頭の芯《しん》が痛くなってきた。

高い崖にさえぎられ、すすめなくなった。ここで岸をよじ登った。

岩だらけの傾斜がだいぶつづいた。木は多くない。ところどころに葉を散らした楓《かえで》、とっくに丸坊主となった泥柳、川っ縁に生える木が多いところを見ると、大雨が降ったときはここら辺りまで流れになってしまうということだ。

長八の顔を見て思わず目を逸らした。顔が青白くなり、唇は土気色になって、ひきつけを起こしたみたいに震えていた。歯がかたかた鳴っている。とはいえ自分だって、それほど大きなちがいはない。

ようやく涸《か》れ川を抜け出した。

傾斜がますます急になり、樅《もみ》や杉、松の木が増えてきた。いずれも植えられた木ではない。これまで斧《おの》が入ったことのない、天然の森だ。切り出しやすい山が手近にある間、こういう山の木は見逃されるのである。

木立の向こうが、明るくなった。森が終わり、草原になったのだ。地形までゆるやかになってきたのがわかる。

なにか見えてきた。牧《まき》のようだ。夏の間、牛や馬を放し飼いにするところで、たてい村が管理している。上のほうの色の濃くなったところは、茅《かや》の原だろう。屋根を葺《ふ》くための茅が、ここで調達される。

牧に出た。足を止め、息を整えながら、周りを見回した。

高く登ってきた割りに見通しがきかない。街道、宿場、ともに見えなかった。木立の向こう側になるからだ。

代わって南側の浅間山と、それに連なる山並み、麓《ふもと》にひろがる平原が見渡せた。緑を寄せつけない黒々とした拡《ひろ》がりが浅間の北側へ延びている。天明の噴火で流れ出した岩の跡だ。

目の前に現れたこの草原をどうするか、ためらった。ここを横切らなければ、上にある山のなかへは逃げこめないのである。

いちばん狭いところを横切るとしても三、四町くらい幅があった。平地ではない。勾配《こうばい》のきつい山のただ中、しかも荷を背負っている。向かいの森へ逃げこむまで、気の遠くなるような刻《とき》がかかる。

「一息ついたら、あそこへ向かうぞ」

真上を指さして言った。

「坂はきついが、あそこがいちばん近い。ただしその間に、下から見上げられたらお終《しま》いだ。たちどころに見つかる。それでもあそこへ逃げこむしかないんだ。敵に、この山を越えて、向こう側へ逃げこむ気だと思わせるためにも、ほかへ向かうわけにいかない。つらいだろうが、行くぞ」

長八は黙ってうなずいた。それからなにか言った。声がくぐもって聞き取れなかった。鶴吉は聞き返した。

「じっとしてるより、なんぼかいいと言ったんでさ。止まってたら、寒《さぶ》うて、寒うて」

怒鳴るような声で長八は言った。顔がこわばって、声も出なかったということだったのだ。

ふたりは並んで坂を上りはじめた。

すこし行ってから振りかえった。目の下にひろがる風景が、今度はなんの邪魔もなく、すべて見渡せた。街道、宿場、大笹に至るまで、手に取るみたいにわかった。

ずいぶん高くまで上がってきた。だがまだ前途のほうがはるかに長い。

さらに登った。長八の足に迷いがなくなった。

声が聞こえた。短く叫んだ声。さらに罵声。

振りかえった。宿場を出たあたりの路上に、五つ六つ固まっている人影が見えた。

こちらを指さしているのがはっきりわかる。ことばまでは聞き取れないが、大声で叫んでいるのもわかった。

見つけられた。

数をかぞえた。六人いた。水車小屋から街道へ出て、宿場のほうへ向かっていたようだ。さらに宿の近くの路上にも何人か。おそらく張り番をしていた連中だ。

どれくらい隔たっているだろうか。贔屓目《ひいきめ》に見ても、小半里となさそうだ。

行こう。と、また登りはじめた。

今度はちがう声がした。

振り向くと、ひとり駆けだしていた。街道を西へ、鳥居峠の方へと向かっている。

あとの五人はこちら。とびきり足の速いのがひとりいて、そいつはもう水車小屋のところまで達していた。

8

牧を登りきり、その先にある樅《もみ》林にたどり着いた。

縁に沿って、そのまま上に向かう。

「もうすこし登るぞ。あくまでも山越えをして、四阿山の裏側へ逃げ込むつもりだと思わせるんだ」

一町ほど登って振り返った。先頭を来ていた男の姿は見えなくなっていた。いまは残りの四人が水車小屋へたどり着いたところ。さらに、遅れて三人。

間合いはまだ変わっていない。それでもせいぜい小半刻だろう。

それを頭に入れて林へ潜りこんだ。

すぐさま下へ、一気に数町駆け下りた。登ったと見せて、下ったのだ。

杉と樅が入り交じったひときわ暗い森に入ったところで、横にたどりはじめた。これ以上下ったら街道に近くなる。より遠く、より早くすすもうとしたら、横に行くしかなかった。

人間の手が入っていない森だから小枝だらけだ。遠慮会釈《えしやく》なく顔を引っかかれた。突き刺そうとする枝もある。手で払いながらひたすらすすんだ。

間もなく一本の道を横切った。下から上へ、真《ま》っ直《す》ぐに延びていた。権六から聞いた、四阿山へ登る道にちがいなかった。鳥居峠から上がってきた道である。信州に入ったのだ。

水の音が聞こえてきたかと思うと、川に行く手をさえぎられた。流れの幅はほんのひとまたぎと狭かったが、深い谷を刻んでいた。

信州に入って現れた川だとすると、これは真田《さなだ》から上田のほうへ流れている川にちがいない。つまり千曲川《ちくまがわ》の上流なのだ。

しばらくは谷に沿い、歩いて横切れるところまで登って行った。躰を濡らすのはもう懲り懲りだ。

山はとっくに冬支度となっている。踏みしめるところ、かき分けるところ、すべてが氷のように冷たかった。森閑とした山の空気が、温《ぬく》もりのかけらも持ち合わせていない。

川岸の崩れおちたところがあった。岩伝いに、ようやく向こう側へ渡った。

森に入って以後、追っ手の物音を聞かなくなった。木立にさえぎられて聞こえなくなったせいもあるだろうが、それより声を出さなくなったと考えるべきだろう。声で知らせ合うのをやめたのだ。

こちらも同じだ。ひと言もしゃべらなくなった。方角を変えるときは、黙って指を向ける。長八がうなずき返したら、わかったということになる。

長八は登りにかかってから、まったく声を出さなくなった。足が痛くないわけはなく、ときによろめいたり、立木につかまって躰を支えたりするのだが、泣き言めいた声は一切出さなくなった。

急な斜面にさしかかると、自然に右足から踏み出していた。右足を先に出し、踏ん張っておいてから、左足を引き寄せる。それを当たり前にやっていた。躰の使い方ができてきたのだ。

思いがけないことに、このころから日がさしはじめた。信州へ入って空が変わってきたのだ。木立ち越しとはいえ、ときどき日光が降りかかってくる。日差しが躰に止まると、生き返った心地がするくらい暖かかった。

日だまりに出たので山の背に荷を預け、はじめての休息を取った。顔を見合わせ、ふたりで声もなく笑った。泥だらけのうえ、手や顔は引っ掻《か》き傷だらけ。見られた恰《かっ》好《こう》ではない。

二つ目の沢を乗り越えた。それから傾斜がゆるやかになったかと思うと、数町歩もの広さを持つ牧に出た。夏の放牧場だと思われるが、いま牛馬の姿はない。

ひろすぎるから、ここをうっかり横切るわけにはいかなかった。縁に沿って森のなかを、下へ向かうしかない。権六から聞いた話のなかに、このような牧は出てこなかった。だからどの辺りかわからないのだが、だいぶ降りてきた気はする。人里のざわめきみたいなものが、なんとなく感じ取れるのだ。

長八からいきなり袖《そで》を引っ張られた。下を指さしている。木立越しの眼下に白い帯のようなものが横たわっていた。

街道だ。二町ぐらい下になるが、実際の高さの差はそれほどないだろう。どこかで真田方面へ向かう道が分かれるはずだが、まだそこまで来ていないように思われる。できたら真田のほうへ逃げ込みたかった。上田までたどり着けたら、あとは北国《ほっこく》街道。人の往来も多くなって、日中は襲われる恐れも少なくなる。

日が頭の上をよぎり、八つになったところでめしを食った。はげしく歩き回っているからとっくに腹ぺこだったのだが、この先どうなるかわからないので、ぎりぎり引き延ばしていたのだ。

食っている最中のことだ。あれっ、という顔をして長八が空を仰いだ。大木の倒れた跡地だったので、見上げる空は狭かった。

「なんだ。とんびだ」

長八は独り言をいった。

「鳶《とんび》が啼《な》いたか」

「いま、ぴーひょろろって、二回啼きましたよ」

「聞こえなかったぞ」

「ああ。おれ、人に自慢できるものはなんにもないんだけど、目と耳だけはいいんでさ。その気になって聞いたら、隣の部屋で針を落とした音だって聞き取れまさあ」

「だったら世のなかがうるさくてたまらねえだろうが」

「よくしたもんで、耳ってのは、聞きたくないときは、あんまり聞こえねえんです」

腹がくちくなり、躰《からだ》がほっとしてきたところで、鶴吉はいま思いついた計画を打ち明けた。できたら真田のほうへ出たいということだ。

「もちろんあいつらだって、そんなことは端《はな》から承知だろう。そうはさせまいと、きびしく見張っているにちがいねえ。その目を盗んで、街道をこっそり横切れるかどうか、すべてはそれにかかっている。これから街道の縁まで下りて、じっくり探ってみよう」

　ということで、以後はより街道に近いところをすすみはじめた。

　多くはないが、旅人はときどき通った。荷を運んで行く馬、返り荷を積んで来た馬、十頭以上もの牛を連らねた列、さまざまな旅人が目の前をかすめた。

　五十吉一味と思われる人影だけは、まったく見かけなかった。

　山が狭くなり、木立の深い谷間へさしかかった。静まりかえった山間《やまあい》の気配に、記憶が甦《よみがえ》った。この狭間《はざま》を抜けた辺りに、たしか真田との分去《わかされ》があったはずなのだ。横切るとしたら、左右の狭いここで、飛び出すしかなかった。手真似《てまね》で長八に知らせ、街道のすぐそばまで近づいた。あいにくこういうところだから、見通しが利《き》かないのである。

　そのとき、長八の躰がびくんとふるえ、こわばった顔を向けてきて右方を指さした。

　鶴吉にはなんのことか、わからなかった。

　長八が鶴吉に向け、ゆっくりと、口を開いた。「あ、し、お、と」と声を出さずに言ったのがわかった。

　一呼吸置いたところで、鶴吉も気づいた。

　右から人がやって来たのだ。音もたてずに走っていた。こっちを向いていた。蟹《かに》みたいな横歩きをしていた。

前を通ったとき、全身が見えた。白ずくめの衣装だった。山伏の恰好だ。

長八に合図して、すこし奥へもどった。そして荷を下ろした。

「いまのやつ、おかしな歩き方をしてなかったか。ようすがおかしいぞ。ここで待ってろ。見てくる」

たしかに山のほうを向いて横歩きしていた。しかし目は山のなかに向けられていなかった。すぐ目の前を見ていたのだ。

街道の間際《まぎわ》まで近づき、藪《やぶ》のなかに身を潜めて、下から見上げた。腰を上げたり下げたり、目の高さを変えたりしてたしかめた。さらに位置まで変え、何間か移動しながら見て回った。

糸が張られていた。道際の木立の間にだ。

蜘蛛《くも》の巣のような細い糸が、木と木の間、枝越し、草の葉越しに渡されていた。高さが腰くらいのところ。二本、ないし三本渡されている。

男の姿を先に見なかったら、とても気がつかなかった。きわめて細い糸だったからだ。

だが日に透かして見上げると、糸の光っているのがはっきり見分けられた。どのように張り渡したのか知らないが、渡したというより、蜘蛛の糸みたいに、そこらへ引っかけられているだけのようだ。

三本渡されている糸のいちばん下を、指先で触ってみた。糸は指に吸いついた。そして切れた。蜘蛛の糸みたいにねばっこい糸だ。

いまの山伏は、この糸を破って、向こう側へ横切って行ったものがいないかどうか、見回っていたのだ。

もどって長八に知らせた。ふたりはまた、森のなかをさまよいはじめた。

しばらくのち、地崩れの跡へ出た。急な斜面がえぐれて崩れおち、赤土の地肌が剝《む》き出しになっていた。幅一町、長さが三町くらいあって、小さな山がひとつ、そっくりなくなっている。

最近起こった地崩れではなかった。荒れ地へ生えてきた木が、もう鶴吉の背丈くらいになっているからだ。崩れそこねた木立も残っている。

いまでは安全ということなのだろう。人の横切った踏み跡が、道になってしるされていた。木樵《きこり》や牧《まき》で働く人間が、ときどき通りかかっているようなのだ。

またためらった。横切ると見つかるおそれがあるからだ。

だが左右は鬱蒼《うっそう》とした森。こんなところに人間が潜んでいるとは考えられなかった。

こんなところにまで人を配置していたら、何百人もの手勢が要ることになる。

「ここは行くしかないだろう。迂回《うかい》したら、ものすごい遠回りになる」

崩れ跡に目を向けながら鶴吉は言った。横断を避けて、上下どちらを回ったとしても半刻《はんとき》以上はかかる。西に傾きはじめた日差しを見ると、とてもそんな余裕はなかった。

「先に行く。走るから、ついて来い」

腰を落として走りはじめた。後から足音がつづいてくる。

その長八の足音が、半分ほど行ったところで突然消えた。

振り返ると、足を止めてきょろきょろしている。

「どうしたんだ！」

「おかしい。仏法僧《ぶっぽうそう》が啼いてる」

「それがどうした」

「いまごろ啼くはずがねえ。あれゃ夏の鳥なんです」

と言った途端、目が一点を見て丸くなった。

「あそこだ！」

うろたえて指さしたのは、向かいの山だ。街道を挟んだ反対側に、いくつか高い山があったが、長八はその右側にある山の、どこかを指さしていた。

「見つかった！」

泡を食って走ってきた。と見る間もなく、つんのめって前へ転んだ。あわてて起き上がったとき、胸元から白いものがぱっとはじけ飛んだ。

つづいて黒い塊。

長八が悲鳴をあげ、あわてて拾い上げようとした。だが塊はもんどり打って急坂を転げ落ちた。首に引っかけていた炒《い》り米とむすびを落としてしまったのだ。

「米が……むすびが……」

「あきらめろ。来い」

もどって袖をつかみ、引きずるようにして引っ張ってきた。

「あそこ……あそこで……見張ってやがった」

長八は取り乱し、わめき声をあげっぱなしだ。さっきまで引き締まっていた顔が、もとの福笑いにもどっていた。

「山に見張りがいたのか」

「合図だったんだ。さっきのとんびも、仏法僧も……ほら、啼いてる。まだ仏法僧が啼いてる。あの鳴き真似は、おれたちを見つけたという合図だったんだ」

「聞こえねえぞ」

「ほら、耳をすませて。ぶっ、ぽー、そー。ぶっ、ぽー、そー。聞こえるでしょうが」

長八が手で、拍子を取りながら言った。それを見ながら、耳を合わせた。

かすかに、ほんのかすかに、聞き取れた。たしかにぶっ、ぽー、そー、と啼いていた。

「それで、見張りはどこにいたんだ」

あそこ、と長八が向かいの山を指さした。こちらよりはるかに高いところ、山の肩のようなところ。崖《がけ》がすこし見えているが、どうもその辺りだ。

だがいくら目をこらしても、鶴吉には見えなかった。木立越しだし、動いているわけでもない。岩陰にいるとしたら、岩に溶け込んで見分けがつかないのだ。

鶴吉はけっして目の悪いほうではなかった。夜目も利くほうだし、こういう商売をしていることもあって、目ざといことでは、人におくれを取ったことなどなかったのだ。

それが……。鶴吉は仰天した目を長八に向けた。

その長八はぐしゃぐしゃになった握りめしを手に、半べそをかいていた。

ひとつ拾ったものの、力を入れすぎて握りつぶしてしまったのだ。転げ落ちるのを免れたむすびはあとひとつしか残っていなかった。

三つは坂を転げ落ちたことになる。そして炒り米は、ただの一粒も残っていなかった。

「そうとわかったらぐずぐずしてられねえ。やつらが集まってくるまえに、この網の目から抜けだそう」

また闇雲《やみくも》にすすみはじめた。

長八は、仏法僧が那須に棲《す》んでいたから、よく知っていたという。一度聞いたら忘れられない啼き声だし、仏さまのお使いとあがめられてもいたし、子どものころからきわめて身近な鳥だった。

一方で謎《なぞ》に満ちた鳥でもあった。声は聞いても、姿を見たことは一度もなかったからだ。

鳴き真似は、かなり本物に近かったと長八は言った。どうやら仲間への合図を、さまざまな鳥の声で使い分けていたみたいなのだ。いまはその啼き声までやんでいた。

日の力がうすれてくるにつれ、森を潤《うるお》していた温《ぬく》もりが消えていった。濡《ぬ》れた着物はもう乾いていたが、刃物のような冷たさがまた背筋へ忍び寄りはじめた。

「待て！」

声を出して足を止めた。目の前が明るくなったかと思うと、斜めに差し下ろしてくる光がなにかを光らせたのだ。

腰を落として空を見上げた。頭を動かして目の高さを変えた。

糸だった。さっきと同じような糸が、ここにも張り巡らしてあった。糸の向こうを、道が横切っていたのだ。

権六から聞いた、真田方面から四阿山へ登る道ではないかと思える。

位置を変えて、しばらくたどってみた。上のほうまで、どこまでも張り巡らしてあった。

動けなくなった。これ以上はすすめない。見えない網の目で、取り囲まれてしまった。

荷を下ろして躰を休めながら、いまどの辺りにいるか、考えてみた。山の頂上が見えないから、はっきりしたことはわからないが、菅平に近づいていることはたしかだろう。

菅平は、天候が急に変わったり吹雪になったりしたとき、難を避けて逃げこむ家が数軒あるきりの、宿場ともいえない小さな村だ。仁礼まではあと二里。この先にある峰の原を入れて最後の難所だった。

「いいですか、兄ぃ」

考え込んでいると、長八が言った。

「いま思いついたんですけどね。善光寺へは明日の夜中までに、着けばいいんでしたよね。ここはおれが、網を破って、向こう側へ逃げこみますよ。敵がそれを知ってお れを追いかけはじめたら、兄ぃはその動きを見て、べつのほうから逃げてください。やつらの目当てはそっちの仏さんだ。おれのほうはたとえつかまったとしても、ぶん殴られるくらいで、命まで取られることはないでしょう。おれはあとから行きます」

「ばかやろう。おれたちはふたりでひとつ、ふたりそろってはじめて一人前なんだ。どっちが欠けてもだめでえ。くそ、こんなことでめげてたまるか。ここはなにがなんでも逃げおおせて、やつらの鼻をあかしてやらなきゃ気がおさまらねえ。たしかにこうなったら焦《あせ》ることはない。じっくり行こうぜ」

考えてみると、見つかってからもう一刻以上たっていた。だがまだ、こうやって逃げ回っているし、敵の気配も感じられない。ということは、やつらのほうにも、山のなかへ踏み込んでこられるほど人手がないということなのだ。

糸の張り渡されている道に、また近づいた。そして一ヶ所、糸を切って森へもどった。

荷を下ろし、木陰で腰を据えた。ここで敵の出方をうかがうことにしたのだ。

糸を突破して、向かいの森へ逃げこんだと敵が思い、そっちへ行ってくれるならそれはそれでけっこう。

いずれにせよ鶴吉のほうは、これ以上ここから動くつもりがなかった。ここに留まったまま、夜を待つことにしたのだ。

今日は六日だ。夜になると月が出る。鎌《かま》のように痩《や》せた月だが、それでも新月とは比べものにならないくらい明るい。その光を頼りに動き出そうと思ったのだ。

ただし六日の月は、ほんのいっときしか、夜空に留まってくれない。五つになると、もう没してしまう。

日が暮れて、月が落ちてしまうまで、わずか一刻。その間に勝負するしかないのだ。

9

日はとろとろと暮れてきた。

空が白くなってきたかと思うと、森の陰影が濃くなってきて、鳥が今日最後のさえずりをはじめた。山の端《は》のかすかな夕焼けを見つめながら、最後のめしを食った。

鶴吉の握りめしと長八の残りとを合わせ、それをふたりで分けた。腹を満たすというわけにはいかなかったが、その分噛《か》みしめながら食った。これで食いものは、鶴吉が持っている炒り大豆だけになった。

山の気配がみるみる冷たくなった。西の空に浮かんだ月が輝きはじめた。いまの月は昼間から出ているのだ。暮れるまで気がついてもらえないような月なのだ。

月明かりに見送られながら森を出た。先ほどの小道を横切り、向かいの森へ入った。足を速めて先を急いだ。意外なことに、ほんの一足で、あたらしい牧に出た。あの小道の先にはいくらの森もなかったのだ。

先へすすんだと見せたつもりだったが、手の内を読まれたかもしれない。森がこんなに小さかったとは知らなかったのだ。

もはや一刻の猶予《ゆうよ》もなかった。牧を見据えながら左右へ目を走らせた。わずかな月明かりで、どれくらい遠目が利《き》くか、それがいちばん気になった。

「今度は、この牧を見張っているやつが、いると思わなきゃなるまいな。どうだ。おまえなら見えるだろう」

すると長八は悲しそうな顔をしてかぶりを振った。

「だめなんです。おれ、鳥目なんで、夜はからっきし、見えなくなっちまいます」

「じゃあ敵も鳥目だということを祈りながら、押し通ろう」

行くぞと呼吸を合わせ、ふたりは飛び出した。前方の闇へ向かって、まっしぐらに走りはじめたのだ。

今夜は雲が多かった。それも黒くて、厚い雲だ。なけなしの月の光がしょっちゅう隠れ、そのたび天窓をふさいだみたいに夜が暗くなった。

背中の荷物を揺さぶりながら、走りに走った。なにも聞こえなかった。なにも見えなかった。宵闇がどこまでも、朦朧《もうろう》とひろがっているのみ。そこをめがけて、猛然と突きすすんだ。躰《からだ》の底から噴き上げてくる力に押されていた。

飛びこんだ。牧を横切って向かいの森へ走りこんだ。耳をすませたが、追っ手の声らしいものは聞こえなかった。静まりかえった森が、息を殺してふたりを迎え入れただけだ。

「なにか聞こえたか」

長八は黙ってかぶりを振った。

静寂が締めつけてきた。戦慄《せんりつ》といってよい張り詰め感。おのずと足が遅くなった。

息を整え、耳をそばだて、腰を落とし、身構えながらすすんだ。敵の懐《ふところ》に入っていることが、肌で感じられた。

たまらなく長くつづくかと思えたが、なぜか、それが、ある時期からがくっと消えた。うなりつづけていた耳鳴りが、突然やんだようなもの。周囲を取り巻いていた静けさの内容が、手のひらを返したみたいに変わってしまったのだ。

両手で前を探った。なにも触れなかった。木立を抜けて、どこかへ出たのだ。

ゆるやかなひろがりが目の前に横たわっていた。

夜露の光っているのがかすかにわかった。頭の上に、ぽっかり空があいている。さらに足下。掘りこんだみたいな地面のへこみ。一筋の線。それも下りだ。

おどろきの目でもって周囲を見回した。坂の傾き具合をたしかめた。山際《やまぎわ》の線を見上げた。

たしかに峰の原だ。

敵のただ中を通りすぎ、その先の街道へ抜けていたのだ。これから先は下り一方。二里足らずで仁礼の宿場へ達する。

忍び足で下りはじめた。すぐにも暗くなって、なにも見えなくなった。山の狭間《はざま》に入ったのだ。だがそれ以上に、厚い雲が月を隠していた。山の端から盛り上がっている黒雲。これでもう月が顔を出すことは望めない。

一気に暗くなった。

長八の足がたたらを踏み出した。手にもっていた杖代《つえ》わりの木切れを差し出し、つかまらせた。

その瞬間、足がなにかを引っかけた。

傍らの繁《しげ》みで、竹筒の触れあう音が鳴った。

鳴子《なるこ》だ、と気づくやいなや、長八を引き寄せ、押し倒すようにして茂みのなかへ飛び込んだ。

あくびのような眠そうな声がした。それからごそごそと起きあがってくる音。足音は道まで出てきた。

「くそったれが。またか」

腹立たしそうな声が頭の上で響いた。ほとんど真上だ。月が出ていたらまちがいなく見つかっていた。

「今度引っかけやがったら、絶対仕留めて食ってやるからな」

ぶつぶつ言いながらもどって行く。がらがらと竹が鳴った。足下に渡してあった糸の張り直しをはじめた。

綱というほど太い糸ではなかった。凧揚《たこあ》げ用の糸みたいな、細くて強い糸が張り渡してあった。糸の端は茂みへ延び、そこに竹筒を吊《つる》して鳴子がつくられていた。

昼間のあの糸に気づかなかったら、音を聞いただけで鳴子だと察したかどうか。

男が鳴子を取りつけ直している間に起き上がり、そっと離れた。

真っ暗になった。

西の空を透かしてみたが、山の見極めさえつかなくなっている。月が去り、夜がそれだけ深まった。

ふたたび長八を杖で引きはじめた。だがその鶴吉ですら、もどかしいほど足が前に出なくなった。なにも見えないのだ。石に足を取られたり、踏み外したりしないよう、そろそろ出すしかなくなった。

とうとう転んだ。段差があったのに気づかず、前につんのめって岩にぶつかった。そっちが崖だったらまず落ちていた。

したたかに膝《ひざ》を打ち、痛さでしばらく動けなかった。

ぶつかったのは、ただの岩とちがうようだ。手探りすると、いくつか丸みがある。路傍に建立《こんりゅう》されている地蔵にほかならなかった。

この仁礼道は、冬になると毎年行き倒れが出る。膝まで埋まる雪が降り積もり、吹雪きはじめると、人も馬もたちどころに立ち往生する。

この地蔵菩薩《ぼさつ》は、この山で凍死した人を悼《いた》んで、地元の人たちが立てたものだったのだ。

膝がずきずきしてきた。ここまで来て怪我《けが》をするほど愚かしいことはない。これまでの苦労をふいにしてしまう。木の枝をもう一本もぎ取り、それで前方を探りながらすすみはじめた。

「兄ぃ、人が来ます」

長八が言った。話し声が聞こえてくるという。後からだ。

さらに「あっ」と叫んだ。

「灯が見えた。提灯《ちょうちん》です」

急いで繁みのなかへ隠れた。こんな夜分、提灯をつけて先を急ぐ旅人がいるはずがない。

「狐火《きつねび》じゃないだろうな」

なかなか来ないから焦《じ》れて声を上げた。鶴吉には見えなかったのだ。

「ちがいます。提灯の火でした」

「鳥目で見えるのか」

「しゃべってます。あっ、五十吉だ」

あわててさらに身を隠した。鶴吉の耳に、五十吉ではない男の声が聞こえてきた。

「てっきり、にくしし（羚羊《かもしか》）かと思ったんでさあ。宵のうちに一回、引っかかって糸をちぎられたんです。にくししだったのを、この目ではっきり見てます。それで、また来やがったかと……」

「いずれにせよ、夜目の利く友造《ともぞう》を里へ下ろしたのは、大まちがいだった。こうなったら全員山を下ろし、下で結界を張り直すしかねえ。急いで行け。搔《か》き集められるだけ集めろ。蟻《あり》一匹這《は》い出せないよう、何重にも固めるんだ」

聞こえてきたのはまちがいなく五十吉の声だった。つづいて手短な返答。足音が近づいてきた。

提灯がふたつ、大きく揺れながら下を通った。人間は三人いたような気がする。ひとりは白装束だった。

すこし間があった。それからぼそぼそとした声が聞こえた。

「侮《あなど》ったわけじゃないけどよ。ただの三下《さんした》やっこと見たのが、まちがいだった。こいつはおれの油断、眼鏡ちがい。責められたって仕方がねえ」

足音が下りてきた。こちらは急いでいない。提灯がひとつ、人影はふたつ、足下を照らしながら慎重に通りすぎた。

「この上の毘沙門《びしゃもん》堂はたしかめたか」

「昼に一度見回りました。そのときは、人の立ち入った形跡はありませんでした」

「念には念を入れよう。もう一回行って、たしかめてこい。そうか。提灯が出払っちまったな。しょうがねえ。これを持って行きな。おれはここで待ってる」

半町ほど行ったところで足を止めたようだ。伸びあがってのぞくと、提灯の明かりがそこから右へ、消えたのがわかった。

五十吉は残ったらしい。腰でも下ろしたか。それきり物音がしなくなった。

しばらくすると、提灯がもどってきた。聞き取れないやり取りがすこしあり、つぎに見たときは、提灯がゆっくり下りて行くところだった。

「ありがてえ。提灯を使えない以上、どこかで夜明かししなきゃならなかった。五十吉がその宿を見つけてくれたみたいだぜ」

道に出て半町も行くと、道ばたに小岩のようなものがあった。手探りして見つけたもので、倒れた地蔵か、名残かもしれない。おそらく五十吉が腰掛けて待っていたところだろう。

そこらの地べたを手でなで回し、右の山中へ入って行く小道を探り当てた。もう使われていないのか、だいぶ荒れていたが、たしかに道のようなものがついている。

一町ほど行くと階段になった。丸太を埋めこんだ階段で、いまではほとんど腐っていた。雑草にも埋もれかけている。

這いながら階段を上がった。すると頭の上が明るくなり、星空の下へ出たのがわかった。前方にほの白い壁のようなもの。どうやら崖《がけ》になっている。

建物を探り当てた。一辺が二間くらいの小さな建物だが、まだ建物も、骨組みもしっかりしていた。

堂のなかで火を熾《おこ》し、提灯に灯を入れた。

あらためて堂内を見回した。がらんどうだ。仏座の置かれていた内陣が一段高くなっているが、ほかは平ら。扉さえ閉めてしまえば、光が外へもれる恐れはない。

外をうかがうと、高い山や森に取り囲まれているらしい。提灯の灯くらいなら、見つかる恐れはないと見た。

それで外を照らして見て回った。はじめはぎょっとした。この毘沙門堂が見捨てられ、廃屋となっているわけがわかったからだ。

すぐ横の、左方の崖が崩れていた。はじめに上がってきたとき、堂を探り当てるまで、いくつか石の塊につまずいたり、手が触れたりした。すべて、崖崩れが起きたときに転がってきた岩のかけらだったのだ。

おそるおそる崩落の跡を照らしてみた。草が生え、木が芽吹いていた。崩れが止まって何年かたっているということだ。

堂の反対側に、堂内の始末をしたときのがらくたが捨ててあった。そのなかから、線香立てだったとおぼしき素焼きの舟を見つけ出した。方形で長さが二尺足らず、幅が一尺、深さが五寸ぐらい。ややかたちが大きいことを考えると、火桶《ひおけ》として使われていたものかもしれない。

ふたつに割れていたが、合わせてみると、ほぼもとの形を取りもどした。それを堂内へ運び込んだ。

手分けして薪を拾い集めてきた。山ほど拾い集めてきて、火を焚《た》きはじめた。大きな炎は望めないまでも、手や足をあぶるくらいの火なら焚ける。

炎が上がりはじめた。感激して涙ぐみそうになるくらい暖かった。外に出てたしかめたが、炎が外から見えることはない。煙は立ちのぼったとしても、いまは遠目にも見えないはずだ。少なくとも朝までは、ぬくぬくと過ごせるだろう。

冷え凍った手足や躰を温めながら、残っていた炒《い》り大豆を半分ずつ分けた。長八はたちまちがつがつ食いはじめたが、鶴吉は食わなかった。つぎはいつ食えるか、わからないからだ。それを見て長八もやめた。いつの間にか、なにも言わなくてよい男になっていた。

「下で網を張った以上、もう山のなかへ探しに来ることはないだろう。だからここにいるかぎり、安全だと思うが、とにかく油断だけはしないようにしよう」

「だが、どうやって網の外へ這い出します？」

「それをさっきから考えていたんだ。少なくとも明日の昼過ぎまでは、ここで躰を休めていよう。それから山を下り、どこかで夜を待つ。大勧進院誓願寺へは、九つまでに駆けこめばいいことになっている。ありがたいことに明日は八つすぎまで月がある。日がとっぷり暮れ落ちてから山を下りても、十分間に合う」

街道をそのまま行けば、仁礼から栃倉《とちぐら》、八町《はっちょう》を経て、須坂の福島で仁礼道はお終《しま》いになる。善光寺へは、そこから船で千曲川を渡るのだ。

もとよりその道を行くつもりはなかった。それに夜は渡しがなくなる。最後は歩いて千曲川を渡るしかないが、その場所の見当は、いくつかついていた。

こういう商売だから、いつ人目を避け、間道を行くようになるかもしれない。川を歩いて渡らなければならなくなったらどこがいいか、いつも頭に入れておくのが心得のひとつなのだ。大雨が降って川のかたちが変わったときも、真っ先に聞いておかなければならないことだった。

たとえどのような網の目が張り巡らされていようとも、逃げ切れる自信はあった。こういう鬼ごっこになった場合、逃げるほうよりも、追いかけるほうがはるかにつらいのだ。いつどこから逃げてくるかわからないものを待ち受けるのは、もっとつらい。息を殺して物陰に潜んでいるなんてことは、そう長くつづけられるものではないのだ。昼ぐらいまでならともかく、午後になると必ず、網の目がほころびてくるはずなのである。

野宿覚悟だったから手足を伸ばし、火を囲んで寝ることができたのは、無上のしあわせだった。背負ってきた荷は祭壇へ上げ、ふたりは思い思いの恰好《かっこう》をして横になった。

「長八、おめえ、人相が変わったな」

「兄ぃ、冗談を」

「いや、ほんとだ。顔が引き締まってきた」

やっと本気になったな、と言いたかったが、そこまでは持ち上げなかった。まだ気をゆるめられては困るからだ。

すぐ眠りに落ちた。夜中に何度か目が覚めた。火の気がなくなると寒くなり、自然に目が覚めるのだ。そのたびに木を足し、炎が上がるのを見届けて、また眠った。いくらでも眠れた。

火のはぜる音で目が覚めた。頬が温かかった。炎が一尺近くも高く上がっていた。しかも天井が見えた。夜が明けていたのだ。

あわてて跳ね起きた。長八が火の前でうつむいて、盛んに口を動かしていた。豆を嚙《か》み砕いている音がした。

「おい、この火……」

「あ、乾いた木を燃やしてみたんです。この煙なら、大丈夫みたいです。裏の山が隠してくれます」

外に出てみた。木立越しではあったが、正面に四阿山の頂上が見えた。南に面していたのだ。

たしかに裏が、小高い山になっていた。東から延びてきた山のひだが西のほうまで張り出し、堂はその懐《ふところ》に抱きかかえられていた。

麓《ふもと》は北、その山のさらに向こう。白い煙が立ち昇ったとしても、この色では空や山肌に吸い取られてわからなくなるにちがいない。

崩落した跡が、いまでは山にもどりかけていた。それらを見届けて堂へもどった。

長八が目を閉じて豆を食っていた。鶴吉の目に気づくと、きまりの悪そうな顔になった。

「腹が減って、減って、眠れなくなったんです。一粒、一粒、味わいながら食ってます」

「夕方まで我慢できるか」

「へ、夕方ですか」

たちまち目がしょぼつき、悲しそうな顔になった。なにがつらいといって、長八にとっては腹が減ることくらいつらいものはないのだ。

「できたらもっと早く手に入れたいが、安全をたしかめない限り、人里へは下りて行けない。これからようす見と、食いものを手に入れるため出かけてくるが、どんなに早くても、昼までにもどってくることはないと思ってくれ」

ほんとは荷を背負って、一緒に出かけたほうが心強い。思わぬ幸運に恵まれて、そのまま突っ走れることも、ないではないと思うからだ。しかしいまの長八を、これ以上引き回すのは無理だった。腹が減ったら風のなくなった帆掛け船同然、ぱたっと動けなくなってしまう男なのだ。

もどってくるまで荷物の番をしているよう言いつけ、鶴吉は出かけた。

とりあえず、用心しながら仁礼に向かい、宿場に入る手前で、左へ折れた。

杣道《そまみち》といっていい細い道が、そこから左の山に向かって延びている。牛馬の往来は無理だが、人間なら通れると聞いていた。山越えをして向こう側へ下りると、保科《ほしな》というところへ出る。たしか松代《まつしろ》領だった。

とはいえ敵が待ち構えている須坂からは、山つづきで一里くらいしか離れていない。敵の手が伸びていることはじゅうぶん考えられた。

峠をひとつ乗り越え、一刻《いっとき》のちには保科の村々を見下ろす里山に立っていた。

山間《やまあい》から望み見ているので、それほど大きな眺めではなかった。風景そのものにも、思い当たるものがない。この辺りは素通りしかしていなかったからだ。

眺めがかすむ辺りに、広大な田がひろがっていた。その先に白く見える川のようなもの。おそらく千曲川だろう。善光寺はその左手にある。

一刻ばかり動かなかった。その間はじめて、豆を取り出してかじった。長八ではないが、一粒ずつ嚙みしめながら咀嚼《そしゃく》した。ゆっくり食うことが、こんなにむずかしいとは思わなかった。躰《からだ》のほうはがつがつとばかり飢えきっていたのだ。

右手前方にそこそこ大きな村があった。家並みのなかに寺と思われる大屋根がいくつか見える。三重の塔みたいなものまであるところをみると、相当大きな寺のようだ。

そういえばたしか、京の清水寺と同じ名前の寺があると、聞いたことがある。善光寺参りに行ったものが、ついでに寄ってくるところとして知られているとかで、信濃何十何番目かの札所になっているはずだ。

これまで気にも留めなかったことだから、いつも聞き流していた。父親が大怪我をしてから、不思議とそういう話が耳に残ってきはじめた。

四つをすぎたあたりから、参詣人《さんけい》とおぼしき人間が増えはじめた。村へ達する道に人影が絶えない。これほど人が集まる寺だとすると、門前に必ずや食いもの屋があるにちがいない。

山伝いに近づいた。そしてあるところで、目が釘《くぎ》づけになって動けなくなった。開け放した家の裏の土間で、餅《もち》を搗《つ》いていたのだ。

家の位置からすると、食いもの屋にちがいなかった。ほかにも人影がちらちらしているところを見ると、働いているものがかなりいるようだ。

搗きあがった餅を両手でかかえ、男がそれっとばかり運んで行った。ひと臼《うす》分搗きあがったのだ。

胃袋を締めつけるようにして、唾《つば》がこみ上げてきた。見過ごしてしまいたいのだが、躰のほうが許さなかった。さっき豆を食わせたばかりなのに、そんなものは知らんとばかり、胃袋がひもじいーっと、わめき声を上げていた。

午《ひる》はとっくにすぎた。

もっと気長に見張るべきだと思いながら、我慢のほうが先に尽きた。もし敵が網を張っていたとしても、自分ひとりならいくらでも逃げられる。おのれを恃《たの》む力に負けてしまったのだ。

腹をくくると、もう迷わなかった。山から這《は》い出し、門前町へ近づくにつれ、人が多くなった。巡礼の恰好はすこしも珍しくないところだから、そんなものにいちいち目など向けていられない。まっすぐ餅屋へ入って行った。

「親父《おやじ》、餅をくれ」

「あいやー、困った。今日はいったいなんちゅう日なんじゃ。お客さん、申し訳ないけど、たったいま売り切れたところなんだ。いま大急ぎで、つぎの米を蒸してるところだでえ、もうすこし待ってもらえんかね」

「さっき裏で搗いてたのを見たが」

「だからそれが全部先約。右から左へ持ってかれて、ひとつも残ってないだよ」

「どれくらい待てばいい」

「およそ半刻かなあ。お客さん、お参りは？　先にそっちをすましてきたらどうだね」

鶴吉を参拝前と見抜いた顔で言った。

「じゃあ帰りに寄る。先に代を払っておくから、経木詰めにして、そのまま持って行けるよう包んでおいてくれないか」

金を払ってひと臼分を注文した。親父はあきれたが、その気で食わせたら一升めしを食う男がひかえているのだ。

どこで待とうか、周囲を見回りながら寺に入って行くと、山を登って行った上に観音堂があるという。保科観音という名で有名だそうで、善男善女が引きも切らず急坂を登って行く。

鶴吉も群れに身を投じた。下にいるより安全だし、人目にもつかないからだ。

お参りをしてお札をもらい、餅ができるまで山の中腹に腰を下ろして見張っていた。

それから脇目《わきめ》もふらず下りて行き、親父の愛想笑いに迎えられて餅を受け取った。風呂敷《ふろしき》に包み、背中へ巻きつけた。搗いたばかりだからまだ温かく、これが第一のご馳走《ちそう》になった。

ひとつも食わず、もどりはじめた。食うときはふたりで、とはじめから決めていたのだ。

帰りはひるむことなく道を通った。なんといっても早く歩けるからだ。

最後の村や家並みをすぎ、山の入り口にさしかかった。ほっとして後を振りかえった。

半町ほど後に、男がふたりいた。ひとりは白装束、金剛杖《こんごうづえ》、手甲脚絆《てっこうきゃはん》。もうひとりは盤石文のすずかけに袴《はかま》姿の修験者《しゅげんじゃ》。

愕然《がくぜん》として前を見ると、どこから現れたか、目の前にふたり。それもほんの五、六間前だった。

勝ち誇った顔で相好をくずしていたのは五十吉だ。

身を翻《ひるがえ》そうとする間もなく、左の山林からふたり。右からもふたり。

「じたばたしねえほうがいい。このうえむだな悪あがきをして、片端になってもつまらねえだろう。おれたちが欲しいものはわかっているはず。おとなしく引き渡しさえすれば、命だけは助けてやる」

みなまで言い終わらないうちに、後から腰をがっしり抱きすくめられた。わが身のおろかさ、浅はかさにわれを忘れ、とっさはもちろん、まったく躰が動かなかったのだ。

たちまちぐるぐる巻きに縛りあげられた。縄の端をふたりがかりで握った。

「福島宿のほうには下りてこないだろうと、こっちのほうへ人数を多く割いていたんだ。それが当たったことになるが、待てど暮らせどいっこう姿を現わさねえから、午を過ぎたときは、おれの見込みちがいだったかと、ほぞを噛むような思いをしたぜ。引き上げる寸前だったんだ。察するところ、こいつが命取りになったようだな」

五十吉は満足そうに言い、鶴吉から剝《は》ぎ取った餅を取り出してうまそうに食いはじめた。残りの七人もわれ先にと手を出し、うめえ、うめえとほおばった。

「おれたちもふた臼分頼んだんだが、なんせ人数が多かったから、腹一杯というわけにいかなかった。それで追加を注文しに行かせたところ、あら、さっきの旦那《だんな》はお仲間じゃなかったんですかって……。灯台もと暗し、まさかあんなところに現れるとは思わなかったぜ」

そうか。先約がいたというのは、この連中のことだったのか。そういうことにすら頭が回らないほど、鈍くなっていたのだ。

「ひもじいのは人間にとっていちばんの敵だ。辛抱もできなくなりゃ、よい判断もできなくなる。なにもかも自分の都合のいいように、都合のいいように考えはじめ、一《いっ》旦《たん》その考えにとりつかれてしまうと、ほかのことは考えられなくなる。惜しかったな。あと一刻我慢できていたら、おめえの勝ちだったんだ」

ひと言もなかった。わかっていながら、その一刻を辛抱することができなかったのだ。

「それにしてもずいぶん買い込みやがったな。あのでぶがいくら大食いでも、これほどはいらねえだろうが」

「おれの分も入ってる」

「なんだ？　おめえはたらふく食ってきたんじゃないのか」

「やつが腹を減らして待っている以上、おれひとりが先に食うわけにいかん」

「へえ、そりゃまた律儀《りちぎ》なことだな。だが、ものは考えようだぜ。もしおめえが先に腹一杯食って、元気満々の状態でおれたちと出っ食わしてたら、とっさの判断でぱっと逃げ出せていたかもしれねえだろうが」

「そうだったと、いまになって気がついてるところだ。つぎからはそうする」

素性について尋ねられたが、答えなかった。同様に五十吉も、自分たちの身元は明かさなかった。

「そんなことはどうだっていい。おれたちは仏さまさえ返ってきたらそれでいいんだ。芳蔵院へ帰ったら、植村という寺侍に伝えておきな。月光菩薩さまは、ようやく正しいところへおもどりになりました。今後二度と、おまえさん方の目に留まることはないでしょうとな」

山を登って、下った。仁礼道に出て、横切った。

「どこだ？」

「毘沙門堂《びしゃもん》」

「なんだと。いつからあそこにいるんだ」

「おまえがゆうべ見届けに行かせたとき、近くで聞いていたんだ」

「くそっ、あきれたやろうだ。なにもしねえで放してやるのは惜しくなったぜ。足のひとつもへし折ってから放してやろうか」

「見ろや、盛大に火を焚《た》いてやがるぜ」

後にいた男が前を指さして言った。前方の山腹から、煙が立ちのぼっていた。白い煙ではない。もうもうと噴き上げている黒煙だ。

鶴吉の喉《のど》から狼狽《ろうばい》の叫び声があがった。うめき声を発すると、後の男を引きずって、猛然と走りはじめた。

一瞬にしてみなが浮き足立った。ただの焚き火の煙でないことに、鶴吉のようすから気がついたのだ。みながわめきながら、われ先にと走りはじめた。

階段を登りきる手前から炎の熱が伝わってきた。渦巻く炎が風を呼びこんでいるごーごーという音が聞こえてきた。

火柱が立ち上がっていた。毘沙門堂の屋根を浮かせ、黄色い炎が左右へ噴き出していた。黒煙が渦巻きながら山肌を昇って行く。火の粉がはぜ、堂のなかでなにかが崩れはじめた。

外で泣き叫びながら長八が地団駄踏んでいた。間延びしたわめき声。着ているものから煙が上がっていた。

怒鳴りつけると、はじめてわれに返った。たちまち顔が、これ以上ないほど醜く、惨《みじ》めにくずれた。わんわんと泣き叫びながら訴えようとするのだが、ことばになっていない。堂を指さして、わめくだけ。手放しで泣くだけ。眉《まゆ》や髷《まげ》が焦《こ》げていた。

足下になにか落ちていた。黒ずんだ、細長いもの。山芋だ。

長八の手足が泥だらけだった。どこかでこいつを掘ってやがったのだ。

切り出してきた竹竿《たけざお》を使い、五十吉らが必死になって、焼け落ちた堂内から仏像を搔《か》き出した。

箱は燃え尽き、仏像も炎を上げていた。像に巻きつけてあった布きれが、火の粉となって天へ立ち昇った。像はたしかめるまでもない。完全な黒焦げになっていた。

「この大ばかやろうめが。てめえらはいったい、なにを焼いてしまったか、わかっているのか」

　五十吉が顔を真っ赤にして怒鳴りつけた。焼け焦げた鬼瓦《おにがわら》みたいな顔になって、涙をぼろぼろこぼした。怒鳴っても怒鳴っても気がおさまらず、いつまでもぐじぐじ、ぎゃあぎゃあわめきつづけた。人前はばからず泣き叫んでいた。

10

「いったい、どこをほっつき歩いていたんだ」

　顔を出しただけで雷が落ちたから、鶴吉は一言もいわず、勝五郎の前へすすみ出た。そして黙って頭を下げた。

「ここんとこまるっきり音沙汰《おとさた》がねえから、てっきり親父の具合でも悪いのかと思ったんだ。それで秦吉《しんきち》をようす見に行かせたら、え、せがれですか。全然知りませんでしたがって……。余計なことをして、かえって心配をかけちまったじゃないか」

「まことにあいすみません。野暮用でずっと出歩いておりました。たったいま帰ってきたところです」

「野暮用だと？　どこへ行ってた」

「信州です」

「信州？」

おうむ返しに言って勝五郎は鶴吉をにらみつけた。

「おめえ、まさか、まだ引きずってたんじゃねえだろうな」

「引きずってました。どうしても納得できなかったものですから」

「もうふた月たってるんだぞ。しかも植村さまからは、いまさら詮議《せんぎ》をしたところで、失われたものがもどってくるわけではない。責任を云々《うんぬん》しはじめたら、ことはわが身にも降りかかってくる。われわれみなが、なにもなかったことにしてすませればすむこと、この件はこれでなかったことにしようと言ってくだすったんだ。ということは、おれたちも、もう忘れろということになる。それをおめえひとり、いつまでもねちねち引きずっててどうするんだ」

「それはたしかにそうかもしれませんが、だって親方、口惜《くや》しいじゃありませんか。あっしはお客から預かった大事な荷を、自分のしくじりで焼いちまったんですよ。たとえ許してもらえたとしても、その不名誉は一生ついて回ります」

鶴吉は顔をゆがめて声を強めた。親に口答えしている子どもさながら、口惜しくて口惜しくて、膝《ひざ》の上の手がぶるぶるふるえた。

「落ち着け」

勝五郎は声を荒げて鶴吉をにらみつけた。

「あちらさまがそうおっしゃってくださってる以上、こちらの出る幕はもうないんだ。おれもなかったことにしているし、今回のことで、おまえの力量がどうのこうの言うつもりはねえ。あとはおめえが忘れさえすればいいことじゃないか」

そう言って鶴吉のことばを封じると、わざとゆっくり茶をいれはじめた。間をとっていれば、頭に昇っていた血は下がるし、これまでとちがう考えだって生まれてくる。勝五郎がよくやる手で、鶴吉などはいつもそれでへこまされていた。

ぬるくいれた煎茶《せんちゃ》も、わざとそうしているのかもしれない。鶴吉は両手で湯呑《ゆの》みをいただき、神妙な顔をして飲んだ。

勝五郎が長火鉢の小引き出しから、なにか取り出すと鶴吉の前に置いた。小判が二枚だ。

「芳蔵院から、植村さまの名前で届けてきた。今回のおまえたちの骨折り賃だ。約束は約束だから、なにも言わずに受け取ってくれと。これは長八の分も入っている。どう分けるかは、おまえにまかせる」

「受け取らなきゃ角が立つんでしょうね」

小判を見ながら鶴吉が冷ややかに言った。石ころに向けるような目をしていた。

「それはそうだ」

「分けるとすれば、半々にします。毘沙門堂の失火は、あの男ひとりの責任じゃありません。目を離したらだめだと言われていた長八を、ひとりで留守番させたあっしの責任のほうが大きい」

「だからもう、それは言うなというんだ」

「はい。わかりました」

「だいたい信州へ、いまごろなにをしに行ったんだ」

「誓願寺の寺男から話を聞こうと思ったんです。ところが口の堅いじいさんで、金をつかませても、肝心のことは話してくれませんでした。寺には寺の、事情というものがございます。身内を庇《かば》うわけではありませんが、在家の方には、話せることと、話せないことがございます。そういうご質問は、話せないことに入ると思ってくださいって。金だけはちゃんと懐《ふところ》に入れたんですよ」

「そりゃおめえ、金の出し方が悪い。しかしなにを聞こうとしたんだ」

「誓願寺で応対してくれた篠原という旦那から、おれたちの運んだ仏像は、誓願寺に安置されるわけではなかった、と聞いてたからです。誓願寺は継ぎ立てをするだけ。

その日のうちにほかのところへ運ばれる手筈《てはず》になっていて、そのための人間も手当てしてあったというんです」

「まあ、こんな手の込んだことを考えたくらいだから、それくらいの措置は講じていたとしても不思議はないだろう」

「それで寺男から、その話が本当かどうか、運ぶとすればどこへ持って行くつもりだったか、教えてもらおうと思ったんです」

「それはしゃべらんだろう。いちばん大事な隠しごとじゃねえか」

「しかしこんな話は聞けました。念仏講の連中が運んでいたぼろの仏像が、あのまま無事に届いていたらどうなりましたかって。どうもなりません。大きな寺には、壊れたり欠けたりして、使いものにならなくなった仏像がいくらでもあります。修理できるものは修理しますが、それでもだめなものは風呂《ふろ》の焚きつけにでもするほかありません。要するに念仏講の連中が運んでいた仏は、誓願寺へ着いたらそのままうっちゃられ、いずれ風呂の焚きつけにされる運命だったということです。ということは、同様にあっしらの運んでいた仏さんも、ちがう寺へ運ばれて、同じように風呂の焚きつけになっていたかもしれない。あるいはその寺を五十吉らに嗅《か》ぎつけさせておいてから、目の前できれいさっぱり灰にしてしまったかもしれない」

「おい、待てよ。言うことがおだやかじゃないぞ。なんでそんなことをしなきゃならないんだ」

「はじめ芳蔵院で話をうかがったとき、院内にも敵と内通しているものがいると言われたんです。同様に、敵方にも味方の間者《かんじゃ》が潜んでいると。つまり同じ宗派同士の腹の探り合いだから、互いに手の内はわかっているということです。わざわざ目の前で箱に釘《くぎ》を打ってみせたのも、われわれに見せたというより、敵方にこの通り、これから送り出しますよと、見せつけるためじゃなかったかと。信徒を大勢掻き集め、夜の五つに賑々《にぎにぎ》しく送り出したのも、翌朝未明に裏口からこっそりおれたちを送り出したのも、どっちも見え透いたお芝居にすぎなかったんじゃないかと。そう考えると、はじめて納得できるものがいくつもあったんです」

「そんなことをするんだったらはじめから、ほんの一部のもので、こっそり運び出したほうが、はるかに安全で、手間もかからなかったじゃねえか」

「それでは二百年つづいた争いが、持ち越されるだけに終わってしまいます。どこの寺へ隠したところで、いずれ嗅ぎつけられるでしょう。だからこそ、この際後腐れのないよう、なにもかもいっぺんに片づけてしまいたかった。それで追っ手がかかっても、その手を振り切って逃げることができる運び人として、われわれが選ばれたのではないかと思います」

「それはたしかにそうだ。植村の旦那から同じようなことばを聞いた」

「あの植村というお侍、どう思われました」

「どうって、きわめて思慮深い、温厚な方だとお見受けしたが」

「誓願寺の篠原というお侍も、まったく同じようなお人柄でした。飾り気がなくて、口べた。駆け引きをしているようには見えません。古い大福帳みたいな顔をしているところまで同じです。ものすごくわかりやすいようで、その実、腹の中でなにを考えているのか、さっぱりわかりません。あっしは今回の騒動は、あのおふたりが示し合わせて打ったお芝居だと思ってるんです」

「なぜそんな芝居を打たなきゃならん」

「五十吉一味に引導を渡すためです。やつらの目の前で本物の仏像が焼けてしまえば、いくらなんでもあきらめるでしょう。おそらくそのつもりで、あらたに運んで行った先で、火事でも起こるように仕組んであったと思いますよ。それがおれたちの失火で、思いがけない幕切れになってしまった。植村さまにしても、篠原さまにしても、それこそ万々歳だったと思います」

「いくらなんでもそりゃ勘ぐりすぎだろう。仮にもかけがえのない仏さまだぞ。燃やしたら代わりはないんだ」

「おれたちが運んでいた仏像も、偽物《にせもの》だったとしたらどうします」

「じゃ本物はどこにあったんだ」

「そっくり同じ箱が、もうひとつつくられていたと思うんです。つまり同じ形と同じ重さの荷が、三つつくってあった。ひとつは先に、こっそり持ち出されていた」

「そいつが本物だったのか」

「いえ、偽物」

「だったら三つとも、全部偽物ということになるじゃないか」

「三つのうち、ひとつは本物。念仏講の連中が運び出した仏像こそ、本物だったんです」

「おめえ、いちいち言うことがおかしくねえか。念仏講の持ち出した仏像ががらくただったことは、浅間ではっきりしたんだろうが」

「そうじゃありません。運び出したときは本物だったんです。途中ですり替えられた」

「……」

勝五郎の口が開いたまま止まった。ことばが出てこなかったのだ。

「念仏講は五つに上野を出て、その晩板橋で宿を取りました。ふたつの荷は押し入れに入れ、部屋では五人ほど寝起きしてましたから、すり替える間などありませんでした。それでも万一と思って、宿の名を聞いてたしかめに行ったんです。こっちは下男に鼻薬をかがせると、部屋を見せてくれました。その押し入れを開けてみると、壁の一部が板張りになってます。ほかは土壁。もとからそうだったかと聞くと、知らなかったと言います。隣の部屋が物置でした。それで物置を調べてみたら、こっちの壁も板張りになってます。下男にさらに金をつかませ、その板をこっそり外してみました。そしたら壁がどんでん返しにひっくり返る仕掛けがしてありました。つまり念仏講が運んできた本物の仏像を、その夜のうちに偽物とすり替えたんです」

「あきれた。おめえ、そんなことまで調べてきたのか」

勝五郎はうなり声をあげ、しばらく猫みたいに喉《のど》を鳴らしていた。びっくりしたからだろうが、あきれかえってもいて、声が出なかったみたいだ。

「それで、証拠はあるのか」

「ありません。すべてあっしの、当て推量です」

「これからどうするつもりだ」

「なにもしません。自分が納得できたら、それでよかったもので」

「納得できたか」

「ほんのすこし。胸のつかえは、だいぶ取れました。ですからこの話も、親方にだけお伝えしますが、ほかのものには漏らさないつもりです」

「長八はどうする」

「金は半分やりますが、ことの次第を打ち明けるつもりはありません。いま、店の前を通ってきたところで、掃除をしていたから顔を合わせたんです。どうやら火ぶくれも消え、もとの躰《からだ》を取りもどしたみたいです。ところが顔つきから根性まで、元の木《もく》阿弥《あみ》にもどっちまって、金造さんから掃除ひとつ満足にできねえのかって怒鳴られてました。おれを見たらへらへら寄ってきて、兄ぃ、つぎの仕事を早くお願いしますよ。今度はもっと楽な仕事がいいですって、全然変わってねえんです。あれくらい苦労が身につかないやつはいません」

「そんなやつに、この一両を渡したらどうなるんだ」

「一日でなくなっちまうでしょうね。それで、いま思いついたんですけど、那須のおっかさんのところに、送ってやったらどうでしょうね。あいつよりはるかに、実のある使い方をしてくれると思いますが」

「だったらおめえが、自分で届けろ。仙台の中村さんとこへ急ぎの用ができて、いまだれもいねえから困っていたんだ。すぐにも発《た》ってもらいてえのよ」

「わかりました。よろこんで行きます。そのまえに、下谷の親父《おやじ》のところへ寄ってもいいですか。こんな後味の悪い金は、親父にやって、きれいに使ってもらいます。それで、運ぶものはなんですか」

「それが仏さんなんだ。彫り上げたばかりの阿弥陀如来《あみだにょらい》さまが入ってる。十八日の、先代の一周忌に間に合わせたいらしいんだ」

と勝五郎は苦笑しながら、床の間に安置してある木箱を指さした。

高さは一尺くらいだったが、かたちはいつか背負った箱とそっくりだった。

峠ななたび

I

「おう、庫《くら》はどうした？」

無遠慮な声が聞こえてきた。通りがかりの家からだ。

「それが、お暇をとりましてん」
十七、八の若い男が答えた。
縞《しま》の着物にたすき掛け、一目で髪結いとわかるかるさん袴《ばかま》をはき、櫛《くし》や剃刀《かみそり》の入った台箱を提げていた。

尋ねたのは、その家の主《あるじ》と思われる四十ぐらいの男。

「ほうか。さっき家の前を通りよったけど、挨拶《あいさつ》もせんと行ったから、おかしいと思うてな」

「そうですか。言い出したの、二、三日まえですねん。急に田舎へ帰らんといかんようになったとかで、みなおどろいてます」

「なんじゃあ。せっかくあそこまで育ててもろうたのに。いま逃げ出されたんじゃ、元治《げんじ》も報われんやろう」

顕興寺《けんこうじ》という寺へ行こうとしていた。文《ふみ》を届けに来た藤井宏右衛門《ひろえもん》が不在。明日出直してくださいと言われたのだ。

昨日無理をして高槻《たかつき》まで下り、今朝は七つ立ちしてやって来たのが、むだ足になった。とはいえ、それを腹立たしく思うほどの身分でもない。一日骨休みができると思うほかなかった。

宿として指示された顕興寺には、前にも一度泊まっている。そのときは返事をもらって帰るまで、二日かかった。

三郷《みさと》の城下は低い山並に囲まれた、盆のような地形の上に載っていた。北の山裾《やますそ》に陣屋があり、それを取り囲むようにして町が左右へひろがっている。

顕興寺は陣屋に隣り合った山の東。町外れになるが、陣屋や侍屋敷からは遠くない。三郷の領主である藤倉家の菩提寺《ぼだいじ》だ。

だがいまでは菩提寺が代わったとかで、墓は初代の殿様から三代目までのものしかなかった。山懐《ふところ》に抱かれたひっそりとした寺で、住職と寺男夫婦、修行中の若い僧くらいしかいない。

寺男とばあさんは澤田吟二郎《ぎんじろう》の顔を覚えていた。藤井さまのところからお知らせがありました、ということだったのだ。

泊まらされるところは、渡り廊下で本堂と庫裡《くり》につながった食堂《じきどう》という建物だ。廊下を挟んで左右に小部屋が七つずつ並んでいる。この寺にまだ大勢の僧がいたころの設備で、いまは半分物置になっていた。

このまえはいちばん手前の部屋に泊まったから、今回もそちらへ入ろうとすると「こちらです」布団《ふとん》を抱えてきたばあさんに言われた。

案内されたのはいちばん奥の北向きの部屋だ。数年分もたまっているかと思われる冬の冷気が迎えてくれた。

北に明かり取り用の連子窓《れんじまど》がひとつあって、西正面が一間幅の障子。開けると、目隠し塀で前をさえぎられていた。

沓《くつ》脱ぎに竹の皮で編んだ草履が置いてあったから、塀の外側まで出てみた。

食堂の裏へ出た。裏庭だ。その先に歴代住職の墓地があり、檀家の墓地はその先。墓地へは本堂の向こう側からも行くことができる。

墓地に若い男がいたのを見て、部屋にもどった。

昼寝でもするつもりだった。午《ひる》めしは出ないから、腹が減ったら町へ行ってなにか食わなければならない。

「庫之助」

横になった途端、声が聞こえた。食堂の裏からだ。抑えた女の声だった。

男がなにか答えた。名を呼んだようだったが、おたかさまと言ったのか、おかかさまと言ったのか、はっきり聞き取れなかった。

「きのどくに」

と言ったような気もする。

立ち上がって連子窓からのぞいた。墓地のほうへ去って行く女の姿が、ちらと見えた。

顔や姿までは見ていない。着物の紫の色と、それに混じって朱の色が目に飛び込んできただけだ。

布団にもどったが、眠気がふっ飛んだ。いま聞いたばかりの「きのどくに」ということばが耳でこだましていた。

どこかで聞いたように思うのだ。「気の毒」という風には使われていなかった。自分の郷里のことばに、似たような言い回しがあって、むしろ感謝の気持ちを伝えるとき使われていた。

とうとう目が覚めて、起きあがった。あぐらをかくと、ため息をつきながら首筋を掻《か》いていた。それから障子を開け、刀を差すと、草履をはいて外に出て行った。

だれもいなかった。食堂の前までもどって、周囲を見回した。

本堂、庫裡、食堂は、ほぼ同じ間隔を置いて並んでいる。庫裡と本堂の間は高床の渡り廊下で結ばれ、その下をくぐれば、食堂への出入りは本堂へも庫裡へも寄らずにできる。

住職の墓地をのぞいてみた。だれもいない。表の墓地へ足を延ばした。

そこで、見つけた。先ほどの紫色だ。

着物の裾が長い。打ち掛けではないかと思う。手桶《ておけ》と、柄杓《ひしゃく》とを手にしていた。ひとりである。

女は城主一族の墓地にいた。

歴代の殿様の墓とは植え込みで隔てられたところに、一族や支族のための墓地があった。

広さからいえば、こちらのほうがひろい。敷地に余裕があるということで、墓の数もはるかに多かった。ただし小さな墓ばかりで、刻まれている紋も、殿様の墓地にある梅花紋《ばいかもん》とはすこしちがう。おそらく、夭折《ようせつ》した若君、姫君の墓だろう。

女がお参りしていたのは、まだ立てられたばかりの、白木の墓標だった。卒塔婆《そとば》もふくめなにもかもあたらしかった。

じつは後ろの山へ登ろうと思って出てきたのだが、これでは前にすすめない。女の傍らを通らないと、山には入って行けないからだ。

それで引き返し、渡り廊下をくぐって、本堂の前をのぞいてみた。

玄関脇《わき》に黒塗りの駕籠《かご》が止まっていた。駕籠を担《かつ》いできた小者の姿は見えない。なかで休んでいるとしたら、ほかにもまだ何人かいることになる。

あきらめて自分の部屋へもどった。また横になると、今度は眠れそうだった。

ほんのすこし、うとうとしたかもしれない。

だれかが入ってきた気配で、われに返った。寺男でもばあさんでもなかった。足音を忍ばせていた。

板戸を開けた。部屋のひとつに入ったようだ。つづいて閉める音。

そのまま、物音がしなくなった。

突然、来たときのことを思いだした。部屋をまちがえて、こちらです、と言ったときのばあさんだ。あわてたような気がしたのである。

庫裡と食堂をつなぐ渡り廊下に、足音がした。

「ここよ」

聞こえたのは女の声だった。戸が開き、だれかがなかへ入った。

聞こえてきたのは、男の声だ。

「手短に申します。今夜お屋敷を出られましたら、小川町の甚兵衛《じんべえ》宅へ行ってくださりませ。諏訪《すわ》神社の前の団子屋といえば、ごぞんじですよね。隣の家との間に路地がありますから、そこを入ってください。裏の木戸が開いています。黙って入って行けば、甚兵衛が着替えを出してくれるはずです。それに着替えて、着ていったものは脱ぎ捨ててください。道案内は、甚兵衛のせがれ庄吉《しょうきち》がいたします」

「どこまで行くの？」

「なに、すぐのところです。そこでべつの人の指示に従ってください。まかせておけば、あとは案内してくれます」

「あなたはどうして来てくれないの？」

「ですから、一緒に出るわけにはいかないのです。わかりましたね。ではお気をつけて。なにもせずに、とにかくわたくしがお迎えに行くまで、待っててください。十日はかかります」

「いやよ。だったら大津で待ってるわ」

「そんな、だだをこねないでください。露見したら、なにもかも水の泡になってしまうのです。ここは何度も言いますが……」

その声がなにかにさえぎられて、尻《しり》すぼみになった。

喉《のど》を鳴らしたのが聞こえた。つづいて鼻にかかった声。たしなめようとする男の声を、ちがう音が無理やり押さえつけた。もみ合っている気配がわずかに伝わってきた。

それがしばらくすると、ちがう物音に変わった。あえぐような息づかいや、ささやき、甘ったるい声。よがり声。

あきれた。まさか濡《ぬ》れ場がはじまろうとは思いもしなかった。

あわただしく、せつなく、はげしくて、物狂おしい交合だ。

女が男をかき抱いている。友三郎、と呼んだ。友ちゃん、友、わたしの友。応《こた》えた声が、おなかさま、おなか、なか。きっとよ、きっとよ、きっとよ。

床を踏みならすような音を響かせ、歯ぎしりするような音を伴って、それは突然終わった。

静かになった。

女が出て行った。男がだいぶ遅れて、音もなく消えた。

吟二郎のほうはさらに遅れて部屋を出た。渡り廊下をくぐって本堂の前をのぞいてみると、乗り物は姿を消していた。

鐘楼の向こうにある門から、住職のもどってくるのが見えた。本堂からこちらへやって来る足音は、ばあさんのものだ。

見つからないように裏へ回り、墓地へもどった。墓標にはあたらしい花が供えられ、線香がくゆっていた。

戒名は童子。俗名定太郎《さだたろう》九歳。

周囲の墓石をながめてみると、これでもまだ長生きしたほうだった。五歳以下で亡《な》くなった若君や姫君がほとんどなのだ。

墓地を通り抜けて裏山に登った。人目につかない木立のなかへ入り、刀を振って気持ちを静めた。全身に汗をかくまでやった。

日当たりに出て腰をおろした。襟元をはだけ、冬の風を入れた。息を吸い込んでは、吐いた。

落ち着いてきた。頭のなかが空っぽになった。

言い聞かせるまでもない。自分は一介の飛脚の身だ。よそさまの家中のことなど、なんの関わりもない。

大坂へも京都へも、ともに十二里というところだった。播磨《はりま》の要衝、といわれるにしては地形がなだらかで、険しいところがどこにもなかった。城はなく、幅十間足らずの濠《ほり》で囲まれた陣屋があるきりだ。

町の位置が、いちばんの大事だったのである。北から篠山《ささやま》、三郷、姫路、明石《あかし》と、四つの譜代大名が並んでいた。西国から上がって来ようとするものは、必ずこのどこかの領地を通り抜けなければならない。

ただこれら大名のなかでは、三郷の藤倉家が、禄高《ろくだか》三万石といちばん小さかった。米以外にさしたる産物はなく、他郷に知れ渡っている名物もない。それほど豊かではないが、それほど貧しくもないところ。すべてがほどほど。まことに目立たない家中だった。

とはいえ幕府連枝《れんし》のなかでは名門中の名門、これまでほとんどの当主が、老中まで階段を上りつめていた。

現在の当主藤倉筑前守《ちくぜんのかみ》賢信《かたのぶ》にしても、歴代の殿様がたどったのと同じ道を支障なく歩いていた。現在の役職が奏者番《そうしゃばん》兼寺社奉行。この先に待ち受けているのは大坂城代、京都所司代を経て、老中への道なのだ。

寺男が午の鐘を打ち鳴らしはじめた。躰《からだ》が冷えてくると、肌寒さがもどってきた。熱いうどんを食いに行くとしたら頃合いだ。

吟二郎は腰を上げて山を下りはじめた。椎《しい》の木の植わった暗い森を通り抜けると、いきなり墓地のただなかへ出る。道が殿様の墓地の脇へ通じていたから、避ける間がなかった。

先ほどの墓地のなかに侍がいたのだ。

背丈から年格好が、かなりの部分、吟二郎を引き写したみたいによく似ていた。背が五尺七、八寸、年が三十六、七。色が黒くて、目つきが冷ややか。顔のひげが薄いところまでそっくりだ。

ただ似ているのはそこまで。あとはことごとくちがった。

吟二郎は丸顔だが、この男は将棋の駒《こま》を逆さにしたみたいな角顔だった。尖《とが》った顎《あご》が前へせり出して、顔は平べったく、目鼻立ちも大ざっぱ。額と頭の境目がはっきりしなかった。

髷《まげ》は完全に頭の後だ。要するに頭のほとんどが、もう剃刀《かみそり》を当てなくてもよい輝きになっていた。

躰つきとなるとさらにちがった。吟二郎の胴体が猟犬のそれとしたら、この男の胴は牛だ。その胴がなんとも長い。そのため手足が短く見える。

その短い足が、四股《しこ》でも踏むみたいな外足になっていた。がに股《また》なのだ。帯がはみ出した腹を支えている。着流しに二本差しという恰好《かっこう》だが、胸元がはだけて、子どもの起き抜けみたいに間抜けて見える。

いきなり現れた吟二郎を見ても、男は眉《まゆ》ひとつ動かさなかった。黙って見返してきただけ。目を合わせてからも平然。まるでなにも見なかったという顔だ。

悪びれもせず、悠々とした足取りで、出て行った。

吟二郎は定太郎の墓をのぞいてみた。

男がここでなにをしていたか、物語るものは残っていない。

と見た途端、頰のあたりに、ちりちりするものを感じた。自分を見つめている人の目だ。

振り返ると、いつもどってきたか、鐘楼の陰から男がこちらを見つめていた。眉を寄せているのがはっきりわかった。

ふたりとも、今度はなかなか目を逸《そ》らさなかった。挑むように相手の顔をじろじろ見つめ、同じようにそっぽを向くと、右と左へ去って行った。

うどんを食いに行く気がなくなった。

2

大名飛脚なるものはむかしからあった。江戸と国許《くにもと》をじかに結ぶ通信使のことで、飛脚と名づけられてはいたものの、実体は家中の急使にほかならなかった。町方の飛脚問屋とはなんの関わりもないのである。

尾張や紀州をはじめとする西国《さいごく》諸家のなかには、いまでもこの制度を保持しているところが何家かあり、御用と書きつけた状箱を肩にした飛脚が月に何度か、決められた日数をかけて、江戸と国許とを往復している。

その任に当たっているのは家中の中間《ちゅうげん》や足軽で、他家のものや、町人が駆り出されることはない。いわば大名が飛脚を抱えているようなものだ。しかもこの飛脚は一文も金を稼がない。

当然その費用はばかにならない。懐《ふところ》の苦しい中小の大名ができることではなかった。しかしどのような家中であれ、参勤交代で殿様が江戸と国許とを往復していると、ときには急いで知らせたり、裁許《さいきょ》を仰いだりしなければならない用ができる。はじめのうちは、そのたびに自前の急使を走らせていた。外のものを使い、家中の秘密が漏れでもしたら一大事だからだ。

しかしこういう臨時の費用も、度重なると重荷になる。爪《つめ》に火をとぼすような倹約をし、なにか省けるものはないかと財政の見直しをしたとき、真っ先に目をつけられるのはこういう金だ。

そこで生れてきたのが、町方の飛脚問屋にすべてをまかせようという考えだ。大名飛脚とは、お家の事情から生まれてきた苦しまぎれの知恵だったのである。

しかし飛脚問屋は、こうして回ってきた大名家の仕事を、必ずしもありがたがらなかった。商売として考えたら、それほど引き合わなかったからである。いただく金高にしては、制約や注文が多すぎたのだ。

金は出さないけど口は出す、というやつで、それでなくともお上や大名は、命令するだけで、自分は金を出さない癖が身についている。

「そのほうに用を仰《おお》せつけるからありがたくお受けいたせ」

といわんばかり。恩着せがましく、高飛車で、感謝の気持ちがない。町人や商人とは、身につけている道徳がちがうのだ。

だから勝五郎《かつごろう》のところも手をひろげてまで、仕事を受けようとはしていなかった。いまもつづいているのは、藤倉家ほか数家、むかしからのお得意さんだけだ。

それもこれも、藤倉家が名門だからにほかならない。ここの御用を承っておけば、なにかあったとき、力が借りられると思うから、持ち出しが多いのを承知で引き受けているのだ。

澤田吟二郎自身は、蓬莱屋《ほうらい》と関わりを持つようになって、かれこれ十年になろうとしていた。

はじめは用心棒として雇われていた。

そのころはまだ各地へ、安全、確実に金子《きんす》を運ぶ方法ができあがっていなかった。どこも手探り状態で、いろんなことを試みながら全国へ運んでいた。吟二郎はそういう道中の警固として雇われた。

仕事は楽だった。一緒に旅をするだけだったからだ。

当然その楽は長つづきしなかった。何人もの人足に用心棒まで雇っての道中となると、どうしても大がかりな旅になる。それだけ費用がかかるわけで、仕事としたらひどく歩留まりがわるかった。

商人ならこの費用をもっと安くできないか、と考えるのはあたりまえ。その方法をあれこれ模索した末、生み出されてきたのが、ひとりの人間にすべてを託す通し飛脚だったのである。

人間がひとりですむのだから、これくらい安上がりなことはない。ただしそれを商売にしようとすれば、飛脚の力量がものすごく大事になる。

足も速ければ、腕も立つことはもちろんだが、それだけではだめなのだ。なによりも危険を嗅《か》ぎ分け、どんなときでも自分を抑え、いざこざを避けられる意志と、分別を持ち合わせている人物でないとだめなのである。

通し飛脚に求められたものは、それまでの飛脚とはまったくちがうあたらしい人間だったのだ。もし事故や間違いが起こったときは、飛脚問屋がすべて負担しなければならない。どんな飛脚を抱えられるかが、この商売の成否を左右する。よほどの経験と技量を備えた人間でないと、まかせられる商売ではないのだった。

自分など時代遅れの、ただの剣術遣いにすぎないと、吟二郎はよくわかっていた。剣術以外はなにもできないのだ。その後次第に仕事が減り、生計の手段をほかに求めざるを得なくなったのも当然だった。

ここ数年の吟二郎は、町道場の剣術指南をして生計を立てていた。勝五郎のところからときたま頼まれる飛脚仕事が、いまでは内職のようなものなのだ。

勝五郎はそれをいつもすまながったが、吟二郎のほうはそのほうが気楽でよい、と言い張っていた。旅ができて、それが慰みになるからだ。

仕事そのものは、ときどきではあっても、すぐにはなくならないだろうと思っている。なぜかというと、大名家に使いする以上、飛脚はだれでもよいというわけにいかないからだ。しかるべき人の前に出て、口上を述べなければならないこともあれば、返事をもらってくることもある。武士としての口がきけるものでないと、つとまらないことがあるのだ。

とはいえ自分など、そのくらいしか、世のなかに居場所がなかった。苦々しい感慨ながら、そう考えて納得するしかないのである。武士という名に、しがみついて生きたいわけではなかった。武士であることの誇りには、町人になってしまったら成り立たないものがあるというにすぎない。武士でありつづけるやせ我慢を、いつまでつづけられるか、それを自らに問いかけながら生きているのだ。

夜のうちに雨が降った。

雨戸をぱらぱらという音が打っていたから、みぞれでも降ったのだろう。朝にはやんでいたが、どんよりと曇った、冷たい日になりそうだった。

主人がもどってきたという知らせが、藤井宏右衛門のところから届いたのは、五つ半をかなり廻ったころだった。

とりあえず寺のものに伝え、旅支度を整えて顕興寺を出た。ただしいまは使者として赴くところだから、荷は残しておき、履きものも住職の草履を借りた。

藤井宏右衛門の家は、陣屋の正面を占める上町というところにあった。上位の武士が住んでいる町で、同じかたち、同じ造り、同じような広さの家が並んでいる。

家も、敷地も、それほど大きなものはなかった。家臣が全部合わせて五百人くらいの大名なのだ。家老で五百石程度だと聞いた。

藤井宏右衛門は国表《くにおもて》年寄りのひとり。城代に次ぐ次席家老のような地位で、城代になにかあったとき、真っ先に名代となる人物だ。

今回で四回目だったが、江戸表からの書状は、すべてこの宏右衛門に届けていた。

この宏右衛門という人物も、地位にふさわしい相貌《そうぼう》はしていなかった。年は六十すぎ。体軀《たいく》が五尺そこそこしかないうえ、五体の小さな人間にありがちのうわずった、甲高い声でしゃべり、目の動きもせわしなくて、貫禄というものがまるでなかった。

一方で、なにを考えているのかわからないしょぼしょぼした目が、気がつくと薄目になって、じーっとこっちを見つめている、といったことが何度かあった。この人物の軽さは、あんがい人を油断させるための韜晦《とうかい》ではないか、と思ったくらいだ。

だいたい一介の飛脚ごときに、大名の次席家老が会うなどということは、本来あるはずのないことだった。それを意に介したふうもなく、毎回自分から出てくるところに、この人物の器の一端がありそうなのだ。

通用門からなかへ入り、玄関口に立つと、用人が出てきて、玄関に脱いであった草履を片づけた。

底に皮を張った雪駄《せった》だった。厚さはそこそこあるが、磨り減り方が均一でなく斜めになっていた。これを履いていた外足の人間なら、昨日顕興寺の墓地で見かけている。

案内されて表の客間へ通された。火の気はなかったが、人の温《ぬく》もりみたいなものが残っていた。

待つ間もなく、咳払《せきばら》いがして奥の襖《ふすま》が開いた。

「おうおう、これはこれは。すまんかったな。知り合いに不幸があってのう。昨日の朝から田舎へ出かけていたんじゃ。夕方になって知らせを受け取った。それで今朝は早立ちしてもどってきたんだが、まさかいまごろ、江戸からの飛脚便を受け取るとは思わなかった。こういうことがある以上、わたしが不在のときの引き継ぎ方を、きちんとしておかなならんかった。いや、反省じゃ、反省じゃ」

腰を下ろすまえからしゃべりはじめた。これまではじめて見せる愛想よさだ。目尻《めじり》の下がった悲しそうな顔と、いくらも開かない小さな口、声も不明瞭《ふめいりよう》で、口許がときどきわけもなく引きつる。笑っても悲しそうに見える顔というのは、そうあるものではなかった。

「お久しぶりでございます。以前にも増してお元気なごようすを拝見しまして、手前も心から安心いたしました。江戸表の宮内《みやうち》さまからも……」

畳に手をつくと、型通りの挨拶《あいさつ》を述べた。

「そのほうも元気なようでなによりやな。昨日は顕興寺に泊まらせてしもうたようやが、寒くはなかったか。今年の冬は、例年にも増して寒気がきびしいからのう」

「いえ。格別のことはありませんでした。むしろ隙間《すきま》だらけの長屋暮らしの身にとりましては、江戸の空っ風のほうがつろうございます」

「おう、そうや、そうや。江戸の空っ風くらい恐ろしいもんはなかった。風のつよい日に火の手でも上がったら、ひとたまりもないのが江戸の町やったからなあ。その点三郷はありがたいぞ。風が吹かない。大火事もない。町中が焼け野原になるような大火事は、ここ四、五十年出たことがないんや」

と言いながら懐から懐紙《かいし》を取り出し、鼻をかんだ。そういえばこのまえ会ったときも鼻をかんだ。鼻が赤くなっているばかりか、皮が剝《む》け、粉を吹いたみたいに逆立っていた。

「それで今回は、陣内がなにを言うてきたんかのう」

宏右衛門が言ったので姿勢をあらためた。懐中から袱紗《ふくさ》包みを取り出し、納めてあった書状を取り出すと、表書きを宏右衛門のほうに向けて差し出した。

江戸の麻布《あざぶ》にある藤倉家上屋敷用人、宮内陣内《じんない》より託された書状だった。

書状の場合は、いつも三重に封がしてあるので嵩《かさ》が大きくなる。そのうえ何重にも糊《のり》づけしてある。

宏右衛門は一目見るなり手を叩《たた》いた。

「お呼びでございますか」

若党が出てきた。

「これを開けてくれ」

ただいま、と言って若党は引っこんだ。もどってきたときは竹製のへらを手にしていた。その尖《とが》った先を糊目の隙間に差し入れ、封を開きはじめた。すべてが終わるまでだれものを言わなかった。

封が開き、若党は退出して、書状が残された。宏右衛門が手に取り、読みはじめた。

これも書状を届けてきたときの、決まりきった手順だった。宏右衛門が目の前で読み、すぐ返書をしたためてくれるときは、別室に引っこむ。

ただそれはこれまで一回しかなかった。あとの二回は、半日と、一日待たされた。

宏右衛門の一存では答えられない問題だったようだ。

宏右衛門の読みすすめ方が、これまでとちがうような気がした。どこが、とまでは言えない。宏右衛門はふだん通りに読もうとしている。それが、どこか、つくりだした顔になっていた。

読み終わると、書状を巻きもどしはじめた。その動きも、これまでより遅いみたいな気がした。

宏右衛門はうなずくと、はじめて吟二郎のほうへ顔を向けた。

「いや、ようわかった。それで気がついたんやけど、これは別段、返事をせんでもよい用やった」

さりげない顔をして言った。眉《まゆ》が水平になっていた。顔に刻まれていたしわが消えている。表情をなくしていたということだ。

「わかったな。今回の御用は、陣内からの書を、受け取ったところで終わりやった。知らせをもろうたら、それですんだ。したがってお手前の役目は、これでつつがのう終わったことになる。ご苦労であった。帰途も気をつけて帰るようにの」

「ありがとうございます。ではこれにて、帰らせていただきます」

「うん。またなにかあったら、よろしゅう頼む」

吟二郎は平伏し、その間に宏右衛門が立った。顔を上げたときはいなくなっていた。用人がうながしに来るまで、坐《すわ》っていた。それから退出した。なんとなくだが、今回は仕事をしくじったのではないか、という気がした。

顕興寺へもどり、出立《しゅったつ》すると告げ、住職以下に挨拶をした。合羽《かっぱ》をまとい、刺し子の足袋をはいた。寒さ対策にほかならないが、荷を少なくするためでもあった。残りの荷は風呂敷《ふろしき》に包み、背中で結んだ。手に持つのは折りたたみの菅笠《すげがさ》ひとつだ。午《ひる》の鐘に送られて、顕興寺をあとにした。とりあえず山陽道に道をとった。今日のうちに尼崎《あまがさき》まで行こうと、そのときは心に決めていた。

これまでしてきた旅のなかでは、ここ三郷がいちばん西に当たっていた。あとは大坂くらい。ひょっとすると、これでもう三郷へ来ることはないかもしれない、とまた思った。

三郷への往復は、いつも高槻から三田《さんだ》へ直行していたため、山陽道を通ったことはなかった。今日は大坂へ寄るつもりだから、そのための山陽道だった。

近くまで来たとき、挨拶に寄る同業の飛脚問屋が、大坂と京都に一軒ずつあった。同じ組合仲間だが、仕事の融通をし合っているわけではなく、通りかかったときは、仁義としての挨拶をする程度。そのとき、ついでに持ち帰るものがあったら預かるのが決まりだ。

これは好意だから、金は動かない。したがって持って行ってもらうものも、軽くて、差しさわりのないものに限られる。あくまでもついでということなのだ。

日がだいぶ傾いた七つすぎに灘《なだ》を通り抜けた。

何年ぶりだろう。この際と思ったから足を延ばし、石屋川と住吉川のほとりに立っている水車小屋を何軒か見て歩いた。

小屋といっても、ひとつひとつがちょっとした長屋くらいもある長い建物だ。大きな小屋になると、一つ屋根の下で十二もの臼《うす》を回していた。

通りかかっただけで、きりきりと小気味のよい音をたて、臼の回っている音が聞こえてきた。

ここの水車小屋は、すべて菜種を搾《しぼ》っていた。水車の力を歯車に移すことでさまざまな速度に変え、菜種の持っている油分をほぼ完全なまでに搾り取っているのだ。

水車の力を使うこの方法だと、人力で搾るより五倍の仕事がこなせた。灘が日本一の菜種油製造地となったのも当然だ。いまでは国じゅうで使われている菜種油の半分以上が、この近辺で製造されていた。

大坂の蔵屋敷に出向していたとき、たまたまここを訪れる機会があった。菜種を搾っているところを見て、雷に打たれたような気持ちを味わった。

自分の郷里にあれを移せないだろうか、と考えはじめたのはそれからだ。吟二郎の国でも菜種は盛んにつくられていた。米の後作としていちばん割がよかったからだ。だが大がかりに搾る方法はなかった。郷土の人間は菜種を売り、菜種油を買っていた。

いまはむかし、遠く消え去ったひとつの夢だった。

3

三郷を出てからはあまり天気がよくなかった。

ときどき青空はのぞくが寒く、今日は朝から風がつよかった。昨夜も雨が降ったが、山では雪になったようだ。今朝見た比叡山《ひえいざん》はうっすら白くなっていた。

山科《やましな》から大津へ向かうとき、逢坂山《おうさか》越えの手前に追分《おいわけ》がある。東海道をのぼってきた旅人は、ここで京に向かうか、伏見から淀川《よどがわ》を下って大坂を目指すか、大きく二つに分かれる。

分かれ道の周りにはお定まりの茶屋やめし屋が並び、旅人が一服するところには困らない。

時刻は四つをすぎていたが、京都を出てきたばかりだったから、ここははじめから素通りするつもりだった。

茶屋のひとつを通りすぎようとして、目を疑った。

縁台に腰かけて餅《もち》を食っていた男も、びっくりして口を止めた。

顔はお互い、もう忘れないくらいよく知っていた。三郷の顕興寺でにらめっこをした、あの侍だったのだ。

頭に河童《かっぱ》の皿みたいな一文字笠を載せていた。連れはいない。脚絆《きゃはん》をつけているが、袴《はかま》はなし。上が羽織、下はどちらかといえば着流し風。どう見ても旅に出てきた恰好《かっこう》ではなかった。

意外な再会だったが、男がそれをうれしがったとは思えない。むしろばつのわるそうな顔をした。

周囲にだれもいないので気がゆるんでいたか、大口を開けて餅をむさぼり食っていたのだ。すでに三皿を空にしていた。よっぽど腹が空《す》いていたか、急いでいたか、それともこれが本人の本性なのか。

吟二郎にしてみたらどっちでもよかった。そのまま行こうとした。そしたらしょんべんを引っかけられたみたいな恰好で飛びあがった。

手が吟二郎を押しとどめようとしていた。だが口のなかがいっぱいなので、声が出せない。

再度手で押しとどめておいて、口のなかのものをあわてて飲み込んだ。茶を飲む。真っ赤な顔になった。

「待たんか。ちょっと、聞きたいことがあるんや」

やっと言った。まだ白目だ。肩をはずませて息を整えた。

「おまえさん、おとつい三郷を出たんやなかったか。これまで、どこにおった」

「おれはそちらの禄《ろく》をはんでる人間じゃない。用が終わったら、こっちの勝手だ」

吟二郎は冷ややかに答えた。

「そやから尋ねてるんや。失礼した。わしは永渕勘七《ながぶちかんしち》。おまえさんは」

「知ってるはずだ」

「そうとんがりなさんな。一応名乗ってもらいたいんや」

「澤田吟二郎」

「飛脚やそうやけど、ほんまか」

まるではじめて見る生き物みたいに、頭の先からつま先まで目を向けた。

「仕事のあったときだけそうなる」

「ほんなら仕事がないときは、なにしてるんや」

「傘張り」

なぶられたとは思っていないらしい。真顔でうなずいた。

「それであらためて尋ねるが、いまごろ、なんでこんなところを歩いてんのや。飛脚の足やったら、いまごろは尾張辺りまで行ってても、おかしないんとちがうか」

「大坂と京都に寄ってきた」

「それ、藤井さまの御用か」

「いいや。ご当家の用は藤井さまのところで終わった。その後はこっちの勝手」

「いくつかの御家の御用を、請け負うてるいうことか」

「それはない。ほかの御家の御用のついで、というような仕事をしたら、そっちだってあんまりいい気がせんだろう。ひとつの御家の御用が終わるまで、ほかの御家の御用は受けない。それくらいの仁義は通している」

「わかった。かまへんかったら、ちょっとここへ坐らんか。餅、食べていけや。わし、今日はこれが、はじめての食いもんで……昨日の夜から、なんにも食ってなかったんや」

大急ぎで言うと、大声をあげて女を呼んだ。

「餅をもう二皿」

顔はずっと吟二郎に向けていた。目を離したら、いなくなってしまうとでも言いたそうな顔だ。

「あとになってなあ。寺でおまえさんに話しかけんかったのを、後悔したんや。だいたい、おまえさんもわるいで。不機嫌そうな、こわい顔をして、目玉をひん剥いてにらんでたからよ。それでつい、こっちまで身構えてしもうて。見たらわかるやろ。わし、そんな堅苦しい人間やない。三郷じゃ目付みたいなことをやってるけど、人にはホットカンと言われてる。仏の勘七と、放っとかん勘七の、ふたつを兼ねそなえたあだ名や。ああ、そうだ。江戸にも二回、三年ばかりおった。けど、あんまり好きやない。旅はきらいなんだ。歩くの、好きやないねん」

そういえば、ふだん聞いている関西弁とはどこかちがった。いきなり、江戸風のことばが混じったりする。

「その、目付が、こんなところで、なぜ餅を食ってるんだ」

「それよ。ほんまのことをいうと、半分途方に暮れてるんや。どうしたらええか、わからんのよ。四人先に行かしたから、そいつらがさっさと用を済ませて、終わりましたって、帰ってきてくれんかと、望みをつないでるんやけど」

あたらしい餅が運ばれてきた。一皿に二個入っている。

勘七が食ってくれとうながし、自分も一皿取った。今度はゆっくり食いはじめた。

「顕興寺へ墓参りに来てた女、知っとるよな」

いきなり言った。吟二郎が餅に手を出そうとしたときだった。まるで隙をうかがっていたみたいな切り出し方だ。

潤《うる》んだような目をしていた。左右の目とも釣り合いは取れていない。その目を細めていた。

「見かけたけど、顔は合わせてない。墓地にいたから、近づくのを遠慮した」

「ほかにだれを見た」

「おぬし」

「いや、わし以外や」

「見てない。本堂の玄関に乗り物が横づけされているのは見たが、担《かつ》いできた連中とは顔は合わせていない」

「住職も、寺男の夫婦も、本堂で供侍《ともざむらい》のお相手をしていた。若い坊主《ぼうず》は、托鉢《たくはつ》に出されてて不在。住職の女房は中風《ちゅうぶ》で、このところ寝たきりや。お膳《ぜん》立《だ》てが整いすぎてて、気にいらん」

「目付がもっと早く来ていれば、すんだことじゃないのか」

「いつも注進の来るのが遅すぎるんや。とやかく言うても、江戸に比べたら大根役者ばかりやさかいな。遅かりし由良之助《ゆらのすけ》ばっかりやらされる」

「あの女を捕まえに来たのか」

うなずいた。ふたつめの餅をもう食っていた。大口、せっかち、大食らい、育ちの知れる食い方だ。

吟二郎は残っていた餅のひとつを差し出した。勘七は一瞬えっという顔をしたが、すぐ破顔してうれしそうに受け取った。

「女がなにをした」

「逃げた。ご禁制のものを持ち出した疑いがある、というんでとにかく連れもどせと。それで四人あとを追わせた」

「行き先はわかっているのか」

「わからへん。とにかく東海道と中山道《なかせんどう》へ行けと。女の足やから絶対追いつけると思うたんだ。そしたらつぎの日に、今度は男が逃げた。示し合わせての欠落《かけお》ちやったんや。不義はお家の御法度《ごはっと》。こうなると、目付としては、腰を上げんわけにいかん」

「男が逃げたのはいつだ」

「一昨日《おととい》の夜」

吟二郎は一瞬けげんそうな顔をした。

「すると、おぬしは一日でここまで追って来たことになるぞ」

「馬に乗ってきた。一日じゅう、背中にかじりつきっぱなし。おかげで今日は、全然歩けへん」

そういえば腰のかけ方がおかしかった。鞍《くら》ずれを起こしたのだろう。腰を浮かせて、縁台の端へ浅く載せている。

「ふたりの逃げて行ったところはわかってるのか」

「見当はつくけど、当てにはならん。第一逃げるほうは、追っ手がどこへ探しに来るか、百も承知で逃げてるやろうからな」

「捕まえられなかったときは、どこまで追って行くつもりなんだ」

「ことによったら江戸表へも知らせ、向こうの人間も、出してもらうようになるかもしれん」

「捕まえたらどうするんだ」

「連れて帰る」

吟二郎は疑わしそうな顔で勘七を見た。

「始末せえとは言われてへん」

吟二郎は餅を食い終わり、手についた粉をはらいながら立ち上がった。

それを見た勘七は、残っていた一切れをあわてて喉《のど》へ押しこみ、「お勘定」と奥に向かって呼びかけた。

勘七は腰を下ろしたままで金を払った。荷を振り分けにして肩へかけると、両手を台につき、よっこらしょと声を出して立ち上がった。

へっぴり腰だった。顎《あご》が前に出て、目がしょぼついていた。歩き出したが、よたよたした足運びだ。

「冗談じゃねえ。そんな足取りで江戸まで歩いて行くつもりか」

「今日だけや。明日になったら、歩ける」

「おれのほうは急いでる。先に行くからな」

「それはないで。待ってくれや。まだ聞きたいことがある」

勘七は情けない声を出した。

「たっぷり聞いたじゃないか」

「全部聞いてへん」

躰《からだ》を揺さぶり、遅れまいと懸命についてくる。努力はしているとわかったから、吟二郎は足をゆるめた。

勘七の歩く恰好を見て、あらためて、あきれかえった。

「袴もはかず、いったいどんな恰好で馬に乗ってたんだ」

「袴なんかはいたことあらへん。暑うて、はいてられん」

「暑い？」

「ああ。わし、どういうわけか、子どものころから汗っかきで、厚着がでけへん躰なんや。冬も袷《あわせ》一枚で十分。手や足が、しもやけになったことも、あかぎれになったこともない。これくらいの風なら少々吹いたって、平気や。全然寒うない。その代わり夏は大の苦手や」

道が逢坂越えの上りにさしかかってくると、身を切るような冷たい風が吹き下ろしてきた。旅人という旅人が、躰を縮め、小さくなって歩いている。それをこの男ときたら、涼しい顔で、どちらかというと着物の裾《すそ》を開けて悠々と歩いているのだ。

下りにかかると、間もなく大津と琵琶《びわ》湖が見えてきた。全体に白っぽく見える。白波が立って水しぶきでけぶっていたのだ。地元のものが「湖《うみ》」と呼ぶくらいだから、波の立ち方も海と変わりない。しかも今日は比叡や比良《ひら》の山々から、ときとして歩けなくなるほどつよい風が吹き下ろしていた。

京都ではまだあった青い空が、どこにもなくなっていた。比良の山脈は、上のほうが黒雲ですっぽり隠されている。山のかなりが、もう真っ白だ。

吟二郎は大津の岸辺まで行って足を止めた。帆を下ろした何十艘《そう》もの丸子船が、ひしめき合うみたいに泊まっていた。走っている船の姿は一艘もない。

船の荷を扱う岸の問屋街も閑散としていた。荷役はまったく行われておらず、船問屋の半分は大戸を下ろしていた。ろくに人が歩いていない。

船頭だろうか。何人かの男が腕組みをしたまま、風にあおられている船を心配そうに見つめていた。

吟二郎は男のひとりに近づいて、声をかけた。

「ちょっと尋ねたいんだが、今日はもう船は出ないのか」

「見りゃあわかるでしょうが、旦那《だんな》。この分ならあしたの朝まで、どうにもなりまへんで。あしたの朝かて、怪しいもんや。吹きはじめたら、三日ぐらいつづくときかてありますさかいな」

「いつから荒れはじめたんだ」

「昨日からです。けど昨日は、まだそれほどでもなかった。今朝も五つごろまで、矢《や》橋《ばせ》の渡しが動いとった」

矢橋とは、対岸の草津にある船着き場の名前だった。大津から東へ半里ほど行ったところにあり、この間を結ぶ渡し船が、旅人に人気があった。

瀬田経由で行くより一里くらいしか節約にならないが、景色はいいし、なによりも歩かなくていいから、旅の慰みには恰好《かっこう》なのだ。

「すると今日は、乗合いも出なかったんだ」

「いんや、朝のうちは何艘か出かけましたで。それで客が殺到したけど、この分じゃ半分も行ってまへんな。いまごろはどっかで風待ちしてますやろ」

「丸子船が逃げ込むところというと、どこだ」

「どこでもかめしまへんが。この風やったら選んでる余裕ないでしょう。まあ、この辺じゃ坂本か、安曇《あど》川へ逃げて行きますやろ」

天気さえよかったら、大津と琵琶湖各地を結ぶ船が、毎日何百艘と出入りしている。その多くは荷も積めば、客も乗せる乗合船で、なかでもいちばん賑《にぎ》わっているのが、琵琶湖の北の端にある近江《おうみ》塩津と大津とを結ぶ船だった。

北前《きたまえ》航路が今日ほど整備されていなかったころは、上方《かみがた》へ向かう荷物のほとんどが越前《えちぜん》の敦賀《つるが》で荷揚げされていた。そこで馬や牛、ときには人の背に積み替え、近江塩津まで運ぶのだ。そしてまた船積みされ、大津へ、京大坂へと送り出された。

もっとも賑わっていたころの琵琶湖は、丸子船という帆船が一日千艘以上も往来していた。いまでは荷の大半が北前船に取って代わられたが、それでも琵琶湖で運ばれる荷はかなりの量にのぼる。とくに冬は北前船が動かなくなるから、琵琶湖が唯一《ゆいいつ》の輸送路となる。

ただし湖と呼ばれるくらいだから、大風が吹くと破船や沈没事故がよく起こった。だから航海中に天候が変わると、船は安全な場所に逃げこんで、風が収まるのを待つ。湖岸には風を避けられる潟《かた》や岬がいくつもあったから、早めに逃げ込む勇気さえあったら、事故は防げた。

勘七がすり寄ってきた。さっきから目を光らせて、吟二郎と船頭とのやり取りを聞いていたのだ。

「なんでそんなことを聞いたんや」

「今朝出た船がどうしたのかと思ったまでよ。避難するとしたら、どこの港へ入るか、考えてみる値打ちはあるだろう」

「こんな風やったら無理やろな。まるっきりの逆風やないけ。それはそうと、出戻りいうのは、港を出た船が逆風に押し流され、もとの港へ舞いもどってくることからつけられたことばやて、おまえさん知っとったか」

「逆風だからって、まったく前にすすめないわけじゃない。間切《まぎ》るといって、斜め横にならすすめる。それをたがいちがいに繰り返したら、前へすすむことになる」

「なんでそんなことを知ってるんや」

「乗ったことがあるんだ」

「琵琶湖をか？」

「そう」

「国はどこや」

勘七が気負いこんで聞いた。

「加賀の向こう」

「これから帰るつもりか」

「久しぶりだから、加賀を通り抜けて江戸へ帰ることもできるなと、いま、急に思いついたところよ」

「思いついて、どうするんや」

「いま、決めたところよ。これから近江塩津に向かい、敦賀へ抜ける」

「そりゃ偶然やなあ。わしもそうしようと、さっきから思うてたところや」

しれっとした顔をして勘七は言った。目を細め、口の下に濃いしわを浮かべていた。

4

大津から近江塩津までは水路で十五里、陸路で二十里というのがだいたいの目安だ。出立《しゅったつ》が遅かったから、今日のうちに塩津までたどり着くのは無理としても、せめて半分近くの、安曇川ぐらいまで行きたかった。

それが終わってみたら堅田《かたた》、大津から三里しか行けなかった。勘七を連れていたからである。

あまりに遅いから業《ごう》を煮やし、途中からは捨てて先に行った。港港へ寄り、風待ちで入ってきた船はないか聞いて回ったのだ。それをしている間に、遅れていた勘七がなんとか追いつく、ということを繰り返した。

朝方大津を発《た》った船の話は、どこでも聞けなかった。今日は朝から一艘の船も出入りしていない、というところが多かったのだ。

夕方になるとあきらめて、早々に宿を取った。このうえは明日に備え、勘七をすこしでも休ませてやるのが、まだしも得策だと考え直したからだ。

その代わり明日は容赦しないと、宣告した。そちらに足は合わせないし、待ってもやらない。見捨てられたくなかったら、馬を雇うなり駕籠《かご》に乗るなりして、ついて来るがいい。

年を聞いてみると勘七のほうがふたつ上だった。江戸者は年長者にそのような口をきくのか、と勘七は恨めしそうな顔をしたが、それ以上文句は言わなかった。

宿では終始腹ばいになっていた。尻《しり》を下にしたら痛いというのだ。着物の裾をめくってみると、内ももの皮膚がすり切れて真っ赤になっていた。猿のケツだ、といって吟二郎は笑い転げた。

「ところで、女はなにものだよ」

割り前でどぶろくを買い、飲みはじめたところで吟二郎は尋ねた。

「腰元《こしもと》や」

勘七はあっさり答えた。

「三郷のお屋敷には東と西に奥があって、おなかは西奥の女や。めったなことでは、御殿の外へ出る機会がない」

「西と東の、主《あるじ》はだれなんだ」

「どっちもお部屋さま（側室）や」

「墓地にあった白木の墓は？」

「若君や。嫡子《ちゃくし》ではいらっしゃらなかったけど、ぶじにお育ちになっておったら、いつ殿の座が転がり込んできてもおかしゅうなかった。おなかはその若殿の養育係やった」

「男は」

「納戸方《なんどがた》。奥向きの女と顔を合わせる機会がある、数少ない男のひとりや」

「ふたりができたのは？」

「待てよ。わしはふたりができてたなんて、ひとことも言うてないで」

頭をぐいと持ち上げた。

「ひそひそ話を聞いた」

吟二郎は平然と答えた。

「やっぱり。にらんだ通りやったな。それを盗み聞いたから、後を追うてきたんやろ。それでふたりは、大津から船に乗る相談をしとったんか」

「いや。男が迎えに行くまで、どこかでおとなしく待ってろと言うと、女はいやよ、大津で待ってると答えた。それ以上のことは聞いてない」

「たったそれだけ？　おかしいやないか。もっと話し合わないかんことが、いっぱいあったはずやぞ」

「もっと大事な、しなきゃならんことが、いっぱいあったんだ」

勘七は開いた眉《まゆ》を八の字に寄せ、疑わしそうな目で吟二郎を見返した。

それからため息をつくと、頭を落とした。腹ばいだから、犬みたいに顔を持ち上げることも、つらいのだ。

枕《まくら》を引き寄せて顎《あご》をのせ、しばらく考えていた。自分の考えをまとめるような口ぶりで言った。

「すぐに追っ手を差し向けられるようなとこへ、わざわざ逃げこむあほもおらんと思うたけど、それやからこそ、あえて越前もありかなと。どうやらこっちのほうが的を射ていたみたいや」

「なぜ越前なんだ」

「福井から越前大野のほうへ何里か入ったところに、鹿野庄《かのしよう》という里がある。じつはそこが、お上《かみ》の本貫《ほんがん》の地なんや。いまでも五千石ほどの土地を、飛び地として持ってる。その縁で、当家にも鹿野庄のもんが何人か来てる。西奥のおこんの方というお人が、そもそもそこの出や。おなかもそう。おこんの方の縁を頼って、奉公に上がってきた」

「男のほうもそうか」

「友はちがう。友三郎というやつやけどな。これは三郷の人間。御蔵番《おくらばん》という、いちばん軽輩格《けいはいかく》の家の出や」

「納戸方というのはそんな軽輩か」

「そやからその後のことは、いろいろあるねん。しかるべきお方が、あの男をもっと取りたてよとおっしゃったら、へえと言うしかないこともあるやろ」

「いくつだ」

「二十二」

「おなかのほうは」

「二十七」

吟二郎はびっくりして勘七を見下ろした。勘七は気づかなかった。茶碗《ちゃわん》に入れたどぶろくを、ずずーっと音をたててすすった。

その音へ重ねるようにして、また雨が降りはじめた。音の具合からすると、今夜もみぞれのようだ。

翌朝は六つに堅田を出た。

今朝も雪がうっすら積もっていたが、起きたときはやんでいた。

今日の勘七は愚痴ひとつこぼさずついて来た。まだひどいがに股《また》だったが、すこしは躰《からだ》が慣れたか、昨日に比べると足取りがだいぶ軽くなった。

今日ははじめから尻からげになっていた。この冷たさで、素足丸出し、平気な顔をしている。

途中、安曇川に寄った。西岸でもっとも大きな港のあるところだ。安曇川の産物というと、まず材木が挙げられる。比良山中で伐《き》りだした木を筏《いかだ》で下ろし、港で積み替えて京大坂へ送り出しているのだ。

ふたりが港へ着いたときは、帆をいっぱいに張った船が、つぎつぎに出て行くところだった。すべて丸子船である。

丸子船は海の船に比べて船底が平らにつくられている。湖岸には浅いところが多いうえ、波も海とはちがうからだ。おも木と呼ぶ半丸太の材木が、船縁《ふなべり》に取りつけられているのも、海の船には見られない。帆柱は船のずっと後のほうにつけられている。

帆はすべて六反帆。船の大きさは、小は十石足らず、大は百石から百二十石くらい。八十石積みで、米だと二百五十俵積むことができる。

日が昇った。昨夜のみぞれで洗い流された向こう岸がくっきり浮かび上がり、真っ白になった伊吹《いぶき》山が引き寄せたみたいに大きく見える。沖にはまだ白波が残っているが、これくらいは平気ということか、船の数はますます増えようとしていた。

「ちゃう、ちゃう。この天気が長持ちせんとわかってるさかい、みな早めに仕事をすまそう思うて、先を急いでるんや」

帆掛け船の数に感心していると、漁師に笑い飛ばされた。午《ひる》から天気はまた悪くなるし、雪雲も去っていないというのだ。いわれてみるとたしかに、青空がのぞいているのは頭の上だけだった。

近江塩津には午の九つ過ぎに着いた。

琵琶湖が北の山のなかまで延びた、その先っぽにある町だ。湖が奥まで入りこんでいる分、敦賀へはもっとも近い。

周囲を山に取り囲まれ、南だけ開いている小さな入り江だ。これでは少々大風が吹いたって大丈夫だろう。

とはいえ大きな船が横づけできる船着き場はなく、たいていの船は入り江に碇《いかり》を下ろし、荷船の積んできた荷を受け取っていた。

町並の前に掘られた河岸《かし》が、荷役場になっていた。五、六艘《そう》の荷船が荷を積み込んでは、入り江の船とここことを往復している。

「ちょっと教えてもらえんか。昨日大津を出た船で、今日、ここへ着いた船があると聞いたんだが」

荷役の立ち会いをしている手代風の若者に尋ねた。

「それやったら日計丸《にっけいまる》でしょう。あの船がそうです」

入り江に入っている船のうちの一艘を指さした。船は合わせて五艘いたが、いずれも百石は積めそうな大型船だ。うち二艘が、いま積み込みをやっていた。

手代の指さしたのは、左端に見えるいちばん大きな船だった。荷役は間もなく終わるのか、すでに帆が半分上げられていた。

「ほかには」

「今朝入ってきたのは、日計丸だけです。昨日は大風が吹きましたから、今日入ってきた船は、まだありません。日計丸やって昨日は長浜で風待ちをして、今朝ようやく入ってきたところです」

「いつごろ入ってきた？」

「割合早かったですよ。四つになったばかりやったと思います。風がやんだからいまのうちやというんで、お客さんがまだ寝ているうちに帆を上げた、と船頭さんが言うてはりました」

「すると乗ってきた客は、みんなここで下りたんやな」

後にいた勘七が、横から口を出した。吟二郎は軽く目で制した。町人から話を聞き出すときは、あまり性急な口出しはしてもらいたくないのだ。

「いえ、長浜で下りた方もいらっしゃるようです。長浜へ逃げこんだんは、昨日の八つ時分やったそうですから、それから一晩、待たされるほうもたまりませんよって」

「女連れの侍はいなかったか」

かまわず勘七は言った。吟二郎の従者と思われたくないのだろう。しゃべり方も吟二郎より押しつけがましかった。

「いらっしゃいました。船から上がるとすぐ、敦賀に向けて発たれたと思います」

四つに上陸したとすると、すでに一刻《いっとき》以上たっていた。ここから敦賀までおよそ六里だから、そろそろ山道が終わりかけているころだ。

勘七が前方へ向け、顎を突き出した。うながされるまでもない。すぐさま追うことにした。

道はしばらく、川沿いのゆるい平坦地を行く。村落もいくつかあり、荷を積んだ小型の川船が往来している。

塩津の奥一里のところにある沓掛《くつかけ》というところまで、小型の川船なら遡《さかのぼ》ることができるのだ。沓掛で荷の積み下ろしをして、丸子船との間を川船で結んでいる船問屋もある。

一方の敦賀側もかなりのところまで川が入りこんでおり、疋田《ひきだ》までは船で荷が運べるようになっていた。

敦賀近江塩津間で、川がまったく途切れるところというと、ほんの一里ぐらいしかないのである。それでこの間を掘りすすめてふたつの川をつなぎ、敦賀と琵琶湖の間を船で結ぼうという計画は、むかしから何度も蒸し返されてきた。

北前船の登場によって意義がうすれたため、いまではだれも口にしなくなったが、一部では現に工事に取りかかったところもあった。

ただしこの街道には、泣き所がひとつあった。冬の雪である。

越前はそれでなくとも雪の多いところだ。一冬に積もる雪の量は、平野でも一丈《じょう》を超す。

山間部や峠となるとなおさらで、ひとたび降ると、交通は何日も途絶える。雪の多い峠のなかには、春まで通れなくなるところさえ少なくなかった。

国境《くにざかい》へさしかかるにつれ、そのきざしが現れはじめた。

塩津ではほとんど消えていた雪が、また目立ってきた。窪《くぼ》みや日陰にたまった雪は、このまま根雪になってしまうのだろう。道もぬかってきた。

雪が舞いはじめ、頬に当たる寒気がつよくなってきた。吐く息の白さからも、冷たさが増してきたのがわかる。

勘七が歩くのに難渋していた。山道での力を残しておくため、今日はかなりの部分を駕籠に乗ってきたのだが、その甲斐《かい》もあまりなかったようだ。

しょっちゅう滑ったり、よろめいたりしている。足下はどろどろ。田植えの田んぼのなかを、這《は》いずり回ってきたみたいなのだ。歩くのが好きではないということばに、偽りはないのだった。

五頭の馬を連ねて、荷を運んでいた馬子《まご》の一行に追いついた。上り坂の途中だったが、一息入れて、馬を休ませているところだ。一頭の馬に、馬子がひとりずつついている。

見ると馬子のひとりが、泥だらけになりながら馬の前足を抱えていた。履かせていた草鞋《わらじ》が傷《いた》んだので、取り替えてやっているところだった。

馬の背中には、菰《こも》に包んだ木箱が四つずつ積まれていた。それぞれ油紙がかぶせてあるところを見ると、雨に打たれるのは禁物の荷なのだろう。

なにを運んでいるか聞いてみると、砂糖だと答えた。馬子たちは敦賀までしか行かないが、砂糖のほうは金沢まで行く。正月が近づき、砂糖の需要がもっとも高まる季節だった。

かつては菜種が、金高のはる作物の第一とされていた。いまでもそれほど変わってはいないが、一番の座は砂糖に奪われた。大坂から江戸へ送り出される荷のなかで、いまずば抜けて多いのが砂糖なのだ。その日暮らしの長屋の住人でさえ、昨今は砂糖なしに暮らせなくなっている。

「女連れの侍が通らなかったか」

聞いてみたが、五人の馬子はだれひとりそういう人間を覚えていなかった。荷くずれしたり、重さが偏《かたよ》って馬に苦痛を与えたりしないよう、荷をくりつけることにかかりきりで、周りに目を向ける余裕がなかったらしいのだ。

先ほどの手代の話では、日計丸から下りた乗客は十人あまりだったという。だがここへ来るまで、それらしい人間はひとりも追い抜いていなかった。

吟二郎は険しい顔をして空を見上げた。雲が厚いので日がどこにあるかわからなかったが、そろそろ七つが近いはずだ。

「おい、わるいけど先に行くぞ」

勘七は不満そうだったが、文句は言わなかった。自分が足手まといになっていることは、いまやあまりにも明白だったからだ。

「なんとしても、敦賀へ入るまでに追いつきたいんだ。この分だと、たいていのものが敦賀で宿を取るだろう。宿に入られてからじゃ、探すのがむずかしくなる。だから着くまえに追いつきたいんだ」

「しゃあないやろな。自分が半人前やったちゅうこと、いまのいままで知らんかった。これでもけっこう情けながってるんや。迷子のわしを捜し出してくれるというんなら、行ってくれ」

「お互い相手を探すときは、手ぬぐいを目につくところへ、くくりつけておくことにしよう。できたら敦賀には泊まらず、もっと先まで来てくれ。そのほうが見つけやすい」

言い置くとすぐさま先へ向かった。

疋田の先の船入というところで、四人連れを追い越した。敦賀まであと半里というところで、辺りはもう里の風景に変わっていた。

年配の武士とその妻らしい女性、おつきの者と思われる男ふたり、合わせて四人という取り合わせだ。

武士は五十くらい。籐笠《とうがさ》に袖合羽《そでがっぱ》、刀には柄袋《つかぶくろ》をかけ、裁付《たつつ》け袴《ばかま》をはいている。妻のほうは四十くらい。こちらは長合羽、眉を剃《そ》ってお歯黒、頭には二本のかんざし、笠と杖《つえ》を持っていた。

　ふたりの男はともに四十前後。腰が低いところを見ると、出迎えにきたのかもしれない。主人が持っていたと思われる荷物を、それぞれがもらい受けていた。

　一町ほど先へ行ってから、吟二郎は足を止めた。振り返って、もう一度四人をよく見た。それから道端へ寄り、かれらが近づいてくるのを待ちはじめた。

　四人が来ると咳払《せきばら》いをし、はっきりわかるよう黙礼してから、出て行った。

「そつじながら、つかぬことをおうかがいいたします。そちらさまは今朝、日計丸という船で、大津から近江塩津へお着きになった方ではございませんか」

「いかにも。さようですが」

　男が答えた。温厚そうな応対で、警戒している顔ではなかった。

「わたくし、じつはその船に乗るつもりだったのですが、乗り遅れてしまいまして、連れと落ち合うことができませんでした。そのためあわてて追ってきたところです。その船に、若い男と女は乗っておりませんでしたか」

「お武家さまですか」

　女が言った。目の輝きというか、その顔つきを見た途端、吟二郎のなかでなにかがはじけた。

「いいえ」

とっさに答えた。

「男のほうは武士でして、友三郎と申します」

「じゃやっぱり、あの方たちだわ」

女は声をはずませると、夫に同意を求めるような目を向けた。ふくよかで、愛想のよい顔、つくりものでない笑みが浮かんでいた。自分以外のものへ向けている興味が、亭主とまったくちがう。

「そうでござったかな」

亭主は気のない声で答えた。どちらかというと、吟二郎の姿恰好《かっこう》に気を取られていた。浪人と口をきいたのは、これがはじめてと言わんばかりだ。

「そういえば友三郎さまと呼んだのを、聞いたように思います」

女はさらに言った。亭主より自分のほうが詳しいとわかり、うれしそうな顔になっていた。

「どういう方たちなんだろうと、思ったんです。裕福な商家のお内儀に、手代というところぐらいは想像できましたが、若侍みたいな方は、ちょっとわからなくて。ただその方たちでしたら、長浜で下りられたみたいですよ。一晩そこで風待ちをしましたの。その間船からは下りなかったんですが、わたくしどもが気がつかなかった間に、下りられたんではないでしょうか。手代の方だけは、先へ行かれました」

と敦賀のほうへ顔を向けた。

「若い手代のほうは塩津で下りたんですね」

「そうだったと思います。その方は塩津へ着いたとき、真っ先に下りられたみたいで、見たわけではないんですけど。わたくしがちょっと船酔いしたものですから、一船遅れて下りたんです」

「そうでしたか。わかりました。それで安心いたしました。ぶじに着いていたとわかれば、安心です。それにしても昨日の風はひどうございましたね。お足を止めさせて申し訳ございませんでした。どうかこの先もご無事で」

丁重に礼を述べて四人を見送った。

吟二郎はそこに立って永渕勘七を待ちはじめた。

5

「けど、いつの間に……」

と言いかけて、その口が開きっぱなしになった。呆然《ぼうぜん》として、考えあぐねたのだ。

「そんな暇が、いったい、どこにあったんや。奥女中の髪って、そんなに簡単に結えるもんでも、結い直せるもんでもないで」

「だったらはじめから、そこまで考えていたと考えるほかないだろうが」

吟二郎は空っとぼけて言った。友三郎のほかに、もうひとり手代風の男がいたことは黙っていた。

「友三郎のやつに、そんな知恵があったとは思えん。けど、どうして長浜なんや」

「そりゃたまたま、船が逃げこんだからよ。ただそれからは、船のなかに閉じ込められっぱなし。それで不安がつのってきて、こんなところで待つくらいなら、まだ陸を歩いていたほうがまし、というので無理やり船を下りたんじゃないか」

「それで、長浜からやったら、どっちへ向かう？」

「三つしかない。関ヶ原から美濃《みの》へ向かうか、北国《ほっこく》街道を通ってまっすぐ今庄《いまじょう》へ抜けるか、賤《しず》ヶ岳《たけ》からこっちへ入ってきて、敦賀、今庄へ抜けるかだ」

「この道へ入ってくるくらいなら、なにも長浜で下りることないやんか」

「だからまず、これはないだろう。となると、北国街道へ向かったと見るのがいちばん自然だ。通り抜けられさえしたら、もうとっくに越前入りしている。だが見込みちがいだったら、越前どころか、まだ近江の山のなかに閉じ込められている」

勘七は顔を向けてきたが、吟二郎のことばを察した目ではなかった。

吟二郎は向かいの山に顎《あご》を向けた。

「この雪だ。ひょっとすると、ゆうべはかなり降ったかもしれん。木之本《きのもと》から今庄へ抜ける道は、これまで二回往復しているが、冬は通ったことがない。雪で通れなくなってしまうからだ。椿坂峠、栃《とち》ノ木《き》峠というふたつの峠があって、冬になると一丈二丈もの雪で埋まってしまう。ゆうべどれくらい降ったかしらんが、いまおれたちが通ってきた道とは比較にならんはずだ。ひょっとするとその雪に阻《はば》まれ、宿場で足止めを食っているかもしれん」

「そんなに雪の多い道へ、なんでのこのこ入って行くんや。ふつうは避けるで」

「だがいまの雪は、お日さんさえ照ってきたら、半日で溶ける。足止めを食らうとしても、一日か二日だ。峠が通れなくなってしまうまで、まだ半月くらいあるはずだ」

ふうむ、と鼻息を吹き出して勘七は考え込んだ。

「どっちみち、たしかめてみんことには、先へすすめんやろな」

「だったらこうするのはどうだ。おぬしはこれから木之本側へもどり、峠越えをして今庄を目指す。おれは今庄側から反対に道をたどり、木之本へ向かう。脇道《わきみち》はないとところだから、双方から挟み撃ちできる」

と言ったとき、勘七が大声をあげて街道へ出て行った。

通りかかった馬を呼び止めたのだ。敦賀から塩津の方へと向かう帰り馬だった。荷も運べば人も乗せる、いわゆる乗掛け馬だ。

背に載っているのは二方荒神《にほうこうじん》という鞍《くら》で、木枠で囲まれた箱のような座席が左右に取りつけられ、これに荷を載せたり、人を腰かけさせたりして運ぶ。

片方の座席には荷が積まれていたが、片方は空いていた。

「どこまで行くんや」

「へーい、一応沓掛まで」

「木之本というのは沓掛の先やろ？」

勘七は吟二郎にたしかめると、勢いこんでしゃべりはじめた。

「その、両方から挟み撃ちするいうの、賛成や。わしがあっちからこっちへ来る。おまいさんは逆。どっかで会おう」

「道は知っているのか」

「知らん」

吟二郎はあきれながら、馬子に勘七の向かいたいところを教えてやった。

「ほんなら野坂《のざか》から中之郷《なかのごう》へ抜けましょか。そしたら塩津まで行かんですみます。ただしちょっとした山を越えんといきませんのでな。馬に気張ってもらう分、まぐさ代をすこし張りこんでもらいたいんですが」

「金のことなら心配するな。おめえの腕次第では、明日も雇ってもらえるぞ」

馬子をけしかけて、さっさと送り出した。勘七が馬を見かけた途端われを忘れたので、吟二郎もそれ以上余計な手間がかからず、双方にとって都合がよかったのだ。

ひとりになるとすかさず北へ向かった。

吟二郎も一目散。いまでは向かうべきところがはっきりしていた。なんとしても日が暮れるまでに追いつきたいのだ。

これから向かおうとしているのは、木ノ芽峠を越えて今庄へ出る北陸街道だった。古くから官道として開かれた道だが、椿坂峠や栃ノ木峠と同様、北陸路きっての難所であることは、いまもまったく変わっていなかった。

北陸路にはこのほか、敦賀の五里先にある河野《こうの》というところまで、船で行く方法もあるが、これまた冬は使えない。

すでに山のひだひだが黒ずみはじめていた。日差しはなくて雲が垂れ下がり、ときどき雪が舞い降りてくる。気がつくと、旅人の姿も消えていた。この天気だから、みな早めに宿を取ってしまったのだろう。

前方を駆けて行く人影が目にとまった。

疲れているのか、力がなかった。それでも足をゆるめようとしていない。小走り。躰《からだ》を前かがみにして走りつづけている。

紺縞《こんじま》の着物を着ていた。尻《しり》はしょり、足に股引《ももひき》。ふたつの包みを背中へたすきに掛けていた。菅笠《すげがさ》をかぶっていたが、旅支度としてはお粗末なものだ。

「庫之助」

吟二郎は呼びかけた。

躰がびくっとふるえ、庫之助は足を止めた。振り返ったが、どちらかといえばけげんそうな顔をした。名を呼ばれたが、ひょっとすると別人だったのではないかといった当惑が浮かんでいた。少なくとも警戒した顔ではなかった。

吟二郎は笑みを浮かべ、おだやかに話しかけた。

「四日ほどまえ、顕興寺に来ただろう。顔は出さなかったが、わたしもあの日顕興寺にいたんだ。そのまえに、食堂でおなか殿と話していた。今回は急を聞いて駆けつけてきたんだが、あいにく間に合わなかった」

庫之助の顔に、ほっとした安堵《あんど》が浮かんだ。顔がいっぺんに明るくなり、うれしそうな目つきに変わった。これまでだいぶ心細かったみたいなのだ。

三郷の店先で見かけた髪結いの若者と、同じくらいの年だろう。十八か九。顔はあどけなく、ニキビもできていないすべすべの肌。色も白くて、頬と鼻がこの寒気にさらされて真っ赤だった。寒さしのぎの手拭《てぬぐ》いを首に巻いているだけだ。

「あの、おなかさまは、こっちじゃないんですけど」

「知ってるよ。塩津に寄って、日計丸の船頭から聞いてきた。すると栃ノ木峠を越えるつもりだとわかったから、こっちへ先回りしたのよ。明日今庄側より、迎えに行こうと思っている」

「そうでしたか。ありがとうございます。わたくしは先に帰っていろと言われましたので、そのまま行かせてもらいますけど、あとはよろしくお願いいたします。なんとかして明日中には、鹿野庄へ帰り着きたいんです」

「そうか。おぬしも鹿野庄の出だったのか」

「はい。おなかさまと同じ篠田村です。いちばん上の姉が、子どものころ、おなかさまの友だちでした」

新保《しんぼ》という最後の宿場にかかるところだった。庫之助も今日は峠越えができないとわかり、新保で宿を取るつもりだったという。じつはそれで心細かった。これまでひとりで旅をしたことはなかったし、ひとりで旅籠《はたご》に泊まったこともなかったからだ。

吟二郎は任せておけと請けあい、庫之助を連れて旅籠に入った。庫之助が吟二郎をすこしも疑っていないので、どちらかというと拍子抜けだった。この若者は、人を疑ったことがないみたいなのだ。

その夜は庫之助から、じっくり話を聞いた。

年が十九だった。三郷へ奉公に出たのは十一のときだから、足かけ九年になる。先にお屋敷へ奉公に上がっていたおなかの引きで、そのとき郷里からふたりの少年が三郷へ行った。残念ながらそのときの仲間は、二年後に病気を得て国へ帰り、一年後に亡《な》くなった。

庫之助のほうは一度も郷里へ帰っていなかった。よく働いたので親方のおぼえもめでたく、一年くらいまえからは親方に代わって廻り髪結い、いわゆる出前結いにも出かけはじめた。

「ですからあと何年かは、辛抱してもよかったんですけど」

今回急なお暇を取ったことに、いくらかうしろめたさをおぼえている、みたいな言い方をした。

おなかに呼び出され、国で自分の店を持てるように手助けしてやるから、力を貸してくれと言われたのがはじまり。四月《よつき》まえのことで、そのとき会ったのが顕興寺だった。

それまでおなかに会ったことは、宿下がりの彼女が鹿野庄へ帰ってきたときに一度あるだけ。つまり三郷では会ったこともなかった。

そのはず、再会したときは身分がかけ離れていた。おなかは乗り物といわれる漆塗りの駕籠《かご》に乗り、高貴な方の名代として墓参りに来ていたところだった。

これまで食ったことのない菓子をすすめられ、三郷での暮らしをあれこれ尋ねられた。

国に帰って、自分の店を持つ気はないかと言われたのが、そのときだ。その気があるなら、いくらかなりと力添えをしてやろう。

庫之助にしてみたら夢のような話だ。たしかに三郷で認めてもらってはいる。それでも奉公人であることに変わりはない。暖簾《のれん》分けをしてもらい、自分の店が持てるようになるまで、まだ少なくとも十年はかかるはずなのだ。

よく考えておくように、ということでその日は終わった。つぎに会ったのは一ヶ月後。場所は本堂の横にある食堂《じきどう》だった。

その場でいきなり、一月後ぐらいを目途に、国へ帰る算段をするように言い渡された。時が来たら知らせるので、それに合わせて、お暇が取れるようにしておけ。ただしこのことは、けっして口外しないようにと。

腑《ふ》に落ちないこともいくらかあったが、庫之助は聞き返しも、自分の考えも述べなかった。大恩のあるおなかの申し出だから、その力になってやれることは、うれしいことだと自分に言い聞かせた。

そして三度目に会ったのが、あの日だったのだ。その夜、庫之助は指示された諏訪神社というところでおなかを待ち、その手を引いて三郷を出奔した。

髷《まげ》を結い直してやったのは、大津へ着いてからだ。そのとき使った剃刀《かみそり》や櫛《くし》は、自分のもの。将来のためにと、これまでもらった給金のなかから、すこしずつ買いそろえていたものだ。

「友三郎のことは知っていたのか」

「いいえ。大津へ着いてからです。宿の前に出て、通りかかる人を見張ってろと言われました。助六みたいな男が通りかかったら、声をかけて、聞いてみろと」

話が友三郎のことに及ぶと、しゃべり方がゆっくりになった。ことばを考えながら話しはじめた。瞬《まばた》きが少なくなっていた。

上野友三郎が来ると、庫之助の出る幕は急に減った。代って召使いとしての立場が強くなった。

「それで、自分ひとり、船で近江塩津まで行ったのは、どういうわけだ？」

「上野さまから言われました。おまえは一足先に鹿野庄へ帰って、おれたちが着くのを待っていろって」

「そのとき、おなかさんはなんにも言わなかったのか」

「おっしゃいませんでした。三人でいるときは、なにもかも上野さまがひとり決めしますから」

と言ったときは、それとわかるほど声が沈んだ。

「おなかさんからなにか預からなかったか」

と聞くと顔がこわばった。すこしぎょっとした。

「心配しなくてもいい。見せろとは言ってない。聞いてるだけだ」

「預かりました」

「なんと言って預けたんだ」

「ふたりきりになったとき、言われたんです。わたしが行くまで大事に預かっててくれと。わたしが取りに行けんときは、しかるべき人にお願いする。おまえが見て、これは信用できる人やと思うたら、渡してやっておくれ」

「その見極めはどこでする」

「おまえにまかせる、と言わはりました。困るわけやないですけど、よう、わからないところがあるんです。黙ってられるかと思うと、いきなりぱっと、先の先のことをずばっと言われるので……。その間をつなぐ、ことばというものがないんです。かと思うと、小声でぶつぶつぶつぶつ、なにか言いつづけていらっしゃったり……」

明らかに当惑を浮かべていた。吟二郎の顔をちらと見あげた目には、おびえのような色が浮かんでいた。

「ときどき、変になる、といったことか？」

「いえ、けっして、そんなことを言うてるわけやありません。おやさしいし、よく気がつかれるし、おだやかやし、ほとんどのときは、いままで通りのおなかさまなんです。けっして、変なつもりで、言うたんやありません。おらが頼りにならないから、お疲れになっていたんやと思います。大事な身やさかい、いま捕まるわけにいかん、みたいなことを言われたこともありますし」

しゃべり方がだんだん三郷ことばになってきた。

「大事な身やさかい、いま捕まるわけにいかん、と言ったのか」

「いえ。そう聞こえたというだけで、ほんとはちごうてたかもしれません。横で、ただ、なにか言うてはるのを、聞いたというか、聞こえたというだけで、ちゃんとしたことばで、しゃべらはったんやありませんので」

庫之助はしどろもどろになった。とんでもないことを口走ってしまったとばかり、うろたえ、恐れ入り、あわてて、取り消そうとした。そのうち、自分がなにを言っているのかわからなくなった。庫之助はますます混乱してしまい、最後はどうしていいか、わからなくなった。惨《みじ》めなくらい、しおれてしまった。

庫之助はうつむき、膝《ひざ》を抱えて、うずくまった。身を固くしたまま、動かなくなり、以後なにを話しかけても、答えなくなった。涙ぐんでいるのがわかった。

6

まだだれも起き出していなかった早朝の宿場で、ときならぬざわめきが起こった。人の往来しはじめた物音が突然聞こえてきたのだ。外をのぞいてみると、真っ暗だった。まだ七つにもなっていなかった。

吟二郎は刀を手に、下へ降りた。

宿の者が大戸を開けようとしているところだった。

「客か？」

「まさか、そんなはずはないんですが」

提灯《ちょうちん》が見えた。人影が数人。いま峠から下りてきたらしい雪まみれの旅人が、向かいの堂で荷をおろして雪を払っているところだ。

後からもまだぞくぞくと下りてくる。提灯の明かりが点々と連なっていた。

「栃ノ木峠が通れなくなったというからよ。へたをすると木ノ芽も通れなくなるかもしれんと心配して、無理して越えてきたんだ」

事情を聞いた番頭に向かい、山越えの先導をしてきたと思われる男が答えた。

どこかへお参りにでも出かける一団のようだ。そろいの肩衣《かたぎぬ》を着けていた。十人からの数がいる。

夜の峠越えとは無茶な話だが、これだけ人数がいれば心強いということだろう。ただしそれも、木ノ芽峠を何十回も往復したことがある、道に詳しい先導がいるからこその話だ。

「木ノ芽峠の雪はどうでした」

「ああ、こっちはたいしたことない。ものの二、三寸かな。それも、もうやんだ。星が出てるぜ」

おかげですっかり目が覚めてしまった。みな同じだったろう。二階にもどってみると、だれもがごそごそ起き出していた。

「そろそろ七つや。こうなったらしょうない。ぼちぼち出かけよか」

という声が聞こえ、それぞれに支度をはじめた。庫之助はと見ると、すでに身支度を終えていた。

「さっきの声、聞いたか」

と言うと、黙ってうなずいた。昨夜のこだわりがあるのか、まだ顔が固い。

「栃ノ木峠が通れなくなったとすると、こっちから行ってもだめだな。少なくとも今日は、通れないかもしれん。ということで、わたしはこれから、木之本のほうへ回ることにするよ。いまの雪だと一日か二日待てば通れるようになるだろうから、それを待って今庄へ抜ける。鹿野庄へはおなかさんを連れて行くよ。そのときまた会おう」

「どうもありがとうございました」

庫之助は堅苦しい声で言って、頭をさげた。

「昨日のことは忘れるんだ。おれはなにも聞かなかった。いいな」

あいにく庫之助は提灯を持っていなかった。それで吟二郎が口をきき、福井まで行くという夫婦者に声をかけて、庫之助を同行させてもらうことにした。ふたりはむしろよろこんだ。若い者がついていてくれると心強いからだ。

木ノ芽峠のすぐ下にある宿場だったから、敦賀方面へ行くものはいない。吟二郎はひとりで山を下りた。

昨夜もだいぶ雪が降った。だが夜が明けたときは、すっかり晴れていた。雲ひとつない青空が、久しぶりにのぞいた。

敦賀は素通りし、疋田へもどってきたところで朝めしを食った。茶屋のものや通りがかりの地元の人間をつかまえ、道のようすを念入りに尋ねた。

狙《ねら》ったのは塩津までもどらなくてすむ、山越えで北国街道へ出る近道だ。いくつかあることは知っていたが、これまで通ったことはない。

なにしろこの雪だ。通れるかどうか、まずそれからたしかめなければならなかった。

北国街道と北陸街道との間には、強大な山脈が横たわっているが、相互の隔たりはそれほどない。山の奥深くまで入りこんでいる村々を拾って行けば、わずかな道程で、乗り越えられるところがあるはずなのだ。

願ってもない話が聞けた。疋田の先にある曽々木《そそき》、麻生口、刀根《とね》という村をたどって行くと、最後はわずか小半里の山越えで、向こう側へ降りられるというのだ。

しかもおりたところが椿坂。椿坂峠の手前である。昨日の勘七がたどって行った行程より、二里か三里は倹約できるはずだ。

　万一のときを考えて余分な弁当をつくってもらい、すぐさま出かけた。

　疋田を流れているのは、敦賀へ流れる笙《しよう》の川だ。山間《やまあい》を縫ってくねくねと曲がっているが、川の両岸には帯のような田がどこまでも延びていた。すこしも険しくなく、最後の刀根という村へ着くまで、ほとんど坂道もなかった。

「椿坂へ行くんか。ほんなら、あそこ」

　と指さされた先に平らな山が横たわっていた。

「雪は？」

「まだ深うても一尺くらいやろう。二、三尺積もることもあるが、ここらへんは何日も通れんいうことはめったにない」

　納屋《なや》で藁《わら》を打っていた男に尋ねたのだが、まるで愛想なしだった。見ると壁に、笹《ささ》竹《だけ》を曲げてつくったかんじきが下がっていた。

「あれ、売ってくれんか」

　と言うとびっくりした。こういうものが売れるとは、思ったこともないのだろう。地元のものにしてみたら、これは自分用につくるもので、売ったり買ったりするものではないからだ。

使い古しを百文で買ってやった。百姓はにわかに愛想がよくなり、家の前まで出てきて道を教えてくれた。

「川がのうなるところに、お地蔵さんがひとつ立ってる。そこから左へ道がついてるよって、それを上っていったらええが。途中で道がわからんようになっても、とにかく上がる。そしたらいずれ、上へ着く」

「下りは？」

「どこでもええが。上まであがったら下に椿坂が見えてるよって、適当に降りていったらええんや」

まことにわかりやすい道案内だった。吟二郎は礼を言い、かんじきを肩にして山へ向かった。

教えられた通り、山に突き当たったところで川が終わった。雪をかぶった地蔵尊がひとつあって、そこから山へ登って行く道がついていた。わずかに雪が搔《か》きわけられているのは、数日まえまでは、通ったものがいるということだろう。

ここでかんじきを履いた。雪は平地で五寸くらい。山がその倍くらい。太陽が頭の上へくるにつれ、暖かくなって雪が溶けはじめた。大方は昨夜降った雪だから、たちまちべちゃべちゃになった。

はじめはゆるい上りだった。道も真《ま》っ直《す》ぐ。山仕事で使われているのか、歩きやすくて、見失う恐れはまずなかった。

だが雑木山にさしかかると、たちまちわからなくなった。最近切りだされた山の跡地だから似たような地形がつづき、山と道の見分けがつかなくなった。

振り返ってみると、まだ半分も来ていない。ままよと腹をくくり、適当に登りはじめた。多少の苦労はしたものの、立ち往生することもなく、半刻《はんとき》後にはなだらかな山頂部に立っていた。

椿坂が見えた。雪に埋もれ、よくよく目を凝らさないと見分けられないくらい小さな村だ。雪の原にでこぼこがあり、ひっかき傷みたいなちがう色がのぞいているから、かろうじてそこに、建物や道があるとわかるのだ。

数は多くなかったが、豆粒のような旅人も街道を歩いていた。この日差しで雪が溶け、峠越えができると勇んでいるのか、動き方がきびきびして見える。

椿坂峠は正面の山のひとつだが、どこかということまではわからなかった。白と灰色で塗りつぶされているから、見分けられるものがなにもないのだ。

下りはためらいも、迷いもせず、ずんずんおりていった。小半刻後には椿坂へ到着していた。かんじきのありがたみが身にしみた。

宿場で尋ねてみると、勘七と思われる男が、今朝辰《たつ》の刻に通り抜けていた。ふた刻遅れたことになる。馬で通ったというから、昨日の馬を引きつづき雇ったのかもしれない。

おなか、友三郎と思われるふたり連れについては、あやふやなことは聞けたものの、はっきり見たと言い切ったものはいなかった。ここを通る旅人は、たいていこの先の中河内《なかのかわち》で宿を取ろうとするから、椿坂は通りすぎてしまうことが多いのだ。

それで休む間もなく中河内へ向かった。

午《ひる》になってだいぶ雲が出てきたが、日差しのほうはさらにつよくなった。雪が溶けに溶け、小気味よい音をたてて溝を流れ落ちている。森がけぶっていた。湯気が上がっているのだった。

かんじきがいらなくなった。街道を行く分には歩くのに困らない。それで肩に背負って行った。

旅人はそれほど多くなかった。昨夜の雪であきらめたものもいるだろうし、今日中に峠越えをして今庄まで行こうとするものは、いまごろもう、とっくに先まで行っているはずだから。

この北国街道は、これで二回目なのに、左右の風景にすこしも思い出がなかった。

雪の時期には通ったことがないからだ。

はじめて通ったときの感激は、いまでも忘れていない。大坂へ行くとき通ったのだが、どこもかしこも目が潤《うる》んでしまうような新緑で、その色鮮やかさに心奪われ、道の険しかったことはすこしも覚えていないのだった。

大坂では足かけ四年を過ごした。慣れない上方ことばには苦労したが、ものの見方や考え方が、根底から変わってしまったということでは、得難い経験になった。

一言でいえば、侍より町人が主役になっている社会を知ったということだ。

世のなかの仕組みがどうなっており、ものがどう動いているか、人の暮らしを変えたり支えたりしているものはなにか、見るもの聞くものすべてが、目から鱗《うろこ》のような日々だった。

それはこれまでの吟二郎が知っていた武家社会や、米を中心とした経済とはまったくちがっていた。

たしかに米はいまでも、大坂の商いの中心ではあった。だがそれは、売買される品物としてであって、大げさに言ってしまえばそこらの石ころであろうが、棒きれであろうがいっこうかまわないものだった。要するにだれもが値打ちを認め、大金を積んでも欲しいと思うものであれば、なんだってよかったのである。

あるとき、機会があって灘の水車小屋を見に行った。水車小屋そのものは、郷里にもあって、べつに珍しいものではなかった。だが灘の水車小屋は、桁外《けた》れに大きくて、持っている力がまったくちがった。

そこで毎日、あたらしい値打ちが生み出されていた。菜種が菜種油になってしまうのだ。吟二郎はすっかり心を奪われ、自分の郷里にもこのような水車小屋をつくれないものか、真剣に考えはじめた。

灘に通って搾《しぼ》り方を学び、油屋では商売のこつを教えてもらったが、それよりも家中に帰って周囲を説得するのがはるかにむずかしかった。

およそ三年かかった。その間すこしずつだが耳を傾けてくれる人が増え、賛同者や後立てになってくれる人ができた。あとは夢を実現させるだけだった。

それが絵に描いた餅《もち》で終わった。

吟二郎のしようとしたことに、もっともつよく反対し、力ずくでも押しつぶそうとしたのは、ほかならぬ一門の親戚《しんせき》だった。武門の誉れ高い家系から、商人ごとき賤《せん》業《ぎょう》に身をやつそうとするものが出たというので、斬《き》れとか、詰め腹を切らせろ、とかいう声が大まじめに飛び交ったと、あとになって知らされた。

そして最後は一族から絶縁すると宣告された。それは国にいられなくなってもよいか、という脅迫にほかならなかった。

椿坂峠は目もくれず通りすぎた。そして近江最後の宿場中河内へさしかかった。

中河内も豆粒ほどの村だ。だが栃ノ木峠越えという難所があるため、人家五十戸足らずの宿場でしかないのに、本陣、脇《わき》本陣を備えた格式の高い村となっていた。

村は屋根を逆にしたような谷の底にあり、谷は前方へまだ、かれこれ一里近くまっすぐ延びていた。正面に立ちはだかっている白い壁が栃ノ木峠で、そこまで目をさえぎるものはなにひとつない。

近づいたときから、異変を感じていた。なにもかもが雪に埋もれ、実際は物音ひとつしていないのに、ちらと見えた人影の動きに、常でない張りつめたものがあったのだ。

右手の山裾《やますそ》にある門から人の出てくるのが見えた。中河内にふたつしかない寺のひとつだった。つづいて左の脇道。村の住人と思われる人影が三つ。

ふつうの恰好《かっこう》をした村人だ。それが当たり前でない証拠だった。こういう風に、ふつうの人が集まってくることそのものが異様なのである。

旅籠《はたご》だった。前に立つと、なかにも人。その動き方がばらばらだった。

「なにがあったんだ？」

外にいた若い男に声をかけた。

「人殺しです」

髪の白くなった女が横から口を出した。こわごわという顔をしている。

「だれが殺された」

「女の人やそうです。連れのお武家さんが殺して逃げたそうで」

吟二郎は旅籠へ踏み込んだ。

「だれか！」

回りの顔がいっせいに振り向いた。三十ぐらいの腰の低い男が出てきた。

「武士が女を殺して逃げたと聞いたが、女は三十前の商家の内儀風か。侍のほうはもっと若い」

「お侍さま、あの方たちをごぞんじやったんですか。はい、さよでございます。昨日お見えになったおふたりで、宿帳へは大坂の播磨屋うめ、高垣孝次郎と書いてございます」

「ほかに今日、ふたりを探して一文字笠《がさ》をかぶった侍は尋ねてこなかったか」

「いらっしゃいました。女の方が殺されたと言いましたら、目の色を変えて飛び出していかはりました」

「いつだ」

「先ほど、八つ時分でございました。高垣とおっしゃるお侍さんの発《た》たれたのが、二《ふた》刻《とき》ほど前でして」

昨夜は三組、五人の客しかいなかった。旅人の朝はだいたい早いものだが、今朝はみなゆっくりしていた。午すぎにならないと、峠が通り抜けられそうにないと、あらかじめわかっていたからだ。

それが思いがけないほどまれなよい天気となったので、雪解けがすすんだ。午には通れるようになるだろうという。

みなはよろこんで、午の早々には峠を越えられるよう、思い思いの支度を調えて旅立っていった。

高垣という侍がそのあと、ひとりで出てきた。

うめの気分がすぐれないというので、ふたりは朝の食事も取らなかった。

奥様はまだ寝ていると高垣は答えた。そしてひとりで出かけた。

峠の雪がどんな具合か、ようすを見てくる。場合によっては、馬を頼まなきゃならないだろう。帰ってくるまで、病人はそのまま寝かせておいてやってくれ。

女が殺されているのに気づいたのは、女中がお茶でも差し上げましょうかと、ご機嫌をうかがいに行ったからだ。午になったばかりの時分だった。

布団《ふとん》が顔を隠すくらい引き上げられていたので、すぐには気がつかなかった。数回呼びかけたが、なんの動きもなかったから、はじめておかしいと思った。くしゃくしゃになった手拭《てぬぐ》いが首のところに落ちていた。これを口のなかに詰め込んで殺したとわかった。

一文字笠の侍がやって来たのは、それから半刻も経《た》ってからだ。女が殺され、二十すぎの若い侍が死体を残して消えたと言うと、ものも言わず飛び出して行った。女の顔をたしかめようともしなかった。

吟二郎もたしかめなかった。もっとも寺に運ばれたあとだったから、旅籠にはもういなかったのだ。

「あ、お侍さま」

とあわてふためいた叫び声を背に、街道へ出ると、爪先《つまさき》上がりの坂道を突きすすみはじめた。

ひたすら先を急いだ。この遅れは取りもどせないかもしれない。勘七はともかく、友三郎のほうは足だってもっと速いはずなのだ。

昨夜峠越えをしてきた連中の話を真に受けたため、判断を誤ってしまった。朝の天気を見届けていたら、いまごろは今庄から予定通り栃ノ木峠へ向かっていたはずなのだ。

7

簡単に追いつけるはずの勘七だが、行けども行けども見つけられなかった。

はじめはつぎの板取の宿場へ着くまでに、追いつけると思った。しかし影も形もなし。ではつぎの宿場か、と思ったがこれまた外れ。

とうとう今庄へ着いてしまったから、信じられなかった。中河内からの五里の道を駆け抜けていた。

ひょっとすると茶屋の奥で大めしでも食らっていて、それを見過ごしてしまったかと思ったくらいだ。

七つはとうにすぎていた。そろそろ今夜の宿を手当てしなければならなかった。だが今日は、少々遅くなっても武生《たけふ》か鯖江《さばえ》まで行きたかった。のろ亀《がめ》の勘七を探しさえしなかったら、鹿野庄まで行けたと思うのだ。

と思ったときだった。「お蕎麦《そば》」という看板のかかった店からひとりの男が出てきて、ふらふらと歩き出した。あきれたことに、それがいまのいままで探し回っていた勘七だった。

おいと言うと、なにをっとばかり憤然と顎《あご》を突きだしてきた。

「なんや。いままで、どこで油売ってたんや」

亀の甲羅みたいにひび割れた声で言った。あまり機嫌がよろしくない。道端で仁王立ちになってにらみつけている。

「探していた」

「こっちかて、探し回ってたんや。わしは今庄のほうから行く。双方から挟み撃ちにしよて、なにが挟み撃ちやねん。行けども行けども、影も形もないやんか。約束通り挟み撃ちしてたら、万が一にも取り逃がすことなんか、あらへんかったんや」

「昨日の大雪で栃ノ木峠は当分通れんと聞いたから、こっちへ回って追いかけてきたんだ。中河内にも寄って、なにが起こったか聞いてきた」

昨夜からの事情をひとわたり話して聞かせた。

「なんや、あほくさい。そんなことやったら、道を取り換えてたらよかった。わしやったらずるして、団子でも食いながら、今庄で雪が溶けるの、待ってたわ」

足を止めようとするから促して、街道を北へのぼりはじめた。

「なんでそんなに、急がせるんや。わし、きょうは一年分歩いてくたくたや」

「ついでにもう一年分歩け。こんなところで宿を取ってる間はない」

「どこまで行くんだ」

「鹿野庄」

一文字笠の付け根から白目がのぞいた。

「なんでや？」

「とにかく行かなきゃならん」

「どれくらいある」

「勝山の手前だそうだから、まだ十里くらいあるだろう」

「無理や。あと一里もよう歩かん。腹が減って死にそうや」

「いま蕎麦を食ったばかりじゃないか」

「それが雀《すずめ》の餌《えさ》くらいしかなかったんや。今日はお客がぎょうさん入って、全部はけたって。これから打とうかいうから、いらん言うて出てきた」

「するとまったく食わなかったのか」

「そりゃすこしは食った」

「どれくらい？」

しつっこく尋ねた。勘七は仕方なく指を出し、何本立てようかと迷いはじめた。三本と四本の間を行ったり来たりして、最後は五本になった。

それから今度は勘七が質問してきた。

「なんで鹿野庄なんや」

「おなかの里だ」

「そりゃ知ってる」

「おなかの引きで、三郷へ働きに行ってた若者がいる」

あっという顔をした。それからはずんずん歩きはじめた。足がはるかに速くなった。

「そうか。そういうやつがおったんか」

「おなかを殺した以上、友三郎は必ず、その男のところへやって来るはずだ」

「知ってたんか」

「知ってたわけじゃない。見当をつけただけ」

「どんな見当や」

「おなかは友三郎を信用していなかった。溺《おぼ》れる一方で、疑ってもいた」

「それが、どうした」

「長浜で船を下りるとき、若者に預けた」

勘七の躰《からだ》の動きが止まった。それからじろりという目を吟二郎に向けた。

「どうしてそんなことまで知ってるんや」

「若者が背中に背負っていた」

「なにを背負ってたか、わかってるんか」

「書状」

「見たんか」

ねばっこい声でからみつく。

「書状の中を見たんかい？」

「見てねえ」

日が落ちて、空の雲が赤らんできた。青い空がさえざえとひろがっている。一番星が昇った。蝙蝠《こうもり》が飛びはじめた。

武生《たけふ》も鯖江《さばえ》も通りすぎた。福井の手前で右へ曲がり、九頭竜川《くずりゅう》の支流を遡《さかのぼ》った。

河畔の小さな町で宿を取った。道が川沿いを行くようになり、ところによっては崖《がけ》地《ち》を行かなければならなくなったからだ。

宿に入ったのが遅れたから、めしがなかった。いまからでよいから、あたらしく炊《た》いてくれと頼んだ。

勘七が量を倍にしてくれと注文をつけた。ひとり当たり男で一日五合が標準だが、この男の育った家では男が一升、女が五合だったという。ひとりめしができるまで、勘七は隅に行ってごそごそしはじめた。矢立《やたて》を持って帳面をひろげている。そういえばこれまでも、毎晩なにかを書きつけていた。

見せまいとしたのだ。のぞきに行くと、上目遣いににらみつけて背中を向けた。吟二郎の躰のなかで、いちばんすぐれているのは、後から手の動きを見つめた。筆の動きを見ていたら、なにを書いているかほぼ読める。じつは目だった。

団子五皿　七十五文

蕎麦七　百二十六文

見ていると、食いもののことしか書きつけていない。あきれた。この男の日記は、その日腹に収めた食いものとしか結びついていなかったのだ。

腹が減っていたこともあって、だんだん腹が立ってきた。勘七の前へ回ろうとすると、またくるっと背中を向けた。

「なぜ逃げるんだ」

「べつに逃げてへん。前に立たれたら暗うなるから、向きを変えてるだけや」

顔をあげようともしない。

「逃げてるとしか思えないじゃないか。おぬしに問い質《ただ》したいことがあって、さっきからいらいらしているんだ」

「なんでもしゃべったらええやんか。耳は聞こえてる」

「じゃあ聞くぞ。顕興寺に葬《ほうむ》られた若君に一服盛ったのはだれだ」

勘七は飛びあがった。帳面をばたっと閉じると、総毛立った顔をして振り返った。

「おまえ、いったい、な、なにを言い出すんや。ものごとには、言うてええことと、わるいこととあるぞ。わしは当家を侮辱されたら、黙って聞き流すわけにいかん立場の人間なんや」

「なんでも言えといったじゃないか。だいたいなんで、おなかのことを一言もいおうとしないんだ。殺されたんだぞ」

「そうか、ここで涙を流して見せたら生き返るちゅうんか」

「どんな風に殺されたか、知っているのか」

「知らん」

「口のなかに手拭いを突っこまれ、息も、声も出せんようにして殺されたんだ。殺した友三郎に、それほどの知恵があったはずはない。やつはやつで、だれかの手先になって、命じられたことをしたまでだろう。あれこれつき合わせてみたら、こいつは大きな力が働いてると、思うほかないだろうが。おきまりのお家騒動。あるいはお世継ぎ争い。大名家で起こる争いごとというと、いつでもそうと相場は決まっている」

「おまえ、それ、先代萩《せんだいはぎ》の見過ぎや。当家みたいな小さなとこで、そんなおおごとな争い、起こる余地なんかあるわけないやろが」

「じゃあ死んでもう半年にもなるというのに、墓へお参りに来ては、奥女中が泣きくずれているのはなぜだ」

「養育係やったと言うたろう。あの女にとっては、亡《の》うなった若君だけがすべてやったんや。そいつが唯一《ゆいいつ》の生き甲斐《がい》やった」

「若君はなぜ死んだ」

「ただの病気や。まちがいなく病没。春先に風邪を引かれ、それをこじらせはったんで、三人のご典医が手ぇつくして治療に当たった。この病気については、すべての記録が残してある。やましいこと、不審なことは兎《う》の毛ほどもない」

「弁解に、えらい力が入るな。それほどむきになるということは、触れてもらいたくないこと、隠したいことがあるからだ」

「ええかげんにせえよ。おまえ、他家の台所に鼻を突っこんで、くんくん嗅《か》ぎ回っては、あっちが臭い、こっちが臭いいうて騒ぎ立てるの、そんなに楽しいんか」

「だんだん図星に近づいてくるみたいだな。おれがなぜくちばしを突っ込む気になったか、言ってやろうか。おなかが友三郎にたぶらかされていると察したからだ。束《つか》の間《ま》の逢瀬《おうせ》をちょっと盗み聞いただけだが、それだけで女が、色仕掛けでまるめこまれているとわかった。男が二十二、女が二十七、があり得ない取り合わせじゃないけどよ。おなかというのは、べっぴんか」

勘七は上目づかいに吟二郎を見あげたが、なにも言わなかった。眉《まゆ》の間が開き、口元が小さくなった。

「まあ、そんなことはどうだっていい。問題はおなかだ。籠絡《ろうらく》されている一方で、友三郎には疑いを持ちつづけていた。男の不実をどこかで嗅ぎとって、心の底では信用していなかった。もしものときのことを考えて、自分でできる手当をしていた。それが鹿野庄から連れてきた若者だよ。その助けを借りて、逃れることができたんだ。ところがその一方で、女の弱さが、男をまた呼び寄せてしまった。いやよ、大津で待っている、と口走ったのがそれだ」

勘七は途中からうなずきながら聞いていた。首を上下に振っていた。

「まあそういうことに、ほぼなるやろうな。あの若造のことを、勘定に入れてなかったのはわしの落度や」

「知っていたのか」

「わしは目付やぞ。三郷の治安にはすべてかかわっておる。どこの奉公人がどこから来てるか、それぐらいは全部頭に入れておる。けどそいつは、これまで目に止まるようなことは、いっぺんもせえへんかった。それで見逃してしもうた」

勘七は暗い顔をして黙りこんだ。吟二郎はそれを冷たく見下ろした。

「若君は何人いるんだ」

「六人」

ややあって、勘七が答えた。

「それがいまは、五人になってる」

「正室の子がそのなかに入ってるのか」

「ちゃんとおる。八つと四つ。ご嫡男さまが、すでにお目見えもすませられておる。なんも問題はない」

「するとあとの三人は側室が生んだ子か」

「そうや。江戸にひとり。七つ。三郷にふたり。東奥の子が九つ。西奥にもうひとりいるんが五つ」

「若君ばかりだなあ。殿様はいくつだ」

「二十九」

「側室はほかにもいるのか」

「そりゃおる。いま挙げたのは男を生んだお部屋さんばっかりで、姫しか生んでないのや、お手つきにはなったが、子を生んでないのはどれくらいおるか、そこまでは知らん」

「ずいぶんお盛んだな」

「そら、しょうないやろう。上様のいちばんのお仕事は、お世継ぎをつくることとなんやからな。とくに当家の場合は、そのために迎え入れられた殿様やから」

じつは先代が病弱で、男子の世継ぎを残さないまま亡《な》くなった。一昔まえなら、その段階で藤倉家はお家断絶、お取り潰《つぶ》しになっていただろう。それが幕府の力がよわくなっていたことと、下野《しもつけ》にある藤倉本家の尽力や奔走もあって、本家から養子を迎えることで、お家の存続が許されたのだという。

「そやさかいお世継ぎは、ぎょうさんつくっといてもらわんといかんねん。今度絶やしてしもうたら、またお願いしますというわけにもいかんやろうし」

「いま九つの若君は東側室の子か」

「そうや。おまきの方《かた》いうて、側室では一番手に当たる。その子が栄之助君《ぎみ》」

「西の側室は」

「三番手かな。けどおこんの方は、松次郎君のほか三つになる姫君ももうけてはる。ひとりで三人も生んでるの、おこんの方だけや」

「おこんの方はいくつだ」

「二十九。殿と同い年や。誕生月もひと月しかちがわん」

　吟二郎が考えていると、勘七がうすら笑いを浮かべて言い足した。

「このおこんの方が、鹿野庄から来た女性《にょしょう》やいうことを忘れたんか。玉城屋というて、鹿野庄きっての高家。おこんの方の妹君も、さる大名家へ輿入《こしい》れされてらっしゃる。おなかはおこんの方が三郷のお屋敷へ奉公に上がられたとき、その付き人としてついてきた女や」

「するとおこんの方は、はじめからそういう含みがあって三郷へやって来たのか」

「おそらくそうやろう。家臣が金《かね》の草鞋《わらじ》をはいて探し廻ったというだけあって、こら、ちょっとない美人や」

「おまきの方は」

「これは家中の武士の娘。というても足軽に毛の生えたような家柄やった。いまはわしより高禄《こうろく》やけど」

「すると栄之助君と、亡くなった定太郎君は同い年だったんだ。このふたり、どっちが評判よかった」

「そんなことは言えん。わしはいつでも当家全体を、公平に見てなきゃいかん人間や。どなたかや、どこかに肩入れしたり、贔屓《ひいき》したりはせん」

土間の向こうから「ごはん、炊けました」と女中が大きな声で知らせてきた。

8

だいぶ山のなかへ入ったにしては、景色が狭苦しくならなかった。川こそ曲がりくねっているが、その回りには豊かな田畑がひろがっていたし、水はゆったり流れて荷を積んだ船が頻繁に往来していた。

一乗谷《いちじょうだに》の古蹟《こせき》や永平寺から遠くない山間《やまあい》の平地だった。周りにあるのはすべてなだらかな里山。雪はところどころに見えるくらいで、道もほとんど乾いていた。

いつの間にか鹿野庄に入っていたようだが、ここが鹿野庄だと物語るようなものはなかった。

郡名のような正式の名称ではなく、郷とか里といった、むかしの呼び名が残っているということなのだろう。福井をむかし北庄《きたのしょう》といっていたようなものだ。

庫之助の話では十数ヶ村あると聞いていたが、中心となっている慈川という村は、もっと先になるという。小半里ほど先にちょっとした屋並が見えるから、大方それだろう。

庫之助の家を教えてもらい、それに向かっているときのことだ。篠田という村だったが、家は山裾《やますそ》から男がひとり、ふらふらとさまよい出てきた。篠田という村だったが、家はあまり固まってなく、ばらばらに散らばっている。

「庫之助」

意外なところで見つけたからびっくりして呼び止めたのだが、庫之助のほうがもっとびっくりした。顔に浮かんだのが恐怖の色だったので、早速吟二郎は咎《とが》めた。

「どうしたんだ」

声の主が吟二郎だとわかると、表情が即座に笑みへ変わった。だが横にいるのが永渕勘七だと知ると、またこわばった。

「なにかあったのか」

その一言が庫之助の忍耐を砕いた。泣きそうな顔になると、うずくまるみたいに足を止めた。

手をわななかせながら山のほうを指さした。口元がゆがみ、すぐにはつぎのことばが出てこなかった。

「あわてなくてよいから、落ち着いて話せ」

「妹が……妹が……」

「おまえの妹ということだな。妹がどうした」

「あの男に、つかまってしもうたんです」

「上野か？」

勘七が首を突っこんできて言った。

「どこにいる？」

「その先にあるお堂のなかです。妹を無事に返してもらいたかったら、おなかさまから預かったものを持ってこいって」

「どんなお堂だ」

「静思堂《せいしどう》という元お寺やったところです。いまはお堂がひとつあるだけで、ほかにはなんにもありません。ゆうべ、訪ねてきたんです。おなかさまから預かったものを、受け取りに来たって。渡さなかったんです。おなかさまがこのものに渡してくれと言づけた証拠がないと、渡せないと言いました。おれが受け取りに来たのが、なによりの証拠やないかと言い張りました。あまりにも堂々としてたんで、本当かなあと、よっぽど渡そうかと思うたくらいです。でもなんとなく、この男に渡してはいけない、っていう声が聞こえてきたような気がしたものですから」

「わかった。それでいまお堂には上野と妹が、ふたりきりでいるんだな」

朝から妹と一緒に遊んでいた近所の子が、庫之助を呼びに来た。静思堂へ行ってみると、お堂のなかから妹の泣き声が聞こえてきた。

お堂に入ると、そこにちがう人間も待ち構えていた。

「よし、心配するな。妹はおれたちが助け出してやる。おまえはその、預かっているものを持ってこい。お堂まで行ったら、中には入らず、外から呼びかけて、妹と引き替えでなきゃ渡せないと言うんだ。隙《すき》を見て、おれたちが出て行く」

静思堂の建物や回りのようすを聞き、庫之助を家に帰らせた。ふたりは離れたところから山に分け入り、堂に近づいた。

本来は仏堂だったという。庫之助らが子どものころは年取った坊さんが住んでいて、村の子らに手習いを教えていた。その後は無住となり、いまでは子どもらの遊び場になっているとか。

一度高いところに上がり、堂の回りを見届けた。それから左右に分かれ、後から近づいて行った。

くずれた壁の跡、赤土の盛り上がっているところがあるから、かつては付属した建物があったようだ。いまは二間四方くらいの小さなお堂だけになっている。境内は草原がところどころ剝《は》げ、水たまりがあり、子どもらのいい遊び場になっていた。

入り口は前にしかなかった。後から近づいて耳をすますと、女の子の泣き声が聞こえた。泣き疲れたのか、いまでは声が途切れ途切れになっている。

しわぶきしたのが聞こえた。友三郎だ。堂の扉のすぐ前。高欄が前の三方へ巡らしてある。

今度は大きな咳払《せきばら》い。その気配にまぎれて右側から高欄によじ登った。親柱に手をかけ、一息で上がった。

友三郎は依然前のほうにいる。連子窓《れんじまど》からのぞいてみたが、組んである格子《こうし》が逆向きなので、前方は見えなかった。だが後方は丸見えだった。うずくまって泣いている女の子の全身が見えた。奥の壁にもたれていた。前の友三郎とは二間まるまる離れていた。

これならためらうまでもない。刀を抜いて出て行った。

あきれたことに堂の扉が開け放してあった。やつは刀を手に、高欄の縁に腰をおろして前方しか見ていなかった。

山の後から見下ろしたため、前のようすがまったくわからなかったのだ。

友三郎はぎょっとしたが、すぐ動こうとはしなかった。なんせ初対面だったので、こちらがなにものか、わからなかったのだろう。刀に手をかけようともしなかった。

おかげでやつの顔をたっぷり見ることができた。

なるほど、花川戸《はなかわど》の助六だ。切れ長の目に長い睫毛《まつげ》、長くて形のよい鼻、自信たっぷりのみずみずしい唇、ひとつひとつは非の打ち所がなかった。全部合わさったら、こよなく卑《いや》しくなるという下賤《げせん》な顔立ちだ。

やっと事情が呑《の》み込めたらしい。あわてて刀に手をかけようとしたから、後を見よと指さしてやった。勘七が抜きもせず、向こう側から出てきたところだ。

友三郎は照れくさそうな笑みを浮かべた。刀から手を放し、肩の力を抜くと躰《からだ》を沈めた。その鼻先へ刃先を突きつけた。逃げようとする機先を制したのだ。

堂のなかにいる女の子に呼びかけた。

「おいで」

庫之助から名前を聞いておくのを忘れていた。

「もう大丈夫だ。怖いやつはつかまえたから、安心してうちへお帰り」

女の子が飛び出して行ったから、下の道までついて行った。家に帰る姿を見届けるつもりだったが、すると向かいから庫之助が走ってくるところだった。

庫之助と話している間、静思堂から目をそらさなかった。勘七が友三郎と話していた。

勘七は腕組みをして、うつむいていた。そこにいやいやいるといわんばかり。友三郎のほうがもっと悪びれていない。ここから見る限りどっちが罪人かわからなかった。

「これでひと安心だ。こいつはもう一回、持って帰れ」

庫之助の持ってきた風呂敷《ふろしき》包みを、吟二郎はあらためもせず返そうとした。

「お願いがあるんです。これ、澤田さまに預かってもらえませんか」

庫之助は訴えるような口調になって言った。

「わたしは藤倉家と関わりのない人間だよ。だったらあの、永渕に返してやったらどうだ。あの男は家中でも上のほうの侍だから、おなかさんのつぎに渡すとしたら、あの男しかないと思うんだが」

「ですから、あんまり、気がすすまんのです」

庫之助は勘七のほうに目を注ぎながら言った。勘七と友三郎は、並んで奥のほうへ去って行こうとしていた。勘七は相変わらず腕を組んでいた。うつむいていた。迷惑でしかない相談事に、いやいや耳を傾けていると言わんばかりだった。

「あのひと、好きやありません」

「知ってるのか」

「わたしは口をきいたことないんですけど、店のもんはみんな、ゲジ勘というて嫌うてました」

「ゲジ勘？　あの男をそう呼んでいたのか」

「みんなそう言うてます。よわいもんいじめしかせんいうて」

吟二郎は笑いをかみ殺しながら上を見た。いつの間にか、ふたりは見えなくなっていた。

「わかった。預かろう。ただしあのふたりには、自分が持っている振りをすること。おなかさんが受け取りに来ない以上、自分の一存で渡すわけにはいかん、と言いつづけるんだ」

庫之助が帰ると、入れ違いに勘七がもどってきた。

さっきよりもっと不景気な、くすんだ顔をしていた。ぶすっとして、鮫皮《さめがわ》みたいな顔になっている。もっと顔を見ようとすると、にらみ返してきた。

行こう、とうながすから「どこへ？」と聞き直した。

「庫之助の預かっているものをもらいに行く」

「友三郎はどうした」

明らかに聞こえなかった振りをした。そっぽを向き、また、行こう、とうながした。

「友三郎をどうしたんだ」

「連れて帰ったってどのみち死罪になるんや」

「だからお情けで処分したというのか」

「それがどうしたというんや。つまらん役回りばっかりやらされてる身にもなってみい。わしはどっこにもはけ口がないんやぞ」

目を剝《む》いて、割れんばかりの声と一緒に吐きだした。鼻の穴が開き、そこからしゅうしゅうという鼻息を吹き出していた。熊《くま》が吠《ほ》えたとしたら手負いの熊だ。

「目付なら、人殺しが地元のものにどれだけ迷惑をかけるか、わかってるだろうが。死《し》骸《がい》を見つけた村人はなにをやらされる。届けから死体の取り片づけまで、なにもかも地元のものがやらされるんだぞ」

「そやから、川に流した」

「流した？」

「山の裏に、大きな川が流れてた。あの水やったら、海までそのまんま運んでいってくれるやろう」

「それはいいところへ目をつけた。さすが、目付だ」

「ふん。いくらでもなぶるがいい。さっさと用をすませて、とっとと帰るぜ。こんなとこ、長居しとうないわ」

「それほど簡単に帰れるつもりか。庫之助はおなかから見込まれて預かったんだぞ。おなかの名代だという証拠を見せなきゃ、おいそれとは渡してくれんはずだ」

「わしがその名代やないか。こうなったらしようがない。おなかの死んだことを伝え、それを証拠にしよう。あとでおなかの家へも行って、正式に伝える」

そう言うと、懐中からなにか取り出した。赤い紐《ひも》のついた袋だった。巾着《きんちゃく》のようなものだが、それよりやや大きい。表地は黄色。それに褐色の銀杏《いちょう》柄が散らされており、底は皮のようなもので裏打ちされている。丁寧に仕上げてあるのは一目でわかるが、表地そのものは、素朴な木綿生地だった。

「おなかの遺品や」

「どこにあった？」

「友三郎が持ってた。というより、逃げ出すとき盗んだと見た。身元の手がかりになるもんを残しとうなかったというたが、金に目がくらんだのはまちがいない。ざっと五十両入ってる」

「とすれば、それはおなかのものだろう」

「わかってる。ただし、友三郎の金も、十二両入ってると、本人は言うた。この際全部、香典代わりに置いてくる。それから庫之助にも、ご苦労賃としていくらか出さんといかんやろな」

「いくら出すつもりだ」

「一両か、二両」

「十五両にしろ。友三郎の十二両に、おまえさんが残りを足せ。おなかのために奉公先から暇を取って、帰ってきたんだ。自分の店を持つ金がいる」

9

勘七が庫之助の家に入っている間、吟二郎は外で待っていた。家人にはなかでどうぞと言われたが、断った。

なかに入れば、いやでも勘七の声を聞くことになる。それは勘七にとって、けっして面目を施すようなことではないはずだ。

昨日ほどではなかったが、今日も青空がのぞき、午《ひる》ごろにはほんのりと暖かくなった。だが風は冷たく、田の畦《あぜ》の霜柱はまったく溶けていなかった。田のところどころに白く見えるのは、雪ではなくて水が凍ったものだった。

勘七は庫之助を同行して出てきた。後から老若八人の家族がつづいてきて、家の前にずらりと並んだ。吟二郎に向かって、深々と頭をさげた。

先ほどの女の子はやえといった。家族のなかのいちばん下。恥ずかしそうで、うれしそうな顔をしているやえに手を振り、三人でおなかの家に向かった。

五町くらい離れていた。本百姓だというおなかの家は、庫之助の家よりひと回り大きかった。家の周囲に巡らしてある風よけの杉木立も、こちらのほうが高くて木の本数も多い。納屋《なや》を取り囲む三方の壁には、軒下まで隙間なく割り木が積まれていた。

「あんたはどうする?」

勘七が言った。一緒になかへ入るか、という誘いだ。

「会ったことすらない人間だ。遠慮させてもらう」

庫之助の家もそうだったが、この界隈《かいわい》の村はすべて用水に取り囲まれていて、澄んだ水が軽やかな音をたてながら流れていた。おなかの家の前にも、幅一尺くらいの用水が流れていて、堰《せき》止め用の囲いや水溜《みずため》が設けられている。

用水の流れのなかに、木でつくった水車がはめ込まれていた。水車は歯車のなかが空洞になっていて、そこに里芋が入っている。水の勢いで水車がぐるぐる回っている間に、泥つき里芋はたがいにこすれ、すっかりきれいになってしまうという仕掛けだ。

吟二郎の生家にもこの手の水車があった。里芋に限らず芋や野菜はたいていこれで洗った。

吟二郎の村は用水のほか湧《わ》き水にも恵まれていて、吟二郎があたらしく建てた水車小屋の傍らには、金鶴泉《きんかくせん》という村でも最大の量を誇る湧き水があった。

この湧き水は石造りの四つ舟で受けられ、上の舟から飲み水、食品や食器用、洗濯用と使い道が変えられ、最後は鯉のいる池となって、外の用水へ流されていた。

洗濯ついでのおしゃべりを楽しみに来る人もいれば、天秤棒《てんびんぼう》で飲み水を汲《く》みに来る人もいて、荒神《こうじん》さまの晦日《みそか》の集いをのぞくと、村でいちばん人の集まるところだった。

水車小屋が不審火で焼け落ちた日、だれの忘れ物か黄色いまくわ瓜《うり》が、この舟のなかでふわふわ浮かんでいたのをいまでも覚えている。

失火に見せかけようとしていたが、放火であることは明らかだった。建物が完成し、さまざまのならしにも耐えて、実際の運転をはじめようとする数日まえのことだ。

うちが火をつけました、と奉公人のおくみが名乗り出るまで、だれがしたことか、わからなかった。おくみが名乗り出たときも、はじめはだれかをかばって、身代わりになろうとしているのではないかと疑った。かばってはいなかったが、そそのかされていた。おくみはその男の申し出を拒むことができなかったのだ。

「どうかご成敗してくださいませ」

吟二郎にすべてを打ち明けて泣きくずれたが、そのときの思いつめた目はすでに覚悟のほどを物語っていた。

吟二郎はおくみを罪人として突きだすことができなかった。事実を知っていた下僕がふたりしかいなかったこともあって、吟二郎はかれらに口止めし、おくみを実家へ帰らせた。おくみがそのとき、腹に子を宿していたからである。

おくみは家に帰った。しかし家が見下ろせる山のなかで、首を吊《つ》った。

人の気配がするので振り返ると、羽織を着た四十ぐらいの男が、頭を低くしながら近づいてくるところだった。

「失礼でございますけど、お尋ねいたします。あなたさまは今日、篠田の庫之助のところへお見えになった、藤倉さまのご家中の方ではございませんか」

「いや、家中のものは、ただいまこの家のものと用談をしております。わたくしはたまたま庫之助や、この家の女性と縁があったものですから、当人をここまで連れてくることになっただけです」

「そうでございましたか。わたくしはこの先の慈川村に居を構えております玉城屋の番頭で、満兵衛と申します。先日庫之助が、三郷から帰ってきた挨拶《あいさつ》に参りました。そのときあなたさまが、いずれお見えになると、話しましたので、そのおりは当家にも知らせてくれと、頼んでありました。みなさまには、つねづねひとかたならぬお世話になっているようでございますから、手前どもの主宗右衛門《あるじそうえもん》が、できたらお会いして一言お礼を申し上げたいと申しております」

「玉城屋さんというと、西奥の、おこんの方さまのご実家ですか」

「そうでございます。もしお差し支えなければ、みなさまに昼餉《ひるげ》を召し上がっていただきたいと思うておるんですが」

「それは、どうですか。今回、少々急いでおりまして、用が終わり次第、即刻帰国しなければならないと、連れが申していたところですが」

話を聞いただけで勝手に断わらせてもらった。勘七のこれまでを思うと、飲み食いに誘われて後を見せることは、まずないだろう。だがあの食いっぷりや食いざまを見ていただいては、御家の名誉というやつがかわいそうというものだ。

ここまで来た以上、隠しておくことはあるまいと思い、満兵衛に言った。

「あとから家中のものに挨拶させますが、じつをいいますとこの家には、弔問に参ったのです」

勘七とは昨夜、おなかの今回の旅が、ご下命による宿下がりの途中だった、ということにして口裏を合わせることにした。おつきの従者が乱心。それを取り鎮《しず》めようとして非《ひ》業《ごう》の最期《さいご》を遂げたという風に。

目付の勘七が認めた以上、以後はこれが藤倉家の記録として残されることになるだろう。

勘七が庫之助を伴って外へ出てきた。おなかの家からは十一人もの人間が出てきてそこへ居並び、弔問の返礼を受けた。

吟二郎と勘七はそこから満兵衛に引率され、玉城屋へ向かった。北の山麓《さんろく》にひろがっていた家並みがやはり慈川だった。戸数二百、人口一千人を超すこの界隈でいちばん大きな町だった。

「あの袋の生地な。亡《の》うなったお母さんの形見やったそうや」

勘七が小声で耳打ちをした。

玉城屋は代々慈川の名主という家柄だ。後が山、前が川という風水の見本みたいなところに、三千坪の敷地で屋敷を構えていた。玉城屋のこの産は、すべて材木から得たものだという。玉城屋は越前きっての大山林主だった。前を流れる川が、材木の筏《いかだ》出しをする舞台になっているという。

お屋敷の庭より立派だと、勘七が小声で教えてくれた築山《つきやま》を望む部屋で、主の宗右衛門に会った。

宗右衛門は恰幅《かっぷく》がよく、人相がよく、話し方もおだやかなら落ち着きもある、五十半ばの玉城屋十五代目だった。こういう育ちのよい人間には、なにをしてもかなわない。こっちがひとりでに納得してしまうような人物に会ったのは、吟二郎としてもはじめてだった。

「じつは一昨日、わたくしどもも、江戸からの飛脚便を受け取ったばかりでございました。それで遅ればせながらご挨拶をさせていただきますが、このたびはまことにご落胆、哀傷の極み、みなさまのご心中をお察しして、心からのお悔やみを申し上げる次第でございます」

いきなりそう言われた。吟二郎は背中をどやされたみたいに動けなくなったが、勘七はと見ると、なにも聞こえなかったかのような顔をして平然としていた。

「それからおなかのことですが、ただいま満兵衛から聞きまして、ただただおどろいておる次第です。あとから弔問に参るつもりですが、定太郎さまがああいうことになってしまい、さぞかし無念だったろう上に、度重なるこの災難、あの子の魂のためにも、神仏のお加護がいただけるよう祈るばかりです。まことに気のやさしい、忠義一途《いちず》の子でございました。だからこそ、そういう苦しみや悲しみを、ほかで紛らわせることができなかったのでございましょう。ほんとうに、かわいそうなことをいたしました。おこんもそれをずっと気にしておりまして、来年の一周忌がすぎたら、鹿野庄へ帰らせ、しばらく静養させてやるつもりだと、言うていたところでした」

「おこんの方さまが、おなかをここへ帰して、静養させてやりたいとおっしゃっていたのですか」

勘七がただした。

「はい。ときどき、あれ、おかしいなと思うことがあって、気をつけていると、書いてありました。ふだんはまったく変わらないのだそうです。思いが定太郎さまのことに及んだときだけ、取り乱すとかで」

ほかにもいろいろ話を聞いたのだが、吟二郎の頭に残ったのはそのふたつだけ。あとはすべて上の空だった。

ここでも再度食事を断り、上品な落雁《らくがん》をいただいて退出した。

慈川村を出るなり、ふたりはやみくもに足を速め、西へ向かった。

道端で庫之助とやえが、ふたりが通りかかるのをひたすら待っていた。礼を言うためだった。家族が総出で飛び出してきて、いま搗《つ》いたばかりだという餅《もち》を持ちきれないくらいくれた。

「澤田さまのおかげで、自分の店を持つことができます」

と言ったときは勘七が不満そうな顔をした。かれのおかげということばは、庫之助の口からとうとう出てこなかったのだ。

鹿野庄を出るなり、勘七は餅を片っ端から食いはじめた。一方でうめいたり、わめいたり、ののしり声をあげたり、毒づいたりした。餅を喉《のど》に詰まらせているわけではなかった。空に向かってわめき散らしていた。

あれほどあった餅を、半刻《はんとき》ほどで平らげてしまった。そして、吟二郎のほうへ手を出した。

「犬ころにわけてやる餅はあっても、おめえなんかにやる餅はねえ」

吟二郎は口汚いことばではねつけた。吟二郎も勘七以上に機嫌が悪くなっていた。勘七よりもっと怒っていたのだ。

ふたりの足は速かった。吟二郎が怒りにまかせてずんずん歩いていたということだが、勘七も必死の形相でついてきた。ここで吟二郎に遅れてしまうことは、自分の負けを認めることだとばかり、歯を食いしばっていた。

一刻ほどたつと、ふたりの高ぶりもようやくおさまってきた。汗が引いたあとの寒さが襲ってきて、ふたりとも顔をくすませ、黙りこくってしまった。

「怒っとるんか」

ようやく勘七が言った。ほんのすこしだが、へつらうみたいな顔をした。

「なぜ怒らなきゃならん」

「手紙のことを、隠しとったからや。けど考えてみい。お家の一大事を、おぬしなんかに話すわけにいかんやろが」

「あほんだら！」

吟二郎は妙な訛《なま》りになって毒づいた。

「宗右衛門のことばを覚えてるだろうが。一昨日、江戸からの飛脚便で受け取ったと言った。一方でおれが、三郷までまっしぐらに歩いて届けたのが六日まえだ。大名が大名飛脚を仕立てて受け取った報《しら》せと、江戸や大坂からはるかに離れた片田舎の商売人が受け取った報せが、たった四日しかちがわんかったんだ。しかもことはお家の一大事だったんだぞ。本来はよそへ漏れるはずのない秘密や。それがこんな田舎まで筒抜けになってた」

「そらまあ、玉城屋くらいになると、江戸屋敷へ鼻薬くらい効かせとるやろうから」

「あの書状は、江戸の若君が亡《な》くなったという報せだったのか」

「そうや。嫡子《ちゃくし》の清之助君が亡くなった。ところが来月は、先代殿様の十三回忌を、にぎにぎしくやることになっておる。殿様のこれからのつき合いもあるから、死んだ若君よりそっちを大事にせんならん。それで若君の死はしばらく伏せ、三ヶ月後にすると、そういう報せやった」

「そういう重大事は、ふつう家臣にも隠すんじゃないのか」

「だから隠してる。これを知ってるのは、城代ほか、一握りの重役方だけや」

「おぬしだって知ってるじゃないか」

「わしは目付やんか」

「わしは目付やんか。わしは年寄りやんか。わしは勘定奉行やんか。やんか、やんかで、みんな知ってるんだ」

「そりゃ一部のもんは、仕事やつき合いから、そういう隠し事が、伝わってくることはある」

「なにが一部だ。田舎の材木屋の親父《おやじ》までが、知りたいことは、なんでも知ることができる世のなかになってるんだ。侍どもが巡らしている塀なんか、もはや隙間《すきま》だらけ、とっくにぼろぼろになっているんだ。侍だけがそれに気づいてない。侍の世のなかなんてもう長くねえ。いまのうちに商売替えを考えておいたほうがいいぞ」

「そんな風に言われると、耳が痛いところはたしかにある。金を稼がんとおまんまの食えん町人と、上の顔色ばっかりうかがってる侍とじゃ、生きる必死さがどだいちがうんや」

そのとき右の木立越しから、ひそめるような声が聞こえてきた。

「どないする。土左衛門《どざえもん》や」

「あほう。よけいなもんを抱え込むな。竿《さお》で下流へ押し流すんじゃ」

そういえば右手が川になっていた。ところどころ流れが見える。

勘七が背伸びして川をのぞき見た。本流は見えない。勘七が吟二郎に目を向け、鼻先でせせら笑った。

「みろや。あれが目付の知恵よ」

川からの声はまだ聞こえた。

「けんど腹に巻いてるさらし、まだまっさらやぞ」

吟二郎が肩をふるわせて笑いだした。死体がここまで流れてくる間に、着ているものを剝《は》ぎ取ったやつがいるのだ。

「ふん。あれが町方の知恵よ」

吟二郎がうそぶき返した。

10

その日は行けるだけ行こうということで、今庄の先の大門《だいもん》というところまで駆け抜けた。夜は疲れていたのと、不機嫌だったのとで、めしと酒を食らうとさっさと寝た。

翌日は起きてみると、頭上に黒い雲が垂れ込めていた。雪雲だ。

朝めしもそこそこに、先を急いだ。今日は鹿野庄から、おなかの家族が中河内に向けて旅立ってくる日だ。

ふたりともそのまえに、中河内へ着いておかなくてはならなかった。村がどのような埋葬をしたか、いい加減なことをされていたら家族に申し訳がたたないからだ。話の次第によっては墓を掘り返すことも考えていた。身ぐるみ剝がされていたら、せめてなにか着せてやらなければなるまい。

おなかの着物には傷も血糊《ちのり》もついていなかった。そういう人間が着物を着たまま、棺《ひつぎ》に納まっているはずはなかった。九分九厘素っ裸で埋められている。死人が生きている人間に施せる唯一《ゆいいつ》の善根は、自分の着ているものをやることなのだ。

「庫之助から預かった訴状、いつ返してくれるんや」

歩き出すと勘七が言った。

「欲しかったらこれまでのことを洗いざらいしゃべれ」

「洗いざらいしゃべったやんか」

「まだわからんことがいっぱいある。はじめから順序を立てて、一から全部白状してしまえ」

勘七は白目になって吟二郎をにらみつけた。吟二郎がひるまないと知ると、あきらめてしぶしぶうなずいた。

「おまえみたいなやつに見込まれたんが、当家の不幸や。しょうがない。話したる」

それは吟二郎がにらんだ通り、お世継ぎをめぐる目に見えない争いのひとつだった。

まず正室の生んだ嫡男は、生まれたときから病弱で成人があやぶまれていた。次男もそう。正室自身も病気がちで、いまでは子を望めない躰《からだ》になっている。

となると、つぎに立てられるお世継ぎはだれか、ということが家臣にとって大問題となる。若殿からどれくらいのところに自分がいるかは、将来の出世や権勢すべてに関わってくるからだ。

三郷の家臣の間でもっとも人気を集めていたのは、おこんの方の第一子定太郎君だった。おこんの方は側室になった順こそおまきの方に遅れたが、定太郎君以下松次郎君、姫君と三子に恵まれ、それがみな順調に成長して、主君いちばんの愛妾《あいしょう》という地位を家中のだれからも認められていた。

それを横目でにらみながら、日々おだやかでなかったのが、東奥のおまきの方だ。一子栄之助はつつがなく成長していたものの、その後は子宝に恵まれることもなく、いまでは殿の寵愛《ちょうあい》まで去っていた。

おまきの方のいちばんの願いが、藤倉家の跡目をなにとぞ栄之助に、ということであったのはいうまでもない。

「ただし、これは力説しとかないかんけど、おまきの方本人がじかに、ということやないんやで。その周りの人間が、ということや。いつでも取り巻きのほうが必死なんや。以下すべて同じと考えてもらいたい」

自分たちの立場をよくしようと思えば、競争相手の実情を知らなければならない。ということで、まず行われるのが、相手の懐《ふところ》にいかに食い込むかということだ。

上野友三郎も、はじめはそういう役割で使われていた。ところがこの友三郎には、並の男にはない才能があった。色仕掛けの才である。狙《ねら》った女は必ず落とせる、という才しか取り柄のない男だったのである。

それに引っかかったのが、十四のときから御殿奉公に上がり、ほかの世界はもちろん、男というものをまったく知らなかったおなかだった。

とはいえはじめから、色の道でたぶらかされたわけではない。御殿内ではそのような機会など絶対にないからだ。しばらくの間は友三郎が甘言を弄《ろう》し、西奥の内訳話などを聞き集めていたのが関の山だったと思われる。

そこへ思いがけないことが起こった。つぎの殿様にもっとも近かった定太郎君のにわかな不快と、一ヶ月後のあっけない逝去。気がついたら、あっという間に栄之助君がお世継ぎ候補の一番手となっていた。

この出来事で、もっとも痛手を受けたのはおなかだった。もともと内気で、ひとり考え込む性格だったこともあって、定太郎君の夭折《ようせつ》を、自分のせいだと思い込み、つらくて暗い日々を送っていた。

そういう人間が心の平安を取りもどそうとすれば、方法はひとつしかない。若君の夭折をだれかのせいにして、自分には責任がないと思い込むことだ。おなかはこの考えに飛びついた。それしか立ち直る方法がなかったからだ。

一旦《いったん》その考えにとりつかれてしまうと、以後はそれから離れられなくなる。ほかの考えは頭が受けつけなくなる。

それを察した友三郎は、はじめのうちは同情する振りをしてけしかけていた。定太郎君は亡くなったが、下にまだ兄以上の俊才といわれる松次郎君がいる。おなかを焚《た》きつけ、軽率な行動に走らせたら、一挙に西奥の勢力を葬《ほうむ》ることができると考えた。

友三郎はおなかに、しかるべき筋へ訴え出たらどうかと焚きつけた。定太郎君の謎《なぞ》の死について、いま一度詮議《せんぎ》していただきたい、とご老中へ直訴したらどうだ。おこんの方の代参として顕興寺へ出かけるようになったおなかを、色道で籠絡《ろうらく》したのはおそらくこのころだったのだろう。

おなかがときどき変なことを口走ったり、大きな声でひとりごとを言ったりして、周りの眉《まゆ》をひそめさせるようになるのも、このころからだったらしい。ふだんは常人と変わらないのだが、高ぶってきたり思いつめたりしてくると、われを忘れてしまうのだ。

瘧《おこり》にかかったようなものだが、それが出たときのことは、本人はなにも覚えていないのである。

これにはそのうち友三郎のほうが怖くなった。けしかけすぎたのだ。もし殿中でそれが起こり、あらぬ事を口走ってみなの耳目をおどろかせるようなことが起こったら、それこそ自分が破滅してしまう。

友三郎が逃げ腰になると、それがおなかの怒りをかき立て、癪がひどくなる。追い詰められたのは友三郎のほうだったのだ。

「暴れ出したときのおなかを鎮《しず》める方法は、たったひとつ。ひたすら抱いてやることしかなかった。おそそを、ただただだかわいがってやること。中河内で殺した日がそうやったらしい。前の晩からひたすらしまくってたが、それでもおさまらんようになってきた。周囲へ声が漏れんようにしよと思うたら、必死で口を押さえてしまうしかない、本人はそう言うてた。嘘《うそ》やないかもしれんが、おなかをそんな色狂いにした友三郎が、最後は報いを受けた」

そのまえに、困り果てた友三郎は、勘七に相談してすべてを打ち明けている。勘七はびっくりしたが、調べてみるとほんとうらしい。こうなったら御家の恥が大きくなるまえに、摘み取ってしまわなければならない。

ただそこで、勘七も困ってしまった。おなかを城中から追い出したらすむこととはいえ、西奥でのおなかは、非の打ち所がなく、おこんの方のお気に入りなのである。

そういうものを罪に陥《おとしい》れたら、あとでどんなしっぺ返しを受けるかしれたものではない。

というので考えたのが、おなかのほうから出奔させるという方法だ。老中に直訴するという訴状を持たせ、殿中から行方をくらましてくれたら、ほかの者に累《るい》が及ばなくていちばんありがたい。

密《ひそ》かに連れ出したあとは、しばらく城下から離れた屋敷の座敷牢《ろう》に押し込め、ようすを見ようという腹だった。西奥の出方、家臣の目、噂《うわさ》、陰口、気になるものがいろいろあるからだ。数ヶ月ようすを見て、最後の処分はそれから考えたらよい。

というのでお膳立《ぜんだ》てしたのが、あの夜の欠落ちだったのだ。

おなかを団子屋で着替えさせたあと、団子屋のせがれが、さるところまで連れて行くことになっていた。それほど遠くではない。わずか三町ほど離れたところだ。

そこで一挺《ちょう》の駕籠《かご》と勘七の手の者四名が待ち受けていて、おなかを駕籠に押し込むと、すばやくある場所へ連れて行くはずだった。

ところがおなかは団子屋の前で、庫之助を待たせていた。庫之助の助けを借りて、そのまま姿をくらませたのだ。

おなかが勘七らの企《たくら》みに気がつき、裏をかいたとは思えない。なんとはなし、友三郎の不実に気づき、心底では信用していなかったということだろう。

それより本人は直訴のほうを本気でするつもりだった。自分はこれから江戸へ出て、登城してくる老中の駕籠に、直訴状をわたす使命を帯びている。そのために、自分の忠実な手足になってくれそうな、庫之助を引き込んだ、ということだったのだ。

それが図らずも怪我《けが》の功名となって、勘七らの鼻を明かしたことになる。

おなかがやって来るのを、四人の侍と駕籠は、寒さにふるえながらただただ待っていた。夜が明けるまで待って、はじめて勘七のところへ注進に来た。

「すぐ知らせてくれてたら、四人で追いかけてまだ捕まえてたかもしれん。それが朝まで、足踏みしながらただ待っとった、いうんやから情けないにもほどがある。けどこれは、わしの責任や。そいつらにはそこで待ち、来た女を駕籠に積んで、どこそこまで運んで行け、それだけしか言うてない。団子屋の息子にも、おなかを連れて三町先のお寺の前まで連れて行け、と言うてあっただけや。それで言われた通り連れ出したら、家の前にべつの人間がおって、あら、迎えが来たからあんたもうええわ、そう言われたら帰るほかない。みんな、命じられたその部分しか知らへんのや。全体を知ってるのは、わしだけやった。そやからひとつでも狂うてしもうたら、なにもかもががたがたになってしもうた」

四人からの知らせを聞いて、勘七は友三郎を団子屋へ走らせた。そしてはじめて、おなかがちがう人間を待たせていたことを知った。

それが五つ半のこと。おなかが三郷を出立《しゅったつ》してから、まる三刻《みとき》たっていた。

勘七は四人のものに後を追わせ、自分は藤井宏右衛門が帰宅してくるのを待ち受けて、注進に及んだ。おなかの押し込めについては、宏右衛門にも相談し、その同意を得た上でのはかりごとだったのだ。

「そこへおまえさんが来た。江戸からの書状を持ってな。中味はすでにご承知の通り。それでまた、上を下への大騒ぎや。いちんちがあっという間にすぎ、気がついてみたら、夜になってた。そしたら、友三郎がおらんようになった」

夜中のほぼ子《ね》の刻、追っ手に出した四人のうちのひとりが帰ってきた。収穫はなかったが、一刻ほどまえ、三田をすぎたところで友三郎らしい男とすれちがったという。早駕籠を走らせていたというから、念のため調べてみた。やはりいない。

下僕の話では、暮れ六つに帰ってきてすぐ出かけたという。それまでは呼び出しを受けたとかで、どこかに出かけていた。

「それで見当がついた。呼び出されてたのは東奥やろう。考えられることはひとつしかない。その日江戸から届いた書状の内容を、知ったんやないかということ。いながらにして自分とこの若君が、お世継ぎ候補の一番手になった。こうなったらあとは、できるだけぼろが出んよう身を慎んで、じっとしているに限る。それで、おまえがたらしこんだあの女。そっちはうまくかたをつけてくれたんやろな。なに？　おらん？　消えてしもうた？　そりゃいったいどういうことや……と、まあ、おおかた、こんなことやったんやろう。友三郎は自分のまいた種を、自分で刈らんといかんようになった」

話がほぼ終わったころ、栃ノ木峠へかかる最後の宿場、板取にさしかかった。この先は中河内まで、一軒の家もない。最後の腹ごしらえをというので茶店に入り、昼めしを食いはじめた。いくらもしないうち、外がやかましくなった。

「降りはじめたぜ！」

「おう、ぼたん雪や。どうやら今日で、峠越えもお終《しま》いになりそうやな。こら、あんまりのんびりしてられへんで」

その声は奥にいるふたりにも聞こえた。

「聞いたか。大雪になりそうやと。めし、急がんならん。そろそろおなかの訴状を返してくれ」

吟二郎は着物の胸元をはだけ、前で結んであった紐《ひも》をほどくと、端をつかんで引っ張りだした。風呂敷《ふろしき》を何重かに折り返した包みだった。

長さ一尺ほどの畳んだ紙が出てきた。それを勘七に渡した。

「おう、ぬくぬくや」

勘七が歯を見せて言った。勘七が笑ったのをはじめて見たような気がした。

表の包みを開くと、まだなかに包みがあった。勘七がそれを引き出し、持ち替えて吟二郎に見せた。

『訴状』と書いてあった。

勘七はそれを開きもせず、両手で握りつぶしてくしゃくしゃにした。それを囲炉裏の火にかざし、紙が燃えはじめるのを目を細めて見つめた。

手を二、三回返すと、火は全体に移り、炎が大きくなった。勘七は端っこを持ち、火がさらに大きくなるよう何回か裏返した。

「おぬしが書いたのか」

聞こえたはずなのに答えなかった。紙が半分くらい燃えるまで、煙たそうに顔をしかめていた。

「訴状なんか書いたことがないから、書き方がわからんと、言い張った。すこしでも早う立ち去らせたかったら、それらしいもんを書いて渡してやるしかなかった。これを持って行方をくらましたとわかってから、あの女ははじめから、わしにこんなもんを書かせたかったんやないかと、それが頭に浮かんできて、夜も眠れんかった。あの女、なにを考えとったのか。ほんとはもっとすごいことを考えていたのかもしれん」

「色きちがいもお芝居か」

「さあ、そいつはこの目で見てないからなあ。友三郎の話によると、あっちのほうは、これまでやった女のなかではいちばんやったそうや。いくときは巾着《きんちゃく》が何重にも締まって、しかも蛇みたいにうねるんやて」

訴状は勘七の親指と人差し指の間で小さな炎を上げ、燃え落ちた。

勘七はほっとした面持ちで、手の灰を払った。

「草鞋《わらじ》ひとつ、大急ぎで」

表から駆け込んできた旅人が怒鳴るような声で叫んだ。仲間から置いていかれると店の者をせかし、釣り銭をひったくるみたいに受け取った。金を払うとき笠《かさ》から音をたてて雪が落ちた。

「おねえさん。わしにも饅頭笠《まんじゅうがさ》をくれ」

勘七が言った。これまでかぶってきた一文字笠をもっと大きな笠に取り替えた。

吟二郎も刺し子の足袋をはいた。油引きをした合羽《かっぱ》を取り出して上に着込んだ。この二、三日天気がよかったので、ともに着用しなかったのである。

街道に出た。すでに辺り一面真っ白だった。前後を振り返ったが、旅人らしい姿はもはやない。

本降りだ。遠くが見えない。風はなく、音がなく、色まで消えてしまった。ふわふわふわと舞い降りてくる雪。ぼたん雪だ。綿雪だ。長い冬の到来だ。

話すことはなくなった。ひたすら急いだ。峠に近づくと風が出た。谷を下って正面から吹きつけてくる。躰《からだ》が前かがみになった。前を勘七、後から吟二郎、ふたりの間隔はほぼ一間。

勘七の蹴《け》散《ち》らした跡へ足をのせた。後を見る。いま印した足跡がもう消えかけていた。最後の旅人が行ってからどれくらいになるか。残っていた足跡も、すでにあるようでない。天上天下がひとつになろうとしていた。

坂が急になってきた。雪が深くなってきた。勘七がうなり声を上げた。いままでよりさらに勢いをつけ、躰を右へ左へ力まかせに振り、猛然と雪を蹴散らしはじめた。

吟二郎は周囲を何度も見回した。山を仰ぎ、森のかたちを透かし見て、勘七の前にまで目を走らせた。道をたしかめていたのだ。

二日まえにここを通ったばかりなのだ。そのときは雪がほどよく溶け、足下は引き締まり、足の抜き差しも楽で、苦労いらずだった。そのかわり道はつづらに折れ曲がり、ひとつの坂を行ったり来たりさせられた。

それがいまはまっすぐ登っていた。

道の跡を見つけた。左のほうに、わずかに盛り上がった跡が点々と延びている。それが本当の道なのだ。勘七はそれを見分けられなくなっていた。ただがむしゃらに、力まかせに、上へ上へと、まっすぐ突きすすんでいる。それだけ雪が深くなっていた。

耳が変になったかと思った。それまで取り巻いていた気配が変わったのだ。

風がやんでいた。とはいえ周囲の雪は斜めに降っている。左右の山の間が狭まり、木立が多くなって、風の隙間《すきま》に入ったとわかる。坂が爪先上《つまさき》がりにゆるくなってきたかと思うと、ほんのすこし、爪先下がりになった。回りが平らになっている。

どうやら坂を上がりきった。

さすがに息が切れた。ふたりともうずくまり、息を鎮めながら、胸元を開いた。汗が流れ落ちている。雪をつかんで顔をぬぐった。勘七が両手でわしづかみにした雪を顔に押し当て、ごしごしごしごしこすりはじめた。掌《てのひら》で溶けた雪に口を当て、ずずーっと音をたててすすった。笠の雪を叩《たた》いて落とし、雪まみれになっていた刀を叩いて

柄《つか》を出した。

「中河内は見えるか」

「見えない。雪がやまないと無理だろう」

「おなかの家族は、この雪のなかを来られるやろうか」

「栃ノ木峠はもう終わりだ。これからは木之本のほうから回ってくるほかない」

「よし、じゃあ行こか」

歩き出そうとして勘七はよろめいた。尻餅《しりもち》をついた。

「どうした？」

「足を取られた。なんかに挟まった」

かがんで足のほうに手を伸ばした。

近づきはしたが、吟二郎は半間手前で止まった。

「おかしい。足が外れん」

もがいている。

「あわてなくてよい。外れるまで待ってやる」

うつむいていた勘七の顔が上を向いた。吟二郎に向けて照れたみたいな、ばつがわるいみたいな、気まずそうな笑みを浮かべた。

「外れた」

ほっとした顔で言い、右の肩を下へ落とした。腰が引けた、と見るとすっと立ち上がった。跳躍したのだ。刃先がひらめき、無言の気合いが飛んできた。

伸び上がってはじめの一撃をかわした。二閃めは右から胴を払ってきた。左へ振り下ろした刀をためて、返す刀とともに突進してきた。

流れてきた刃を鞘《さや》で受けた。右に足場を変えると間合いが一間に開いた。右手を柄にかけ、左手で鞘を支えて躰の前へ持ってきた。

勘七はもう一度試みた。右から斬《き》ると見せて左へ飛んだ。これも余裕を持って外した。間合いが一間半になった。

「くそっ、くそっ、くそっ！」

右へ、左へ。刀を横殴りに払いながら突進してきた。型がくずれてめちゃめちゃになっていた。躰ごと飛び込んできた。顔をゆがめてわめき散らした。

「かかってこんかい、このがき！　くそったれが。かかってこい！　なんで逃げるんや。どうして斬ってこんのじゃ。なんで抜かんのや、その刀は竹光か。刀、抜いたことないんか。きさま、人を斬ったこと、あるんやろが！」

「人間なら、斬ったことがある」

「だれや？　どんなやつや？　辻《つじ》斬りか。それとも後からばっさりか」

「仕えていた家の剣術師範だ。はじめから斬り殺すつもりで、立ち会った。二回も、三回も、四回も斬り刻んだ。二太刀浴びせるとやつは闘志を失い、刃先を下げて、哀れみを乞《こ》うような目を向けてきた。そいつを容赦なく斬り刻んだ」

「なんでや。喧嘩《けんか》か、怨恨《えんこん》か、敵討ちか」

「首を吊《つ》った女の仇《かたき》。その女を女房にするつもりだった男の仇。もっと明かせばおれの従兄弟《いとこ》だった」

雪をかぶった勘七の躰が影絵になった。さっきまでの、五体にみなぎっていた力が消えた。影がうすくなっている。闘志を失っていた。

「くそったれが。はじめからおれを疑うてたな。全然信用してえへんかった。人をおちょくるのも、ええかげんにせえよ」

「そいつはすべて、おまえのせいだ。だいたいはじめのへっぴり腰が、決まりすぎていた。それで気をつけて見ていると、肩を揺すったり、うつむいたりして、何度も何度も間合いを計った。あそこまでやられたら、こいつは抜刀術だなと、見抜かざるを得ん。だがなぜ、おれを殺そうとしたんだ。はじめから殺すつもりだったのか。殺すと決めていたから、あんな内輪話まで打ち明けたのか」

「もうええ。いまさらそんな話、蒸し返したってしゃあない。帰れ。もう行け」

吐き出すように言うと、刀を鞘に収めた。肩で息をしていた。自分がどうしたらよいか、わからないいくらい惨《みじ》めになっていた。おそらくこの男には、朋輩などいないのだ。

吟二郎は雪を払い、空を仰いだ。雪が小降りになっていた。綿やぼたんが小さくなりかけている。

勘七に一瞥《いちべつ》をくれた。見捨てると、坂を下りはじめた。

「澤田吟二郎」

勘七が大音声で呼びかけた。

振り返ると、刀を右手に持ち替えて立っていた。雪の上に正座し、笠を外し、刀を右に置いた。

「頼みごとがある。二度と三郷へ来ないでくれ。今度家中の御用があったとしても、ほかのものを寄こして、貴公はもう足を踏み入れないでもらいたい。そっちからわしたちと縁を切ってくれ。この通り、藤倉家中として、伏してお願いする」

前に両手をつくと、平伏した。わずかに顔をあげて吟二郎を見た。

「藤井さまのお屋敷から帰ってくるとき、なぜか、今回は仕事をしくじったような気がしたんだ。どうやら当たりだった」

「すまん」

勘七が平伏した。

「あばよ」

吟二郎は歩きはじめた。

山抜けおんな道

I

畳にすりつけていた頭を上げ、はじめて先方の顔を見たとき、仙造《せんぞう》は当惑した。相手の女が想像していたより若かったからだ。少なくとも四十はすぎているだろうと思った。ところが目の前にいた女は、どう見ても三十そこそこだったのだ。

西国《さいごく》のどこかの大名家。その江戸屋敷のお留守居というから、まず家老格だろう。その奥方なら、仙造にとって雲上人のようなもの。本来なら部屋に通され、余人を交えずことばをかわすといったことなど、あるはずがなかった。庭先にひれ伏して、お話を承るくらいが関の山だ。

別室で待たされていたときは、その覚悟だった。だが呼びに来た腰元が、この部屋へ案内した。

しばらく待たされたあと「お見えになりました」と、きびしい声が飛んできて、思わず平伏した。

襖《ふすま》の開けられる気配があった。腰元が退出し、後の障子が閉められた。それで物音が途絶えた。

「顔をお上げなさい」

と声をかけられたからはじめて気がついた。頭を上げると、開けた襖の向こうに、分厚い座布団《ざぶとん》を敷いて、女が坐《すわ》っていた。

白い顔と、羽織っている打ち掛けしか目に入らなかった。合わせると二十畳くらいもある部屋の端から、見上げただけなのだ。どんより曇ったうすら寒い日で、障子はすべて閉めてあったから、明るくなかった。顔の細かなところまでは見えない。

奥方の名前、年齢など、身元がわかるような話はなにひとつ聞いていなかった。留守居の当主が亡《な》くなって、間もなく一周忌になるということくらい。喪に服している奥方は、この間月一回くらいの割合で、墓参りと追善供養《くよう》のお経を上げてもらいに、この寺へやってくる。お供は数人の腰元と若侍、乗物を担ぐ中間《ちゅうげん》くらい。いわばお忍びの外出だ。

来月もう一回やって来るが、再来月は一周忌。御家の法事となって参列者も多くなるから、自分の思う通りにならない。

一周忌が終わると、喪は明けるが、元奥方の行き場はなくなる。留守居には跡を継ぐ子がなかった。甥《おい》を養子にという話もあったそうだが、本人は四十五。これほど早く亡くなるとは思っていなかったろうから、まだくわしい話になっていなかった。

いずれにせよ元奥方の扱いは、本人の気持ちとは関わりのないところで決められる。生まれ育った郷里へ帰りたいという望みは、御家の事情で叶《かな》えられない。以後は仕来りに縛られ、知る人とてないこの江戸で余生を送るほかなくなる。

従って屋敷をひそかに抜け出そうとするなら、来月の今日しかない。そのための力を貸してもらいたい、というのが本日仙造に持ちかけられた相談だった。

「それでもし来月、奥方さまのお駕籠《かご》がお屋敷へもどられ、なかが空っぽ、つまり奥方さまが善楽寺《ぜんらくじ》から姿を消されたとわかったとき、お屋敷はどうなさるのでしょうか」

仙造は顔を上げ、使い慣れないことばを必死にしぼり出して、食い下がった。高貴な方とは口をきいたことがないから、ぞんざいなしゃべり方しかできませんが、それでお許しくださいますかと、はじめに断りを入れている。それにしても奥方の話が、箱根へ湯治にでも行きたいみたいな持ちかけ方で、切迫感がまるでなかったから納得できなかったのだ。

「すぐ追っ手が差し向けられるでしょう。わたくしが帰国願いを出したのは、これまで一度や二度ではありませんでしたから、姿をくらませたとなれば、ひそかに国へ帰ろうとしたと、たちどころにわかるはずです」

「その追っ手は、お駕籠がお帰りになって、どれくらいで出てまいりますか。この寺から抜け出して、追っ手がやってくるまで、どれくらい余裕があるか、ということでございますけれども」

「それはおそらく、一刻《いっとき》とないかもしれません。ここ、お屋敷からそれほど遠くないんです」

「追っ手の数は、どれくらいになるのでしょう？」

「五人や十人ではきかないでしょう。主な街道はすべて先回りされると思います。かといってこの江戸には、わたくしが身を潜めていられるところは、どこにもありません」

　年が若いせいもあるだろうが、奥方の話しことばや声音には、目下の家僕や家臣と向かい合っているという威厳が、あまり感じられなかった。声が軽いというか、地位や身分が持っている重みがないのだ。ちょっとした商家の女将《おかみ》のほうが、まだしも貫禄《かんろく》がある。

「くどいようですが、もしということで、質問をつづけさせていただきます。もし奥方さまが、追っ手に捕まったらどうなるのですか」

「もちろんお屋敷へ引きもどされます。否応《いやおう》なしに髪を下ろされ、どこかの寺へ、一生閉じ込められることになると思います」

「奥方さま以外の方はどうなります。おつきの方や、お供をされたお侍、お駕籠の方など、今日も何人かの方がつきそって来られたはずです。そういう方はどうなるのですか」

「みなそれぞれ処分を受けることになると思います」

しばらく声が返せなかった。処分だと？　責任を問われ、詰め腹を切らされたとしても、この女にとってはただの処分ということになるのか。自分ひとり逃げ出せたらよいというのか。

江戸からの出国を許されていない女が、もちろん殿さまの奥方や姫ではないにしても、高官の奥方なら同じ、公儀の掟《おきて》に背いて、ひそかに帰国しようとするのだ。たとえ公《おおやけ》にならず、内々《うちうち》ですまされたとしても、周りのものがとばっちりを受けないはずはなかった。

「なにか懸念《けねん》しているみたいですから、念のために言っておきます。今回の企ては、周りのものすべてが、覚悟して決めてくれたこと。そうまでしてわたくしを国許《くにもと》へ帰してやろうと、わが身を顧みず、手を貸してくれるということなのです。わたくしも国許へ帰ることが叶ったなら、今回のことではいかなるものも、不利な処分や扱いを受けないよう、国許から江戸へ働きかけることができます。そのためにもこの企ては、なにがなんでも成功させなければならないのです」

女が声の調子をあらため、叱《しか》るみたいな口調になって言った。こうなると仙造のほうは、黙ってしまうほかなくなる。これ以上の質問は、相手を追い詰めることにしかならないからだ。

大本に江戸表と国許の、駆け引きや勢力争いがあるらしいことは、この話が勝五郎《かつごろう》のところへ持ち込まれたときからある程度察しはついていた。人を介しての依頼ということで、どのような決着になろうと、この件は一切表沙汰《おもてざた》にならないということなのだ。

江戸表の留守居というと、公儀との折衝をはじめ、他家との交渉などあらゆる分野で家中の名代をつとめる重要な仕事だ。その責任の重いこと、煩雑《はんざつ》なことは、ほかの仕事の比ではなく、すでに早くから、他のものがおいそれと代わってやれる職務ではなくなっていた。ほとんどの留守居が世襲化され、江戸生まれの江戸育ちが多くなっていたのである。

だから本来なら、留守居が亡くなると嗣子《しし》が跡を継ぐ。ふつうなら問題の起こるはずがないのだった。留守居がいくら若かったとはいえ、後継者の手当をしていなかったというのは、話としても妙である。

あるいは政変が起き、留守居の死によって、あらたな波紋や対立が巻き起こっているのかもしれない。よほどの異変が起こらない限り、奥方の帰国が許されないということなど、起こるはずがないからだ。

とはいっても、これは高い塀のなかで起こっているちがう世界の話。飛脚ごときが関われる問題ではなかった。それ以上のことは知らされもしないし、知る必要もない。要は持ち込まれてきた話を、仕事として引き受けるかどうかだ。

「それではお話をさらにすすめさせていただきますが、伏見には何日までに着かなければならない、という日限がございますか」

「それはありません。淀川《よどがわ》下りの船に乗せてくれたところで、そのほうの仕事は終ります。大坂まで行けば、手を借りられるものがほかにいるのです」

「京までどこを通るか、道筋にご注文がございますか」

「とくにありませんが、川止めの多い東海道は、避けてもらいたいと思っています。

江戸へ下ってくるとき、東海道を通ったのです。大井川で六日間の川止めに遭いました。今回の旅では、そういう足踏みをしたくありません」

「三年まえに江戸へ来られたとき、道中はずっと歩かれたのですか」

「もちろんです。蓮台《れんだい》に乗ったのは大井川を渡ったときだけでした」

「川止めの六日間をのぞき、京から江戸まで何日かかりました」

「何日で歩いたかということ？」

「さようでございます。どれくらいのお足か、知りたいものですから」

えーと、と口ずさんだような気がした。目を逸《そ》らして考えはじめたのだが、その仕草が幼いというか、若い娘みたいにあどけないのがちらと顔にあらわれた。

きちんと坐っているのだが、どちらかというと躰《からだ》の向きが、斜めになっていた。癖かもしれないが右に向いてしまうのだ。

また手拍子を打つみたいにぱっと返事がもどってくることもあれば、ひと呼吸かふた呼吸、間の空くときもある。答えるのに考えなければならないような、むずかしい質問ではないときでもだ。

「十七日じゃなかったかしら。たしかそうだったと記憶しています」

「寄り道はなさらなかったのですね」

「寄り道はしませんが、浜松で余計に一泊しました。荷物持ちとして連れて行った爺《じい》やが病気になったからです」

「すると正味十六日。一日あたり八里見当歩かれたことになります。その点はご健脚といって差し支えないと思います。とはいうもののそれは三年まえのお話。江戸にいらしてからは、それほどお歩きになっていないはずです。今回、関所を避けての旅となりますと、険しい山道を行くことが多くなります。これからのひと月、いくらかでも足を鍛えておいていただけるとありがたいのですが」

「わたし、足は達者ですよ。一日十里くらいは平気です」

気に入らなかったか、いくらかむきになって言った。

「ですがそれは平地でのお話でしょう。今回は山道ばかりになります」

「それもそうですね。ですが、鍛えるといっても、お屋敷内のことですから」

「近くに二階はございますか。蔵でも納屋《なや》でもよろしゅうございます。米を五升背負って、毎日五十回くらい上り下りしてください。慣れてきたら、米の量を増やします」

「お米を背負うの？　まるでお百姓ね」

「できたら百姓仕事もなさってくださいさい。手荒れやまめ、染《し》みなどついていたほうが、もっとそれらしくなります。恰好《かっこう》も、すべて変えていただかなくてはなりません」

「それは覚悟しています。まさかこんな恰好で、旅ができるとは思っていませんから。それで、なにを着たらいいでしょうね」

「旅装束を整えるまえに、髪型、簪《かんざし》から櫛《くし》、鬢《びん》付け油、着るもの、履くもの、ことば遣い、これまで身につけてらしたものは、すべて捨てていただかなくてはなりません。そういうこともふくめ、なにもかもこちらの注文通りにしていただけますか」

「あら。けっこう注文が多いんですね」

興ざめしたみたいな声で言った。

「おことばを返すようですが、ふつうの旅ではございません。人目をはばかる旅になります。怪しまれたらお終《しま》いなのです。そのためにも、入念な準備と支度が欠かせません。そういうことをすべてやっていただかないことには、当方としてもお引き受けできません」

「え？　引き受けたからここへ来たのではないのですか」

「いいえ。引き受けるからには、こちらから注文をつけさせていただきます。それを承諾していただけるようなら、のちほど、このお話を持ってきてくださったところへ、その旨《むね》お伝えください、とはじめに申し上げてあったはずです。その気持ちはいまも変わっておりません。当方の注文が呑《の》めないということであれば、今回の企てを断念していただくか、どこかほかのところへ当たってくださるしかないとお考えください。手前どものほうから、本日お聞きしたお話が、他へ洩《も》れる気遣いは絶対にございません。なにもなかった、なにもお聞きしていないことにして、すべて忘れてしまいます」

「お金さえ積めば、引き受けてくれるところがあると聞いたから、そのほうに会ってみようと思ったのですが」

「考えてみてもくださいませ。これは公儀の掟に背く御法度《ごはっと》の行為なのです。やり損なって、家中のお侍に捕まって連れもどされるくらいなら、まだしも押し込めぐらいですむかもしれません。だが関所や役人に見破られて捕まったのであれば、死罪は免れません。手前など磔《はりつけ》ものでしょう。そういう恐れがないわけではない企てだからこそ、そちらさまも家中の名を出さず、人を介して、手前どもへご相談なすったはずです。もしお引き受けするとしても、今回は店が請けた仕事でなく、手前が金ほしさに、ひとりで引き受けたというかたちにさせていただきます。この件では、だれにも迷惑をかけるわけにいかないからです」

返事がもどってくるまで、やや時間がかかった。女はしばらく考えてから、声を落として言った。

「わかりました。ではとりあえず、そちらの注文というのを残らず並べてください」

「女旅でいちばん大切なことは、なによりも怪しまれないことです。いろいろ考えてみましたが、今回は下野《しもつけ》や上野《こうずけ》辺りの裕福な商家のご内儀が、お伊勢《いせ》さん詣《もう》でに行き、ついでに上方《かみがた》見物をしてくる旅ということにするのが、いちばん自然ではないかと思います。江戸の商家でないのが、みそだと思ってください。江戸ものとは思われないような、野暮ったさや、泥臭さが必要になります。着るものは木綿。旅支度一切、華美なもの、垢《あか》抜けたものは避けてください。これは合羽《かっぱ》から笠《かさ》、持ち物すべてに言えることです」

「それ、そちらで用意してもらえますか。だったら思い通りのものが選べるでしょう」

「お望みならそういたします。ただし古着になりますが、それでよろしゅうございますか」

「まさか、人の匂《にお》いが移っているようなものではないでしょうね」

「匂いの染みついたもののほうが、躰になじんで見えますし、自然です。はじめはいやかもしれませんが、一日で慣れます」

「……」

「あと、荷物持ちがひとり必要です。できたら男。それもある程度年を取った、純朴そうな男がよいと思います」

「それも、そちらで用意してもらえますか」

「できなくはありませんが、お断りいたします。冷たいかもしれませんが、手前といたしましては、この際余人を巻き添えにしたくないからです。ですからこれは、そちらでご用意ください。どうしてもできないということであれば、なしですませることにいたします」

「そちらだけ人を巻き込みたくないって、虫がよすぎませんか」

「引き受ける以上、起こったことはなにもかも、自分の責任として引き受ける覚悟はできています。だがことがことだけに、おいそれと他人には勧められません。それでもかまわないというやつがもしいたら、その男はまず、ほかに魂胆があるはず、人間として信用できません。ですからこれは、手前のようなものにそこまで言われ、なお頼みたいか、そちらさまに考え直す間を差し上げたくて申しておるのです」

「わかりました。それではもう一回、考え直してみることにします。ほかにありますか？」

「あと商家の女将が旅に出る以上、通行手形を持っていないはずはありません。これはそれらしいものを用意してください。そちらさまでできないということであれば、今回の話を持ち込まれたところへ相談すれば、なんとかしてくれると思います」

それで言いたいことはほぼ終わった。仙造は数々の無礼を詫《わ》びて平伏し、女は座を立った。しばらくすると腰元が呼びに来て、部屋から下がった。

寺男に案内され、来たときと同じ裏の木戸から外へ出た。ここは小石川。薬園の近くにある寺のひとつだ。南の坂の上に、傳通院《でんづういん》の大きな屋根が見えていた。

仙造はその足で岩本町の蓬萊屋へ帰った。勝五郎が待っていたからだ。

「おう、ご苦労さん。どうだった？」

勝五郎は茶と煙草《たばこ》をすすめてから言った。

「全然。どうにもすっきりしませんや。腑《ふ》に落ちないことが多すぎます」

仙造は煙管《きせる》に火をつけるのも忘れ、首をかしげながら言った。それから今日見聞きしてきたことのすべてを、勝五郎に話して聞かせた。

「裏になにかありそうで、気に入らないんでさ」

「おめえらしくもねえな。こんな話、裏になにかあるに決まってるだろうが。奥方が若すぎるってのも、珍しいことじゃねえだろう。後添えってこともあるし」

「まあ、そこまでは突っ込めなかったんですけどね。けど、若すぎるだけじゃねえんで。十七日というのを、じゅうしち、と言ったんですぜ。西国にも、ひちをしち、と言うところがあるんですかね。ことばの端々からも、江戸もんか、それに近いところの出じゃないか、という気がしてならなかったんです。下町の女だったとしたら、ぴったりきます」

「ふーむ。たしかに、疑い出せばきりがなさそうだな。いったい、どうしたもんか。要はおめえ次第だ。断ったっていっこうかまわんのだぞ」

どちらかといえば誘うような口調で、勝五郎は言った。迷うくらいならやめておいたほうが無難、と言わんばかりだ。

「とにかくこうなった以上、むこうの返答を待ちます。その上で決めさせてもらいますが、引き受けるとしても、今回はあっしが勝手に請けたもので、店とは一切関わりがないってことにしてもらいます。だれも巻き込みたくねえんです」

「いざとなったら、女をほっぽり出して逃げろ。むざむざ磔になることはねえ。その後の食いっ扶持《ぶち》ぐらい、なんとかしてやる」

「磔になってたまるもんですかい」

仙造はそう言うと苦り切った顔で、煙管の煙を吸い込んだ。

2

墓地のなかに身を潜め、前方の路地を見張っていた。正確には、路地を出たところにある通りだ。路地の両側は侍屋敷の板塀になっており、通りへ出るとそれが寺の土塀になる。三つの寺が、塀を接して並んでいた。

いちばんこちら寄りにあるのが、善楽寺の築地《ついじ》塀《べい》だった。裏口の木戸が、ここからかろうじて見える。表門のほうは、角を曲がった大通りのほうについているから、ここからは見えない。

大通りで待ち受けると両方が見渡せて楽なのだが、あいにく人通りがあった。人目を避けようとすれば、こんな奥まったところに引っ込むしかなかったのだ。

半刻《はんとき》まえ、奥方の乗ってきた乗物が空駕籠で屋敷へ帰って行った。担《かつ》いでいたのは中間《ちゅうげん》ふたり。それに供侍《ともざむらい》がひとりつき、腰元ふたりが両側につき添っていた。仙造はそれを傳通院脇《わき》の高みから見届け、そのあとこちらへ移ってきた。

乗物が善楽寺にやって来たのは、四つ時分。まえもって聞かされていた時刻と、大きなちがいはなかった。帰って行ったのが午《ひる》をやや過ぎた九つ半。これもほぼいつも通り。すこしでも間を稼ぎたいから、乗物の出立《しゅったつ》はできるだけ遅らせてくれと頼んであったが、これまでのこともあるから、今回だけとくに遅らせるわけにいかなかったのだろう。

問題はそれからだった。かれこれ半刻たったというのに、肝心の本人がまだ出てこない。乗物のほうは、そろそろ屋敷へ帰り着くころなのだ。

少なくとも今日は、到着後一刻以内に出てきてくれるよう、くどいほど念を押していた。今回の墓参は名ばかりのもの。寺に着き次第着替えをはじめ、化粧を直したり髪型を変えたり、動いている間も休みなく支度をしてもらう。仙造はそのためふたりの女を雇い、寺で待たせていたのだ。その間に昼めしもすませてもらうよう、握りめしの用意もさせた。

それがまだ出てこなかった。これでは焦《あせ》るまいとしても、いらいらして当然だ。怪しい挙動はすまいと思いながら、どうしても周囲に目が行く。

落ち着かないのだ。ここへやって来たときからそうだった。こめかみのあたりがひりひりするみたいな感覚に、はじめからつきまとわれていた。まるでだれかに盗み見られているような不安。それでも平然としていられるほど、今日の仙造の肝っ玉は太くなかった。

できたら午ちょうどぐらいに出立したかった。それから旅立ったとしても、今日中に動けるのはせいぜいふた刻。道程にして四里しかすすめない。ご府内《ふない》を離れるのがやっとなのだ。それが間もなく八つになろうとしていた。

こちらで打てるべき手はすべて打った。あとはおのれの力を恃《たの》むしかない。それに運。だが仙造は、この運まかせというのが大嫌いだった。おのれの力不足をごまかすみたいで、できたらこのことばだけは使いたくない。

さすがに落ち着きを失ってきた。仕事に取りかかるまえから、これほどの不安を覚えたのははじめてだ。小用をすませる振りをしたり、ふくらみはじめた桜のつぼみに目をやったり、間が持てないままさっきからきょろきょろしている。だれかに見張られているはずはないのだが、そういう不安がいっこう去らないのだ。

墓地を入ったところの梅の木に、ひよどりがやってきて花びらを食い散らしはじめた。花は盛りを過ぎて散りかけているのだが、ひよどりのほうはおかまいなし。どうやら蜜《みつ》が狙《ねら》いらしい。鳥が安心して止まっているということは、周囲に怪しい人影がないしるしだと思うのだが、それでもいっこう気が紛れないのである。

と深い吐息をついたとき、目の端をなにかかすめた。仙造は打たれたみたいに立ち上がった。路地の向こうを人影がかすめたのだ。善楽寺から出てきた男と女。笠、合羽、振り分け荷物。それが目に入るなり、墓地を飛び出していた。

路地を出たところで足が止まった。仙造の姿を認めたふたりが、笠を上げてこちらを見たからだ。女がにっこり笑った。顔の細かなところまでは見えなかったが、躰《からだ》つきや身ごなしははっきりわかった。

それで足が止まったのだ。

ふっくらとした躰つきや顔の輪郭を見ただけで、あのとき対面した女とちがうことがわかった。こないだ会った女ではない。まったくの別人なのだ。

仙造の当惑を意に介せず、女は笑みを浮かべたまま近寄ってきた。饅頭笠《まんじゅうがさ》に杖《つえ》、頭にかぶった手拭《てぬぐ》いが笠の下までのぞいている。着ているものは小袖《こそで》の上に道行き。いずれも仙造のほうで用意したものだ。いくらかよれて、何日か旅をしてきたあとみたいな馴染《なじ》み方で、その限りでは一分の狂いもなかった。身につけている生身の人間のほうがちがってしまったのだ。

先日の女よりいくらか年上だろう。四十には達していないまでも、三十五からすこし上くらい。顔が丸く、福相《ふくそう》というか、おだやかで心地よいふくらみが、男のなにかをうずかせる。色が白くて、それは手甲《てっこう》の下へ出ている指にもはっきり見て取れる。

背丈はふつうだが、躰の柔らかさときたら、先日の女の比ではない。旅装束と道行きで覆《おお》い隠していても、なまめかしさがどきっとするほど伝わってくるのだ。

「お待たせしました。これから二十日ほどのおつきあいになりますね。よろしくお願いいたします」

笠をすこし持ち上げて女は言った。横長の目が、人好きのする明るさで無心に輝いていた。眉《まゆ》を引き、唇に引いた紅が鮮やかだ。化粧を変えたからかもしれないが、ずいぶん丹念に顔をあたっている。

「お人がちがいます」

「わたくしが本人ですよ。先日は手のものに代わりをつとめさせましたが、後の御簾《みす》越しに見ていましたから、わたしにはあなたがよくわかっています。信用しなかったわけではありませんが、はっきりするまでは姿をさらしたくなかったものですから」

それでわかった。こちらの質問に答えるとき、手拍子で答えが返ってくるときと、間の空くときがあった。後からこの女が口を出していたのだ。

「それでは参りましょう。わたしの名はおたか。おたかと呼び捨ててくださってけっこうです。前橋は小籠《こごめ》町にある米問屋、伊勢屋の女主人ということになっています。夫の名は九兵衛《きゅうべえ》。今回夫は店の留守番をしています。それで、あなたの名は？」

「仙造でようございます」

仙造のほうははじめからそう名乗っている。いまさら変えるつもりはなかった。

「それからこちら、荷物持ちの喜多八《きたはち》です」

しゃれこうべに皮をかぶせたみたいなごつごつした顔の男が、おたかの後で壁みたいに立っていた。年は三十四、五だろうか。背丈が五尺八寸くらい。がっしりして骨太なせいか、さらにひと回り大きく見える。目、鼻、口とも取ってつけたみたいに大まか、しかも厚みがある。顔の皮が突っ張っているみたいに、喜多八はにこりともしなかった。

男の服装までは手配してやらなかったが、道中合羽に三度笠はこの男の風体によく合っていた。それでもどことなくちぐはぐな感じがするのは、肩へかけた振り分け荷物と、腰に差している刀が目立ちすぎるからだ。おたかのものが入っているはずの柳《やなぎ》行李《ごうり》は、振り分けにしては大きすぎた。こういうときの荷は、ふつうなら挟み箱にして、天秤棒《てんびんぼう》を通して担ぐものなのである。

さらに刀。合羽から柄《つか》がのぞいているだけだったが、ふつうの道中差しにしては、長くて、無骨で、握りが太かった。刀身だって二尺六、七寸、ぎりぎりまであるだろう。どう見たところで町人の旅人が身につけるなまくらではない。明らかに使うことを頭に置いて選んだ代物《しろもの》だ。おたかの後からついてくる足取りそのものが、素人《しろうと》目にも町人のそれではなかった。

喜多八はいかにも本意でないという目で仙造を見下ろし、顎《あご》の先でうなずいた。これまた断じて町人の目ではない。

「あら、不満そうね。喜多八の名が気に入らなかったの？ なんでもいいって、言ったじゃありませんか」

おたかがまるで気にかけていない上《うわ》っ調子な声で笑った。いまにも追っ手がやってこようかという差し迫った気配が、どこにもない。というより籠《かご》から放たれた鳥。うれしそうで、生き生きして、のびのびしている。

「話は歩きながらでもできます。先を急ぎますから、とにかく歩きましょう。あっしが先に行きますから、おふたりはついて来てください」

仙造はそう言うとふたりの前に立って歩きはじめた。後のふたりがただちに応《こた》えたかというと、そうはならなかった。ついては来るのだが、足取りが全然ちがう。まるで江戸の町を見物しながら歩いているみたいに、のんびりした歩き方なのだ。

険しい顔をして振り返ると、それすら気にしていない顔でおたかは言った。

「ねえ、どこへ向かってるんですか」

「道についてはあっしに一任するとおっしゃったはずです。どっちへ向かうか、おふたりに相談する気はありません。黙ってついて来てくだされぱいいんです」

「あら、ずいぶん険しい目。喜多八以上にご機嫌斜めみたい」

「そんなことはどうだっていいですから、とにかく歩いてくだせえ。いまはすこしでもご府内から離れたいんです」

それでも仙造にしてみたら、ふつうの旅人並の足で歩いている。おたかの足が遅すぎるのだ。

「これ、中山道《なかせんどう》じゃないみたいね」

というおたかの声が聞こえた。喜多八に語りかけたものだ。

「ねえ。弥次郎兵衛《やじろべえ》。じゃなかった、仙造さん。この道、中山道ではないみたいですけど、川越にでも向かうつもりですか」

「どうして川越街道を知ってなさるんです」

「本や絵図で、学びました」

「そういうのを板の間の水練というんです。さようでございます、これが川越街道でございますと言われても、本物かどうか見分けがつきますか。道はあっしが決めます。そっちの指示は受けません。それからおめえさん、いちいちきょろきょろしないでくれないか。いかにも怪しい三人連れでございますと、周りへ見せつけているみたいじゃないか」

「下郎《げろう》、調子に乗るんじゃない。いくらなんでも口の利《き》き方というものがあるだろうが」

喜多八が口からつばきを飛ばすと、肩をいからせて前へ出てきた。眉が吊《つ》り上がり、口許《くちもと》が曲がっていた。息が詰まっている。怒りと屈辱で燃え上がってしまったのだ。

「あっしの言うことが聞けないようなら、この仕事はやめさせてもらいますぜ。黙ってあっしの言うことに従うか、それとも侍の一分を貫き通したいか、決めるのはそちらさん次第だ」

仙造もひるまず言い返した。喜多八の右手が中途半端《はんぱ》に上がっているのを目の隅でとらえていた。うんざりするくらい血の気の多い男だ。まちがっても道連れにはしたくない手合いである。

「やめなさい、喜多八。ここは仙造の言う通りでしょうが。わたしたちはお願いして、連れて行ってもらう身です。口をつつしみなさい。だけど仙造も仙造です。こんな些《さ》細《さい》なことで、仕事を投げ出すような人とは思いませんでした」

「そちらが約束を守らなかったのだから、しようがないじゃありませんか。あっしがお願いしてあったのは、ただの男手、単なる荷物持ちです。こんな剣呑《けんのん》な剣術使いじゃありません。これじゃ先が思いやられます。はっきり言えば、いないほうがまし。できたらここから帰してくだせえ」

「この男は、警護が必要だから連れてきたのです。これからは黙らせますから、見逃してやってください」

「警護？　剣術使いに警護してもらわなきゃならんことが、起こるというのですか」

「おまえは道案内さえすりゃいいんだ。おれがこの……奥方の身はおれがお守りする。それがおれの役目だ」

「じゃなにかい。邪魔が入ったときは、その刀を振り回すつもりか。これから先の旅路を、死人の山を築きながら切り開いて行くつもりか」

「望みはしないが、それくらいの覚悟はできている。この命を投げ出しても、奥方の身は守ってみせる」

「約束がちがうでしょうが」

仙造は強い口調でなじりながら、おたかに詰め寄った。

「こういう道中でいちばん大事なことは、災いを避けることだと先日申し上げたはずです。触らぬ神に祟《たた》りなし、災いになりそうなことは、避けて避けて避け通すのが、無事な道中をするための、唯一《ゆいいつ》の方法、絶対に守らなければならない心得なんです。ほかの方法はありません。刀を振り回して押し通るなど下の下の下策、もしそんなことになったら、あっしはおふたりを見捨ててその場から逃げ出しますぜ。磔《はりつけ》にはなりたくねえからです。これだけは譲れません。どうします。この場でいますぐ、返事をください」

「わかりました」

仙造に気圧《けお》されたか、おたかは大きな息をついてようやく言った。

「自分のことしか考えてなかったわたしが悪かったと思います。ここは素直に謝りますから、どうかわたしたちをしかるべきところまで案内して行ってください。これからは文句を言わず、あなたの言う通りにいたします。喜多八には四の五の言わせませんん」

おたかはそう言うと、神妙な顔つきになって頭を下げた。それから喜多八。こちらはおたかほど素直ではなかったが、黙って首を下げてみせた。無念そうだが、半分は納得した顔になっていた。

小石川の薬園をかすめると、大塚から護国寺へ出て、目白に抜けた。以後は道を北に取り、村々を結ぶ小道を右へ左へしながらすすんだ。ふたりには打ち明けなかったが、右方に車力《しゃりき》の往来できる街道が見え隠れしていた。川越街道だった。

同じことなら街道を行ったほうが楽だし、道程も稼げるのだが、その分人目が多い。

いまはできる限り、人目につきたくなかったのだ。

だが出立の遅れた報いは、いやというほど思い知らされた。江古田《えごた》をすぎたあたりで、もう日が傾いてしまったのだ。武蔵野《むさしの》の樹林越しに、黄色く染まりはじめた富士が見えた。林ではいたるところこぶしの花が咲いていた。

「いまどの辺りか、かまわなかったら教えてください」

おたかが後から言った。喜多八はさらに後から来る。

「大根畑が見えませんか。練馬にさしかかってきたところです」

おたかの声がおだやかだったから、仙造も左右を指さしておだやかに答えた。

「あまり大きな村がありませんけど、こんなところでも宿があるのですか」

「保谷《ほうや》まで行くと、坂東札所《ばんどうふだしょ》巡りの巡礼宿があります。しかしこの分だと、そこまで行けそうもありません。今夜は木賃泊まりを覚悟してください」

「木賃宿って、ご飯の支度はこちらでしなければならないんでしょう。よかったわ。おにぎりを持ってきて」

「握りめしをお持ちになったんですか」

「お寺で用意してくれたものです。せっかくですからいただいてきました」

「あれは昼めし用として用意させたものですが、食べなかったんですか」

「はい。今日はお別れということで、お弁当持参でやって来ましたから」

というから仙造はびっくりして、目を剝《む》いた。

「待ってください。今日の昼は、みなで弁当を食べたというんですか」

「そうです。これで永《なが》のお別れということで、みなが心づくしのお弁当をつくってくれましたの。量がたくさんありましたから、髪結いや着つけの手伝いをしてくれた方にも分けて、みなでいただきました。それですこし遅くなったのです」

仙造はあきれ返って頰をふくらませた。おたかのほうは仙造の顔にまったく気がついていない。むしろ晴れ晴れとした顔になっている。

「こちらの用意した握りめしですませてくだすったら、あと半刻《はんとき》は早く出立できたはずです。道程《みちのり》だって清戸ぐらいまで行けました」

「それはわかっていましたけど、みなが力を合わせてお膳《ぜん》立《だ》てしてくれたのです。わたしに報いてやれることがあるとしたら、心から喜んで、その厚意を受けることしかないでしょうが」

それ以上話をつづける気もしなくなった。少なくとも平林寺《へいりんじ》くらいまで、と仙造のほうは目論《もくろ》んでいたのだ。だがはるか手前の、橋戸という村までたどり着いたのがやっと。日没直後まで歩き、目についた木賃宿で初日の草鞋《わらじ》を脱いだ。晩めしはもちろん、昼めしとして用意してあった握りめしになった。

3

川端におぼろ月が出ていた。夜寒《よさむ》がきりりと背筋へ射《さ》しこんでくる。土橋《どばし》の傍らに梅の木が一本あって、在《ざい》へ出てきたせいか、これから満開を迎えるところだ。喜多八が腰を下ろしてその幹に寄りかかり、刀を引き寄せて土橋の先を見つめていた。

前方のうす闇《やみ》にひろがっているのは里の景色。町並みというほどの家はなく、屋敷林に囲まれた百姓家が散在していた。土橋の向こうだけ見通しがきくのは、この辺りに小川の水が使える田圃《たんぼ》があるからだ。

仙造が近づいても、喜多八は顔を向けようともしなかった。外に出て、かれこれ半刻になりかけていた。役割に忠実ということもあるだろうが、それより木賃宿の雰囲気にいたたまれなかったのではあるまいか。今夜はほかに五人の同宿人がいた。いずれも巡礼や旅稼ぎの小商人《こあきんど》など、一文惜《いちもん》しみの旅人だ。ひと組いた親子連れの巡礼は半分物乞《ものご》いといってよかった。

仙造は近づくと声をかけた。

「喜多八つぁん。昼間は気が立ってたもんで声を荒らげ、すこし言いすぎたかもしれん。はじめての仕事で、しかも初日。お互い初対面とくればいやでもぎすぎすする。これからも気に障《さわ》ることがあると思うけど、悪気があってのことではねえ。勘弁してくんねえか。まだしばらく、気をゆるめることのできねえ日がつづくと思う。そいつをあらためて断っておきたいんだ」

「気にはしておらん」

喜多八は闇に目を向けたまま答えた。

「おまえが道案内なら、おれは用心棒だ。ふたりの役割がちがうのだから、役割同士がぶつかって火花を散らすことは、やむを得んだろう。そのときそのときで折れ合うしかないが、おれはおれで、おまえの指図は受けん。そのことだけは心得ておけ」

「それでひとつたしかめておきたい。おまえさんはおたかさんを、なにから守ろうとしてなさるんだ」

「なにからとは、異なことを言うな。降りかかってくる災難ならすべてだ」

「その災難にはご公儀もふくまれるのかね」

　すると喜多八がはじめて顔を向けた。

「おれが奥さまを守るのは、家中の手からに決まっておるだろうが。関所を避けて公儀の目をごまかすのは、おまえの役割だ」

「なんでえ、そうだったのか。そいつを聞いて安心した。じゃこれからはなるべく火花が飛ばねえよう、あっしも口をつつしむよ。それでもうひとつ聞いておきたいんだが、家中の侍に追いつかれて、おたかさんを奪われそうになったとき、おまえさんは、どこまで戦うつもりだね」

「奪うってのは、どういうことだ」

「お屋敷まで連れもどされるんだろう」

「そんな面倒くさいことをするわけないだろうが。見つけ次第、問答無用で斬《き》り殺すに決まってる。やつらの狙《ねら》いは、奥さまを国許へ帰さないことなんだ。その口を封じ、江戸で見聞きしてきたすべてを、国許に知らさず、闇に葬《ほうむ》ってしまいたいんだ」

「おどろいたな。たかがひとりの女に、大勢の侍が目を血走らせて、そこまで右往左往しなきゃならんのかね」

「いちばん上にいたものが急死し、だれかがそれに代わらなきゃならなくなったから、こういう騒ぎになったんだ。家中のものにしてみたら、つぎはだれが上にくるかで、自分の出世から将来まで、すべてが決まる。言い換えるなら、自分はだれについたらよいかだ。それで一生が決まるとなれば、勝ち戦になるか、負け戦になるか、それこそ命をかけても戦わなきゃならんというわけよ」

「さようか。すると喜多八つぁんは喜多八つぁんで、おたかさんを守り通すことに、自分の将来がかかっているんだ」

「それほどでもない。剣術使いなんぞ、上のほうからいいように使われるだけだ。そりゃ勝ち戦のほうにおれたら、すこしはいい思いをするかもしれんが、それとてたかが知れている。上のほうまで梯子《はしご》を昇れる連中と、一つか二つしかあがれない連中とは、はじめから決まっているんだ。だから万一のときは、おれも自分の命まで投げ出して戦うかどうか、じつをいうとまだそこまで腹はくくってない。衆寡敵《しゅうかてき》せず、いくつか手傷を受けたくらいで刀を引いても、面目は立つ。どっちにするか、それはそのときで考えさせてもらう」

ひと晩の旅籠賃《はたごちん》が四十文という、この下はないという木賃宿だった。部屋といっても囲炉裏の周りでごろ寝をするだけ。むろん夜具《やぐ》はなく、自分の合羽《かっぱ》や着替えを身にまとって、朝までうたた寝するのである。

仙造らは握りめしがあったが、雑炊を炊《た》いたのはふたりの小商人だけ。巡礼にいたっては、なにか食っていたが、なにを食っているかは、ほかのものにけっして見せなかった。

むろん風呂《ふろ》などはないから、手足を前の小川で洗ったくらい。横になると、それぞれの躰《からだ》に染《し》みついている汗や汚れが漂ってきて、巡礼にいたっては鼻をつまみたくなるような臭《にお》いを放っていた。

そして着物の縫い目や旅籠の隅々に潜んでいた蚤《のみ》や虱《しらみ》が、寝ようとするころ起き出してきて、ここを先途《せんど》と跳梁《ちょうりょう》しはじめた。おたかや喜多八にとってははじめてのことだったらしく、その夜はほとんど声もなかった。仙造もこういう宿に慣れているわけではなかったが、苦にしないくらいの経験は積んでいた。だから知らん顔をして寝るだけだった。

なにもわざと選んだわけではないのだ。日が暮れて、それより先へすすめなかったというだけ。だが追っ手のかかっている身としては、かえってよかったかもしれない。まさかこのような宿に潜りこんでいようとは、侍連中が思いつくはずがないからだ。

おたかも、喜多八も、あまり眠れなかったのではないだろうか。囲炉裏の火は、夜中に気づいたものが薪《まき》をたして火を絶やさないようにするのだが、仙造はそれを一回もやらなかった。ほとんど喜多八がやっていたように思う。

翌朝は六つ早々に出立した。清戸で団子を買い、朝めしとした。入間《いるま》で昼めしを食い、やっと人心地がついた。飯能《はんのう》には夕刻の七つまえに着いた。これまで通ってきたなかでは、いちばん大きな宿場町だった。おたかの足取りを見て、この日は飯能泊まりにしたのである。

仙造はいくつかの旅籠を見て歩き、講《こう》の看板がたくさん下がっているところを選んだ。昨今のように旅が盛んになると、めし盛り女を置く旅籠ばかりでは困るという声も高くなる。そういう声に応《こた》えて生まれてきたのが、浪花《なにわ》講をはじめとする講中の指定する旅籠だ。女でも安心して泊まれる、いかがわしくない旅籠がようやく誕生したことになる。

旅人が安心して泊まれるということで、全国にその輪がひろがりはじめると、それを真似《まね》ていろいろな講の指定する旅籠が増えてきた。いまではよい旅籠を選ぶときの、一つの目安となっていた。昨夜がひどかったから今夜はゆっくりくつろいでもらい、明日からはじまる山道に備えてもらおうと思ったのだ。

部屋に余裕があるというから相部屋を断り、三人でひと部屋を取った。部屋での位置は、おたかが壁際《かべぎわ》、つづいて喜多八、仙造の順。

喜多八が風呂へ行くと、おたかがそれを待っていたみたいに、足をもんでくれないかと言い出した。着物の裾《すそ》から手を入れ、試しにふくらはぎに触ってみると、しこって筋みたいに固くなっていた。

旅立って四、五日もすると、足腰が慣れてきて、以後の旅が苦にならない躰ができる。それまでの二、三日が、いちばん苦しいのだ。いわば長旅をするものが乗り越えなければならない、最初の峠みたいなものだった。

その躰をつくっておくために、米を背負って毎日階段の上がり下りをしろと言ったのだが、聞いてみるとおたかはやっていなかった。足には自信があったからと答えたが、どうやら高をくくっていたようだ。

風呂から帰ってきた喜多八は、一瞬足を止めた。ぎょっとしたらしいのが、仙造には背中でわかった。喜多八がどのような目でそれを見ていたか、それはわからない。ひと言もなかったからだ。だが息をひそめて見ているのはわかった。

おたかが寝息を立てはじめたので、仙造は手を止めた。はじめて喜多八のほうを振り返ると、怖い顔をしてにらみつけていた。喜多八はなにも言わず、顎《あご》で仙造を追い払った。そこが自分の布団《ふとん》だったからだ。仙造は黙って廊下側にある自分の布団にもどった。

おたかに余裕を与えてやろうと、翌朝はそれほど早く出立《しゅったつ》しなくてもよいと、まえもって言ってあったのだが、これはまずかった。おたかは安心したか、朝起きると入念な化粧をはじめたのだ。袱紗《ふくさ》仕立てみたいな化粧品袋を持っていた。これは喜多八に持たさず、自分で懐中に入れて持ち歩いていた。

手鏡から数種の櫛《くし》、笄《こうがい》といったものまで、かさばるものがずいぶん入っている。矢立か、箸箱《はしばこ》みたいなものまで用意していた。塗りを施した細長い箱だったからそう見えたのだが、実際はただの懐紙《かいし》入れだった。

薄くて目のつんだ懐紙が、細かく折りたたんで入れてあり、上の出し口からはじめの一枚がのぞいていた。それを指先で引き出すと、つぎの一枚がまた上端からのぞくようになっている。

化粧の最後は頭をまさぐり、笄を挿して終わるのだが、このとき二つ折りにした懐紙を口にくわえ、唇に塗った余分な紅を吸い取らせた。襟元からのぞく白いうなじと、したたるみたいな赤い紅、見上げてきたおたかと目が合うと、仙造のほうがあわてて目を逸《そ》らした。

これほど入念な化粧は、見たことがなかった。言ってはなんだが、武家の奥方がやる化粧ではなかった。吉原《よしわら》の花魁《おいらん》の、太夫《たゆう》あたりがやりそうな念の入れようだ。といっても太夫の化粧するところを見たことは一度もないのだが。

「紙入れに仕掛けはありません。ただの筒です。こつは紙の畳み方なんです」

と言いながら、おたかはつぎに入れる紙を折りたたみはじめた。長さが六、七寸、幅が一寸くらいの容器に入れるのだから、幾重にも折りたたまなければならない。それを束ねるとき、つぎとつぎの紙をどこかで重ね合わせ、一枚引き出すとつぎの紙が出てくるようになっているのだった。

「南蛮渡来の畳み方だと聞いたことがあります。思うに、遊里《ゆうり》で生まれた遊びだったのではないでしょうか。良家の子女が身につけることではありません」

と横目をくれ、艶然《えんぜん》と笑った。目を外して喜多八をうかがうと、こっちも知らん顔をしてそっぽを向いていた。顔が赤かった。喜多八のほうも固唾《かたず》を飲んで見ていたということだ。

お陰で出立がすっかり遅くなった。六つ半には出ようと思っていたのが、五つになった。その晩泊まった客のなかでいちばんの遅立ちだった。

道は飯能から秩父《ちちぶ》街道へ入り、いよいよ登りにかかる。途中までは高麗《こま》川《がわ》沿いなので、それほど険しくないのだが、川と分かれると、いきなり胸突きみたいな急坂になる。木立に囲まれて森は暗くなり、旅人の姿もめっきり減る。秩父へ向かう旅人は、どちらかというと熊谷《くまがや》の方から入るものが多いのだ。とくに札所巡りをするものはそうで、飯能から山越えで秩父へ出ようとするものは、急ぎか、商人か、途中に用のないものが多かった。

最後の急坂の手前でしばらく休息を取った。喜多八がおたかのそばを離れて仙造に目配せをした。さりげなく傍らへ行くと、押し殺した声で言った。

「つけてくるやつがいる」

「菅笠《すげがさ》をかぶった町人か」

その男なら仙造もさっきから気づいていた。それがいまは見えなくなっている。こちらが止まっているのだから間が詰まらないとおかしいのだが、こちらと同時に足を止めたということだ。

「ひとりではない。ふたりいる」

そこまでは気がつかなかった。後方は喜多八の分担なのである。

「こうなったらたしかめたい。あとから行くから、おまえたちは先に行っててくれ。峠へ着くまでには追いつけるだろう」

それで仙造はおたかを連れ、先へすすんだ。喜多八の姿が見えなくなったところで、おたかに尋ねた。

「どうしてあの男を選びなすったんですか」

「選んだわけではありません。断れなかったのです」

「断れなかったって、御付のものではなかったんですか」

「ちがいます。当家にはあまり出入りしていませんでした」

「道理で。あなたを見る目つきが、仕えているものの目じゃなかった」

「わかっています。この男を連れて行きなさいと言われたら、そうするほかなかったんです」

「すると今回の企ては、なにもかも自分でお膳立《ぜんだ》てしたわけじゃないんですね」

「当然でしょう。女ひとり、なにができると思うのです。助けてくれる人がいなかったら、こんなこと、思いつきもしません」

仙造はびっくりしておたかの顔を見つめ直した。ややあわてていた。

「すると今回のことは、寺までついて来てくれたもののたちのほか、お屋敷のなかに、まだ知っているものがいるってことですか」

「けれどほんの数人ですよ。ほとんどのものは知りません。旦那《だんな》さまの、腹心だったものの力を借りただけです」

「そのものたちって、信用できるんですか」

「あなた、ずいぶん言いにくいことをずけずけ言いますね。そこまで疑ってしまうと、ものごとは成り立ちませんよ」

「お気に障《さわ》ったらすみません。自分以外、信用しない癖が身についているものですから、そういう目でしかものを見られないんです。だれか力を貸してくれるものがいたら、それが本人にどういう利益をもたらすか、ついそこから考えてしまうもので」

「旦那さまがいちばん信頼していた用人です。その人の力を借りなければ、なにもできませんでした」

「あっしなら借りずにすませることはできないか、そこからはじめます」

言い過ぎたかもしれない。おたかは怒ったみたいな目になって、仙造をにらみつけた。眉《まゆ》が吊《つ》り上がっていた。目のなかで燃えていたのは、まちがいなく憤《ふん》怒《ぬ》の色だった。おたかがはじめて見せたほんものの怒りだった。

身分ちがいの下賤《げせん》のものから、このような口の利《き》き方をされたからではない。自分の考えてもいなかったことを突かれた狼狽《ろうばい》と、腹立たしさがごっちゃになっている。その腹立たしさの半分は、自分に向けられていた。それは動揺にほかならなかった。おたかははげしくうろたえていたのだ。

口をつぐむと、なにも言わなくなった。怒りをぶつけるみたいに足を速め、息を切らせながらやみくもに登った。坂がゆるくなり、息が落ち着いてきてから、ようやく言った。

「一昨日《おととい》の夜、しばらく姿が見えませんでしたが、喜多八と話していたのですか」

「ふたりの考え方のくいちがいを、埋めようとしていました」

「喜多八は自分のことを、どのように言いました？」

「奥さまを守るのが自分の務めだが、命を投げ出してまで戦うかどうか、そこまで腹が据わってないそうです。ついでに申しますと、追っ手は連れもどしに来るんじゃない。斬《き》り捨てろと命令されているはずだと断言しました」

「それくらいは察しがついています。わたしに帰国され、この三年間見聞きしてきたことをなにもかも暴露されたら、進退窮《きゅう》してしまう人がたくさんいるのです。それでなくとも江戸は、国許《くにもと》の歳入の半分以上を使い、それでも足りない足りないと、いつも無心ばかりしています。国許だってこれまであらゆる手を打って、江戸の嘆願に応えてきたのです。これ以上ない袖《そで》は振れない、と開き直られたらお手上げ。江戸表としては、国許がひとつに固まってしまうことをいちばん恐れているのです」

「ということは、お家騒動みたいなものが根っこにあるんですね」

「というより、旦那さまの急死が混乱の大本です。力が大きすぎて、それに代わる人がいませんでした。しかも後継者を育てるまえに亡《な》くなった。あまりにも突然でした」

「ということは、それまではご健康だったと」

「お丈夫でしたよ。立派な体格でしたし。どこにも悪いところはありませんでした。働き盛り。あと二十年は旦那さまの時代がつづくだろうと、本人はもちろん、みんなが思っていたのです」

「旦那さまの死に、疑わしいことはないんですね」

「それはありません。いつものようにお休みになられ、朝、気がついたら冷たくなっていたのです。周りにいたわたしどもとしては、なす術《すべ》がありませんでした。日々の激務と、家中取り回しの心労で、お疲れになっていたことはたしかです。疲れたということばは、それこそしょっちゅう聞いておりましたから。こんなことをいってはなんですが、家中のみんなが、旦那さまの命を縮めたと思っています。むかしからまとまりのない、争いごとの絶えない御家だったそうです。みながみな、われこそはいちばんお家のことを考えていると称して、やっていることといえば、どうやって競争相手を引きずり落とすか、疑心暗鬼の政争ばかり。それが旦那さまの手腕で、なんとか押さえられていたのです」

「それは喜多八も認めていました」

「扇の要《かなめ》がなくなったものですから、蜂《はち》の巣をついたような騒ぎになるわけです。当然わたしの帰国願いも、出しても出してもなしの飛礫《つぶて》。どこで握りつぶされているのか、皆目わかりませんでした。だいたいわたしを斬り捨ててしまえ、と主張するのはどういう方々なのか、その見当さえつかないんです」

「身に覚えがないということですか」

「というより敵が多すぎます」

「お留守居に、そんなに敵があったということですか」

「ちがいますよ。お留守居を籠絡《ろうらく》していると思われていたわたしが、家中一の敵になっていたということです」

あいにくそこから先は聞けなかった。喜多八が追いついてきたからだ。

「どうやら悟られたらしい。用心して、近づいてこなくなった」

「ほんとうにわたしたちをつけていたんですか」

おたかが不審そうな声を上げた。

「まちがいありません。ふたり、それも町人です。あの用心深さを見ると、素人《しろうと》ではなさそうだ。岡っ引きの手先をつとめているような連中じゃないかな。屋敷に出入りしている町方からたぐっていけば、わかると思いますが」

「おれが見かけたのはどっちだろう」

「ひょろ長くて、足の短いのと、ちっちゃくてはしっこそうなやつだ。罠《わな》をはって、待ちかまえてみるか」

「むだだろう。ふたりを一緒につかまえるのはむずかしい」

もうすこしようすを見ることにした。

それが秩父の町へ入ってからは、見かけなくなった。姿を隠してしまったとしか思えない。それはそれで、おかしなことで、かえって気がかりを残した。なぜなのか、考えなければならないことが、いくらでも出てくるからだ。

4

荒川の上流にある秩父は、武蔵から甲斐《かい》や信州へ出る近道として、古くから発達してきた宿場町である。町のすぐ北を流れている荒川は、町のひろがっている平地とは百尺を越える急崖《きゅうがい》で隔てられており、秩父から旅立つものは、甲斐へ向かうにせよ、信州へ向かうにせよ、みなこの急崖をくねくね下り、船や橋で川を渡るのが手はじめとなっている。途中までの道は同じなのだ。

川を渡ると、しばらく川沿いに、細長く開けた土地がつづく。耕地はほとんど田。山もいまのところ高くなく、おだやかな村里がひろがっている。

今朝は喜多八が、なりふり構わず周囲を見回していた。昨日のふたりがどこかで目を光らせているはずなのだが、依然としてその所在はわからないままだったのだ。追われているほうとしては、かえって不安なのである。

「そんなはずはない。あのふたりは、まちがいなくおれたちをつけていた」

「ひょっとすると、おれたちに見えないところから、見届けているのかもしれん。たとえば、ああいうところ」

仙造は秩父側の、小高い崖《がけ》の上を指さした。秩父の町はこの崖の上にひろがっているから、崖っ縁のどこかに立ちさえすれば、眼下に広がる荒川の風景が見渡せる。下にいるものからすれば、自分たちの姿はどこからでも見えるわけで、やつらを探し出すとなると、遠めがねでも持ってこない限り無理だった。

「そうか、わかったぞ。やつらの追ってこないわけが。おれたちの行く方角さえ見届けたらいいんだ」

仙造がいきなり叫ぶと、おたかに向け、前方を指さしてみせた。

「あそこをご覧なさい。左のほうへ向かって行く道と、真っ直《ます》ぐ山のなかへ分け入って行く道とに分かれているでしょう。左は武州道《ぶしゅうみち》を通れば佐久《さく》へ、雁坂峠《かりさかとうげ》を越せば甲州へ、そのどっちかへつながっている道です。一方の山のなかへ入って行く道は、上野から佐久へ向かう道。佐久へ抜ける道はいくつかありますが、すべて甘楽郡《かんらぐん》から分かれています。要するにあそこの追分をどっちへ向かうかで、行き先がだいぶ絞れるんです」

「おれたちはどっちへ向かうんだ」

「おれたちを見張っているやつも、いまごろはそう思って、見守っているにちがいありません。つまり左か、真っ直ぐか。それがわかったら、すぐさまひとりが知らせに走る。ふたりいたのはそのためです。主力はどこかで、その知らせを待っているはずです」

「それで、追ってくるんでしょうか、先回りするんでしょうか」

「それはなんとも。追っ手を出すとしたら、東海道、甲州街道、中山道の三方でしょうが、この際東海道は外すかもしれません。素人目に考えても、そっちへ走ることは考えられないからです。すると、あとは中山道と甲州街道ということになります。それも街道筋で、漫然と待ち受けるようなことはしないでしょう。四方へ見張りを出し、知らせが入り次第、どっちの方角へも飛び出せるように、万全の態勢を整えて、どこかで待つはずです。とすると、昨日のふたりが、ただの斥候《ものみ》であったこともわかります。あとをつけるのが任務でしたから、それ以上無理はしなかったのです」

「だがそうなると、おれたちはやつらの目を、くらませられんぞ」

「これは仕方がない。あとはどれくらいその目をかわせるか、そこを探ってゆくしかないだろう」

間もなくその追分だ。先頭を歩いていたおたかが振り返った。

「どちらへ行きますか」

「真っ直ぐ」

わざと芝居がかった手つきで指さしてみせた。

「あそこを越えたら上州です」

どこかで見守っているやつへ見せつけたのだった。

山中へ分け入って行く道に入った。しばらくは川が並行する。荒川から分かれた支流だ。奥へ奥へと一里ほどすすみ、川が尽きると今度は重畳《ちょうじょう》とした山並みに変わる。高さより厚みのあるどっしりとした山塊が何重にも横たわり、山の背にはまだ雪も残っている。

国境《くにざかい》の志賀坂《しがさか》峠を越え、向かいの山裾《やますそ》に下りたときは午《ひる》すぎになっていた。すでに上野甘楽郡である。流れている川も荒川から、利根川《とねがわ》の支流神流川《かんながわ》へと変わった。これを上流に向かって行くのだが、道は曲がりくねって、平地がほとんどない。秩父とは谷の深さ、山の険しさがちがう。上野でもいちばん奥深いところにさしかかっていた。

その一方で人の往来は少なくなかった。旅人ではない。荷を積んだ牛や馬が列になって行き来している。中馬《ちゅうま》と呼ぶ信州の駄賃稼ぎだった。牛ならひとりで五、六頭、馬なら三、四頭を率い、信州からは米や酒、煙草《たばこ》、穀物などを上州へ運び、一部は江戸まで送られる。帰りは、塩、砂糖から衣類、瀬戸物など、信州が必要とする日常品をなんでも運ぶ。当初は農閑期を使った百姓の片手間仕事だったが、いまでは何千人もの百姓が専門に携わっている信州きっての産業になっていた。

甘楽郡から信州佐久へ抜ける道は、下仁田《しもにた》街道、上州姫街道と呼ばれていた。必ずしも同じ道を意味しないので、下仁田街道、上州姫街道と言っても、中味は多岐にわたる。

今回仙造が通り抜けようとしていたのは、十石峠《じっこくとうげ》で国境を越える道だった。米が一日に十石も運ばれる、ということからつけられた名で、往来の主力は牛や馬、ふつうの旅人はそれほど多くなかった。

この街道には関所が設けられていた。中山道の関所というと、碓氷《うすい》の関所が有名だが、ほかにも吾妻郡《あがつまぐん》から妙義《みょうぎ》の近辺、ここ甘楽郡へかけてと、いくつも関所が設けられていた。上野は公儀の設けた関所がもっとも多いところなのだ。

甘楽郡にある関所は、北から下仁田、南牧《なんもく》、白井の順で、今回仙造がくぐり抜けようとしていた白井が上野でいちばん南の関所だった。各地を巡っている巡礼や商人にも、数ある関所のなかで、監視の目がいちばんゆるいことで知られていた。山道が長いうえ、途中にろくな宿場もないから、それだけ旅が困難で、旅人も少ない。その分監視もきびしくない、というわけだ。

その日も七つすぎに、関所からふたつ手前の楢原《ならはら》という村で宿を取った。さすがの仙造も、ここを通るのははじめてだったから、宿でそれとなく、関所越えの事情を聞いてみなければならなかったのだ。

楢原はこの界隈《かいわい》でいちばん大きな宿場だったが、それでも旅籠《はたご》は五、六軒。客の多くは行商人か、上野や坂東の札所巡りの巡礼、善光寺への参拝客らである。三人はここで、下野から善光寺へお参りに行くふた組の百姓夫婦と相部屋になった。まだ田起こしもはじまっていない時節だったから、湯治やお参りに行くとしたら、いましかないのである。

宿の息子ではないかと思われる二十代の手代に声をかけると、心付けさえもらえるなら、いつでもご案内しますよと、さも当たり前のように言われた。案じていたほどのこともなく、半ばおおっぴらな抜け道となっていたのである。

とはいえこれは、一部の旅籠だけが持っている権利ということではけっしてなかった。関所の黙認があってのこと。つまり裏ではすべてがつながっていた。見て見ぬ振りをする代わり、役人のところへもそれなりの付け届けが回ってくる。要はすべてのものが、それで潤《うるお》う仕組みになっているのだ。

部屋は十畳もの広さがあったが、七人が寝るとなると、それほど大きいと言えなかった。三人組が奥の壁際《かべぎわ》の、いちばんいいところを取ったのは、この顔触れからして当然だろう。ところがそのあとで、いくらか気まずいことが起こった。

「仙造さん。今夜はあなたがここで寝て」

とおたかが自分の横を示して言い出したからだ。男ふたりはなにも言わなかったが、そのとき喜多八がどんな顔をしていたか、仙造は見ることができなかった。

「お酒を飲まれるといやなの。息が臭くなるし、鼾《いびき》がうるさいから」

面と向かって言ったわけではないが、おたかの口調は斟酌《しんしゃく》がなかった。喜多八は苦笑しただけ。言い訳はしなかったが、面目の立った顔はしていなかった。気まずい思いをさせられた仙造のほうが、貧乏くじを引かされたことになる。

翌朝手代に起こされて、まだ真っ暗な七つに宿を出た。同行したのは善光寺へ行くふた組の夫婦。つまり今朝の関所抜け組七人が、同じ部屋に泊まらされたということだ。

空に十六夜《いざよい》の月が残っていたから、提灯《ちょうちん》は要らなかった。七人は黙りこくって手代のあとからついて行った。

関所はそこらの農家の隠居所みたいな、こぢんまりとした建物だった。竹矢来《たけやらい》が巡らしてなかったら、知らずに前を通り抜けてしまいそうな、きわめてふつうの造り。詰めている役人は、小者《こもの》まで入れてせいぜい二、三人だろう。正しくは役人とも言えない飾り物だった。甘楽郡の関所に詰めている役人はすべて、回り持ちで御用を承っている近在の百姓たちなのである。

裏へ回ったかと思うと、手代は木戸なかへ手を差し入れ、閂《かんぬき》を外して戸を開けた。どうぞ、という手つき。七人がぞろぞろとなかへ入り、建物の後を通り抜けた。まだ六つまえだから、建物のなかにはだれもいない。宿直《とのい》がいたとしても、物音を聞きとがめて出てくるような無粋なことは絶対ないのだ。

すぐにつぎの木戸があった。手代はここも難なく開け、心得顔で先へとうながした。

「お気をつけて」

数歩行って振りかえったときは、もう木戸は閉められ、手代の姿はどこにも見えなくなっていた。天下の関所をたったいま通り抜けたことになる。

「これで一人二百けえ。ずいぶん割りのええ商売だなや」

百姓のひとりがうれしそうな声をあげて言った。手形なしで女人禁制のお関所を通り抜けたことが、声を弾ませたくなるほど楽しかったのだ。七人いたから一千四百文。およそ一分。なにが高いもんか。このときのわくわくした気持ちは、生涯忘れない思い出となって残るはずだ。

ここから先は佐久へ出るまで、およそ四里の間、人家は一軒もなくなる。途中水《み》ず戸《と》というところに茶屋が一軒あるそうだが、この時期はまだ店をはじめていなかった。ほんの一月まえまで、雪で閉ざされて通れなかった街道なのだ。道に迷ったり行き倒れたりしたものも毎年出るとかで、山道のところどころに立っている石地蔵は、そういう行き倒れを悼《いた》んで村人が立てたものだ。

間もなく夜が明け、日が昇った。山の肌合いはまだ冷たいものの、芽吹きはじめた木々の梢《こずえ》が、若い女の肌色みたいになまめかしい。窪《くぼ》地《ち》からは隠れているみたいに残雪が顔をのぞかせ、蕗《ふき》の薹《とう》がいたるところで葉をひろげていた。

縄囲いした板張りの小屋が現れた。これがその茶屋だろう。水の音がしているが、眺めもなにもない森閑《しんかん》としたところだ。水場の近くに片栗《かたくり》の花が咲いていた。

仙造は茶屋の脇《わき》から左へ分かれる小道を見つけた。

「それでは、あっしどもはこちらへ行きますから」

と四人の百姓に別れを告げた。昨日の手代の話から、十石峠はやめて、こちらへ行くことに変えたのだ。栂峠《つがとうげ》越えという脇街道だった。小海《こうみ》のほうへ下りるという。人の往来は少ないが、山の尾根筋を下って行くから眺めはいいし、道に迷う心配もない。できるだけ危険の少ない道を行くとしたら、どうしてもこうなってしまうのである。

道は細くなったがはっきりしていて、それほど険しくもなかった。いまの時期は木々がまだ葉をつけていないため、山が明るくて見通しがきく。ところどころ急なところがあるものの、落ち葉が降り積もって歩きやすく、不安を覚えることはない。旅人も少なく、分け入って半刻《はんとき》以上になるが、まだひとりも出会っていなかった。だいたい小海というのが、きわめて小さな村らしいのだ。

朝日が輝きを増してきた五つごろ、山の背に出て見晴らしがよくなってきた。富士は見えなかったが、向かいに八ヶ岳の天狗《てんぐ》岳が見えた。右に目を向ければ浅間《あさま》山。雲がかかったその上へ、煙とも雲ともつかぬ筋状の雲。日当たりに腰を下ろし、ここで朝の握りめしを食った。宿でつくらせてきたもので、まだ昼めし分があった。はじめての道なので、できるだけ食うのを遅らせようと、今日は出かけるまえからふたりに言ってあったのだ。

ひとつ迷いがあったとすれば、小海へ出てから先、どっちへ向かうかまだ決めかねていたことだ。十石峠を下っていたら、佐久の岩村田《いわむらだ》へ出て、笠取峠《かさとりとうげ》から和田峠を越える中山道でかまわなかっただろう。

それが栂峠越えをして小海と、だいぶ南へ寄った分、どうとも言えなくなった。天狗岳がそこに見えるのだから、その下を回って甲州街道へ出たほうが、あるいは近いかもしれないのだ。

中山道、甲州街道ともよく知っている仙造だが、岩村田から八ヶ岳の裾野を通って甲州の韮崎《にらさき》へ到る道、いわゆる佐久往還はまだ通ったことがなかった。さらに今回は、どちらが近いかより、どちらが安全かという、より大きな問題を背負わされていた。左右どちらかとはいえ、丁半博打《ちょうはんばくち》ではないのだから、考えなしに選ぶことはできない。あくまでも理詰め、より安全と思われるほうを選びたいのである。

「なんでも知ってるのかと思ったら、おぬしでも知らない道があったのか」

喜多八にはそう言われた。皮肉ではない。昨日あたりから、仙造に対する態度が変わってきた。認めるべきものは認めようとしている。それは仙造も同じ。当初より信頼できる男ではないかと、互いに思いはじめていた。

「ここら辺は甲州街道、中山道とも、きわめてわかりやすいところなんだ。そういうところでは、選んでまで脇道を行くことはない。本街道につかず離れずで、どんな場面にも応じられるからだ」

「甲州街道は一本道だから、そんな融通は利《き》かないと思っていた」

「いや、一本道は江戸から甲府までだ。甲府から信州までは何本にも分かれる」

「おれは中山道を一回通ったことがあるだけなんだ。甲州街道は八王子まで。だが八王子だって道は何本もあるぞ」

「どうしてそんなことを知ってるんだ」

「おれの兄貴ぶんが道場を開いていてな。代稽古《だいげいこ》を頼まれ、金に釣られて、一年ぐらい通った。もともとは八王子千人同心の子弟練武《れんぶ》ということで開いた道場だったが、稽古にきているのは百姓ばかりだった」

十八のとき剣術修業で江戸へ出てきて、以後ずっと江戸暮らし。それ以上話さなかったところをみると、女房子どもはいないようだ。禄高《ろくだか》は三十石というから、家中のなかでもいちばんの軽輩《けいはい》だったのだろう。ということは、より上のところへ這《は》い登る手段として、剣術を選んだのではないだろうか。それが実際に飛びこんでみたら、自分には昇らせてもらえる梯子《はしご》がなかったということだ。

気がついたら下り坂になっていたので、栂峠は知らぬ間に通り抜けた。標石《ひょうせき》ぐらいはあったかもしれないが、冬が終わったばかりだから、蔓草《つるくさ》にでも隠されていたのだろう。

北に向かってなだらかな山の背を下りはじめると、途中から富士が見えてきた。天狗岳のかたちはだいぶ曖昧《あいまい》になった。一方で蓼科山《たてしなやま》の饅頭《まんじゅう》のような円みが次第にはっきりしてきた。

八つ時分に、三つあった昼用の握りめしをひとつ食った。いまのところ人家はまったくなかったし、この分ではろくな宿もありそうにないから、万一のことを思ってふたつ残したのだ。するとふたりも仙造に倣《なら》って同じように残した。

「今日は朝が早かったのでだいぶ歩きましたね」

おたかが言った。躰《からだ》ができてきたのだろう、足取りが堅実になって、少々の坂でも息を乱さなくなった。慣れてみると、たしかに達者な足を持っていた。

長い山の背を下ってきて、その後またすこし登り、いまその頂上で一息ついているところだった。村落らしいものは、いまだにひとつとして見えない。

「しかしほんとになんにもないところだな」

とあきれ声で喜多八が言ったときだ。

「あら」

突然おたかが声を上げた。目を細めて、いま下ってきた山の背を見つめていた。豆粒のようなものがこちらに向かって下りてくる。どうやら人間だ。

喜多八がけもののような叫び声を上げると、猛然と前へ出た。そのときは仙造の目にも見えていた。栂峠から下りてくる人影だ。それが炒《い》られた豆粒みたいに跳ねていた。

向こうにもこちらがわかったのだ。人影は五つ。さっと横に並んで、一瞬止まった。姿恰好《かっこう》からしても、侍であることはまちがいなかった。道程《みちのり》にしておよそ五町。最後の一町が登りになるが、それまでは草っ原に近いなだらかな下りだ。

「くそったれが。あんな小童《こわっぱ》どもを寄こしやがったか」

喜多八が顔をゆがめて毒づくと、荷を投げ捨てた。五人が横並びになったまま、こちらに向かって走ってきた。それぞれ腰の刀に手をやっていた。

「そうか。後から追って来たか。十石峠でうまくはぐらかしたと思ったが、さっきの百姓らに追いついて、こっちの道を教えてもらったんだ」

「仙造。おたかさまを連れて先に行け。おれはあとから追いつく」

後も見ずに喜多八は叫んだ。足をすり足にして足下をたしかめている。

「どこで落ち合う？」

仙造は荷物を拾い上げた。

「中山道だったら笠取峠の茶屋。甲州街道はわからん。最後は諏訪《すわ》の湊屋《みなとや》という旅籠《はたご》にしよう。以前そこへ泊まったんだ」

おたかを杖《つえ》につかまらせ、その杖を引いて、仙造は走りはじめた。道はそこから下りになる。二、三町も下ったところで、後を振りかえった。むろん見えはしない。仙造はおたかに、左の林を指さした。森のなかへ逃げこむことにしたのだ。女の足ではそう長く逃げ切れない。ここはどこかで、あの連中をやり過ごしてしまうしか逃げ切る方法はなかった。

杉の植わった暗い森に入ってから、ようやく足をゆるめた。

「あなたを斬《き》るためにやって来た連中ですか」

「そうでしょうよ。ほんとにもう、ややこしい人たちばかり。つくづくいやになってしまうわ」

おたかは腹立たしそうに言うと、なおもひどいことばで悪態をついた。ばかだとか、間抜けだとか、能なしだとか、思いつく限りの悪口を並べている。そうでも言わないと、腹の虫が治まらないみたいだ。

「どういう連中か、わかったんですか」

「家中の改革派を自称している若侍たちです。遠かったけど、何人かは、顔も知っています。刀の柄《つか》に手をかけんばかりにして、どうかお留守居、おん自らのご決断をって、旦那《だんな》さまに詰め寄ったのを見たこともありますよ。それこそ目を吊《つ》り上げて、口からは泡を吹かんばかり。いまにもこめかみが破れて血が噴き出しそうだったわ。血気にはやってるばかりで、思慮も、熟考もない、呆《あき》れかえった人たちです。自分たちが焚《た》きつけられていることにも気がつかないんだから」

「あっしなんかが口を出す筋合いじゃないかもしれませんが、聞けば聞くほどややこしいご家中みたいですな。いったい、いくつくらい群れがあるんです」

「わたしが知っているだけでも三つ四つあります。様子見の勢力まで加えると、その何倍にもなるんじゃないかしら。うっかり話もできないのよ。ことばの一節一節に、本来の意味とはちがう本音が秘められているから。それこそ一を聞いて、十悟らなければならないことばかり。本音でしゃべるなんてこと、絶対にないのよ。わたしがいちばん苦手なことです。嫌気がさして、逃げ出したくなるの、当然と思いませんか」

「そういう人間を、どうして問答無用で斬り捨てなきゃならないのか、そっちのほうがわかりませんけどね」

「あの人たちにとって、わたしは許しがたい毒婦、姦婦《かんぷ》、淫婦《いんぷ》なんです。はじめからそういう目で見て、ほかの考えを受けつけないんだから、お話にならないの。それで相手をしなかったら、聞く耳を持とうとしないのが、邪悪、邪淫のなによりの証拠、と言い出すんですからたまったものじゃありません。話しても通じない人たちがいるということを、あの人たちを通じて、いやというほど学ばせてもらいました」

「あなたの味方はいなかったのですか」

「家中にいたとは思いません。家のなかのおつきのものたちと、あとたったひとり、旦那さまくらい。ですから旦那さまが亡《な》くなったあとは、ほんとうに毎日が針の筵《むしろ》でした。おつきのものたちと善楽寺へ行ったときだけ、手足を思いきり伸ばして、ほっとできたんです」

それまでなんとなくもやもやしていたおたかへの疑問が、霧が晴れたみたいにすっきりしてきたのはそのときだった。おたかという女が武家の出ではないことに、はじめて納得がいったのだ。どこでわかったとはいえない。なんとなくひらめき、それがだんだん図星へと変わってきた。これまで抱きつづけていた疑いとは、おたかの立っている高さが、自分と変わらないのではないかという戸惑いだったのである。

5

山裾《やますそ》へ下りて、川沿いの踏み分け道を下りはじめた。ときどき人家があったから、村里へ出てきたようだが、地形は険阻《けんそ》で、どこまで行っても拓《ひら》けなかった。家がばらばらにしかないのは、何軒もの家が寄り集まって暮らせるほど土地がなかったからだ。田はまったくなく、すべて畑。それもほとんどが、大雨が降ったら流れてしまいそうな、急傾斜につくられた畑だった。

村人に聞くと、末谷《すえだに》という村だと教えてくれた。小海までまだ二里。この間ほかの村はない。旅人は滅多に見かけないのか、答えてくれた老婆《ろうば》も、猜疑《さいぎ》の目を向けたきり、こわばらせた顔をくずそうともしなかった。笑いかけても応《こた》えないのだ。そしてふたりの後姿を、見えなくなるまで執拗《しつよう》に見送っていた。

「おそろしく無愛想なところね」

おたかまでが、自分の笑顔が通じなかったことにびっくりしていた。日の傾きかげんからすると、もう小海まで出られそうもない。そろそろ今夜の宿になりそうなところを見つけなければならないが、まとまった家並みはその後もいっこう現れなかった。

道から家は見えなかったが、林のなかから煙が上がっていた。割合なだらかなところで、周囲の景色もこれまでより明るい。それでおたかの同意を得て、そちらのほうへ入って行った。

間もなく、一反たらずのこぢんまりとした平坦地に出た。端っこのいちばん日当りのよいところに、屋根に石を載せた百姓家が一軒あった。平坦地はすべて畑となっているが、葉の黄色くなった大根が一列植わっているきり。どのみちこの広さでは、豆畑にしたところで家族がいたらふた月と食えないだろう。

それでも庭先に一本、幹回りが一抱え以上ありそうな栗《くり》の木がそびえていた。見上げるほどの高さで枝を四方へ広げている。これが実をつけたら相当な収穫になりそうだ。

女が畑で柴《しば》を燃やしていた。放し飼いの鶏が走り回っている。物干し竿《ざお》には取り忘れた手拭《てぬぐ》いが一本。軒先に赤いもの。これは唐辛子のようだ。

しばらくようすをうかがっていたが、ほかに人のいる気配がない。女は五十から六十ぐらい。小柄だったが、遠目にも顔が白かった。これまで見かけた村人とはちがう色の白さだ。

わたしが行ってみるわ、おたかが言って出ていった。仙造は畑の縁まで出て、いかにも従者という恰好で見守っていた。

道に迷った旅のものだが、今夜ひと晩宿をお貸しねがえないだろうかと、おたかが言った。女の破顔したのがわかった。奇声としかいえない声を張り上げたが、思ってもみなかった客人が現れたのをよろこんだのだった。

「米より大根葉のほうが多い雑炊ぐらいしかできねえけどええかね」

と言ったのが聞こえた。女はおたか越しに仙造のほうへ伸びあがり、おいでとばかり手招いた。歯が欠けているみたいだったが、童《わらべ》みたいなあどけない顔をしていた。その割りに着ているものが無骨だった。胸が分厚いのだ。皮の袖《そで》無しを着ていたのだった。

「おももさんですって。独り住まいだそうよ」

おたかが教えてくれた。お世話になります、と仙造は頭を下げながら出て行った。近くで見ると、ももは遠目で見たよりだいぶ若かった。まだ五十にはなっていないだろう。上下とも、前歯がそっくりなかったから年取って見えたのだ。背丈は仙造の肩辺りまでしかなく、手足はふっくらして、子どもの手みたいに盛り上がっていた。恵まれているとは言えそうもないこんな山里暮らしに、顔や躰がすこしも染まっていないのだった。

家は古かったが、手入れも、掃除も、行き届いていた。さらにこざっぱり片づいていた。敷いてある薄縁《うすべり》も晴れの日に使うような上等のものだ。床板、柱、天井、それぞれ材の古くなったり傷《いた》んだりしたところが、取り替えられている。

出入り口をのぞけば、跳ね上げ戸しかない家だから、なかはそれほど明るくなかった。しかしそれを感じさせない華やかさがあった。招き猫だとか、熊手《くまで》だとか、火除《よ》けの団扇《うちわ》だとか、お参りや祭礼で手に入れた縁起物が、これでもかというほど飾ってあった。男臭さ、所帯じみた暮らしの垢《あか》みたいなものが溜《た》まっていないのである。

おたかは自分たちを、お伊勢《いせ》参りだと称していた。連れにはぐれたうえ道に迷い、途方に暮れていたのだと。ももは心配いらないよと、いくらか甲高い声で慰めてくれた。あと一里も行ったら小海へ出る。それまで道に迷う恐れはない。なぜなら一本しか道はないからだと、ひとり面白がってけたたましく笑った。陽気な性格だ。二言目には笑い転げた。旅人が泊まってくれるのは三年ぶりだから、うれしくてしようがないのだという。

ことばの端々から察すると、もとからのここの住人ではないみたいだ。おたかと話している間に、いままでとはちがうしゃべり方をするようになっていた。おたかに合わせたのではなかった。忘れていたむかしのことばが出てきはじめたのだ。

一時はそれなりの暮らしをしていたらしいことが、身ごなしやことばづかいから察せられた。それがすこしずつ廃《すた》れてしまった、といった落魄《らくはく》のようなものが、残念ながら手に取るみたいにわかる。それでもそこらの宿場女郎ほどくずれてはいなかった。みじめさもない。ももは女としての魅力をまだ失っていなかった。

「明日は、お弁当は持たせてあげられないけど、その代わり、搗栗《かちぐり》をたっぷり持たせてあげるわね。この家の名物なの。ええ、そういう自慢ができるのも、ほんとに久しぶりのことなのよ」

とひとり浮き浮きはしゃいでいた。この家は栗の家と呼ばれていると、ももは自慢げに言った。ふたりが夕めしの支度をはじめると、仙造はすることがなくなった。それで外へ出て、周囲のようすを見てくることにした。

物干しにぶら下がっていた手拭いがなくなっていた。柴を焼いていた火は消えている。鶏はひとりでに小屋へ入った。周囲の山はそれほど高くなかったが、富士も八ヶ岳も見えない。なにも見えないが別天地のような明るさだ。

ひと回りしてきたが、自分たちのいるところがどこか、目印がないから見当もつかなかった。とにかくもとの道からさっきの林へもどり、ももの家へ向かおうとした。

そのとき林のなかをざざっと駆け下りてくる音がして、目の前へいきなり熊みたいな男が飛び出してきた。

そそっかしい猟師だったら熊だと思って撃っていたかもしれない。熊そっくりだったからだ。ずんぐりした体軀《たいく》で、背は仙造より低かったが、躰《からだ》の厚みは倍くらいあった。熊の毛皮と思われる袖無しを着ていたのだ。頭、顔とも真っ黒。手入れはまったくされておらず、月代《さかやき》やひげが伸び放題だ。顔や目の輝きからすると年は案外若く、三十前後だろう。

それより男の目つきに仙造は一瞬たじろいだ。まるでつかみかからんばかりの敵意を見せ、瞬間鋭くにらみ据えたからだ。剝《む》き出しの敵対心だった。腰に刃の厚い山刀を差していた。手に藁苞《わらづと》に入った肉のようなものをぶら下げていた。

「おばんでやす」

仙造はさりげなく言って頭を下げた。

「おもさんとこでお世話になっておるものです」

明らかに男は出鼻をくじかれた。勝手のちがった顔になると、すぐさま思い直した。

「なんだぁ。客けえ？」

「はい。道に迷ったもので、今夜の宿をお願いしました。ただいま手前の女主人が、一緒に夕めしの支度をしているところです」

「ほんならちょうどよかった。兎《うさぎ》の肉さ食うか」

「手前はよろこんでいただきます」

血のしたたっている兎肉を手に、男はものの家へ入って行った。仙造は外に立ち、男が出てくるのを待った。男が出てくるとまた頭を下げた。それから声をあらためて言った。

「つかぬことをうかがいますが、栂峠から下りてくる道の途中で、騒ぎのようなものはありませんでしたか」

「騒ぎ？　どんな騒ぎだ」

「よくわかりません。血相を変えた侍を何人か、見かけたもんですから」

「さあ、知らね。なにも聞いてねえぞ」

「さようですか。では手前の早呑《の》み込みだったんでしょう。ありがとうございました」

男はそのまま帰っていった。

炙《あぶ》って入れた兎肉のおかげで、その夜の雑炊は豪勢なものになった。塩をすり込んでから炙った肉は香ばしく、歯ごたえがあって、滋味にあふれていた。けもの肉は冬がうまいのだとももは言った。口許《くちもと》から汁をしたたらせながらかぶりついている。奥のほうの歯は、すこしも欠けていないのだった。兎肉をおたかがどう思うか、気になっていたが心配はいらなかった。おたかは鯛《たい》の煮つけみたいに箸《はし》をつけていた。舌鼓《したつづみ》を打っているのが見ただけでわかる。

五つ近くになって、今度は村の男がふたり押しかけてきた。徳利《とっくり》を提げ、意気揚々という顔で乗りこんできたのだ。三十から四十ぐらいの百姓だった。ふたりはおたかと仙造がいるのにびっくりしたみたいだが、すぐ馴《な》れ、どぶろくを注いだ湯呑みを回しはじめた。囲炉裏の火で見るふたりの顔は、炎のせいでなくぎらついていた。その目はおたかの躰まで遠慮なくなめ回していた。

酒はすぐなくなった。五人で一本だったから足りるわけがない。ふたりはなかなか帰らなかった。年嵩《としかさ》のほうが若いほうに、もう一回行って残りを分けてもらってこいとしきりに言った。若いほうは、だったら兄《あに》さんが行ったらいいじゃないかと言い返した。ふたりとも自分ひとりでは、席を外せない気分になっていたのだ。

「いや、あっしどもは十分いただきました。明日は早うございますから、今夜はこれくらいにして、そろそろお開きにしてくださいまし」

仙造はふたりへ等分に顔を向け、慇懃《いんぎん》に挨拶《あいさつ》を述べた。ふたりがしらけた。酔いが醒《さ》めたか、にわかに里心がついた顔にもどると、空徳利を手に帰って行った。それでもまだ、未練がましそうなことばをももに浴びせた。昼間通ったときはまだ旗が出ていたと。

「いや、ありがとさん、ありがとさん。あのふたり、わるいひとじゃないんだけど、しつこくってね」

ももが前歯のない口を大きく開けて笑い転げた。話はそれでお終《しま》い。お互い気持ちよく寝についた。

仙造はその夜、隣の部屋でひとり寝た。おたかとももは、横になってからもしばらく話しつづけていた。

「どこで住もうがおんなじですよ。男だって同じ。なんもちがいはありません」

と言ったもののことばが耳に残った。それ以上のことは話そうとしなかったし、おたかも聞こうとしなかった。人がどうやって生きようが、大きなお世話だ。日の暮れない日はないし、明けない夜もない。

翌朝ふたりは懐《ふところ》が重くなるほど搗栗をもらい、ももに心からの礼を言って栗の家をあとにした。ももはふたりが林のなかへ入ってからも、まだ手を振りつづけていた。

半刻《はんとき》近く、ふたりは黙って歩きつづけた。ももの身の上に思いを馳《は》せたわけではないが、もののため、あえて口にするのをためらったようなところはあった。

「あの人のお腹《なか》が大きくなっていたの、気がつきました？」

前方を左右に横切る樹林が現れてきてからおたかが言った。木の茂り具合からすると川のようだ。これまでの道程《みちのり》からすると、千曲川《ちくまがわ》だろうと思われた。

「いや。まったく気がつきませんでした」

「男って、しょせんそんなものなのよね。六月《むつき》にもなっているのに、まだだれも気がついてないそうなの」

「これまで、何人ぐらい産んでるんですか」

「八人だって。ひとり欠けたけど、あとはみな丈夫に育っているそうです」

「あの家で、何年になるんですか」

「そこまでは聞かなかったわ」

行く手から荷を背負った男がひとりやって来た。背負子《しょいこ》に俵から袋物などを三つ四つ積み上げている。荷が重いのか、はじめはうつむいていたからだれかわからなかった。

こちらの気配に気づいて顔を起こした。昨日もものところへ兎肉を届けに来た男だった。ふたりは立ち止まって男を迎え、昨日の礼を言った。

「あれが千曲川かね」

仙造が前を指さして尋ねると、そうだと答えた。

「小海はどっち?」

「こっち」

「この辺で渡しのあるところは」

「それも小海」

無愛想だが昨日の目つきではない。笑いを抑えているようなところまであった。

「ただし、船着き場に侍がいるそうだべ」

「だれが言った?」

「村のもん。ほかにもいるみてえだ。おめえさんらがまだこの山から下りてきてねえのを、知ってるみてえだ」

仙造は川上を指さした。

「こっちは?」

「行ける。ただし、女の足にゃどうかな。大股《おおまた》をおっぴろげなきゃ通れねえとこがある」

「ひろげられるわよ」

おたかがすかさず答えた。男はにやっと笑った。

「あんた。行くところがなくなったらいつでもこの村さおいでや」

「そうやって子どもを産ませられるの？」

「子どもは天からの授かりもんだよ。在の在の、そのまた在みたいなところだからよ。里のものが寄りつかねえから、狭い村のなかで、嫁に行ったり貰《もら》ったりしなきゃならねんだ。長いことそいつを繰り返してきたから、血が濃ゆうなってろくなことにならんようになった。外から来てくれるもんがおったら大歓迎というわけよ。生まれてきた子はだれでもよろこんで育てる。おれもそうやって生まれてきたひとりだ」

「おぬし、ももさんの子か？」

「おええ。年がちがうだろうが。おれはそのまえにいた、ひよという女の子どもだ。ももさんが亡《な》くなったら、またたれかつぎの人を見つけなきゃなんねえ」

「ももをどうやって拐《かどわ》かした？」

「峠で吹雪に巻かれて行き倒れてた。男のほうは死んだ。見つけたのはおれ。拐かしはやらねえよ。納得ずくで残ってくれる女でなきゃ、お互い不幸なだけだからよ。もは江戸にもどれねえということで、残ってくれたんだ。あんたもわけありみたいだからよ。このまま行かせてしまうのぁ、もったいないなあと思ってんだ」

「じゃ子どもが産めるうちに、考えておくわ」

男は名を大吉《だいきち》といった。ふだんは山仕事に雇われて生計を立てているが、冬は狩りや罠《わな》を仕掛けてけものを獲《と》っている。月に一回乾《ほ》し肉や味噌《みそ》漬けにした肉を里へ売りに行き、その金で米や麦や塩を買って帰るとか。今日はその帰りだった。

きのう仙造に出会ってすさまじいおどろき方をしたのは、ももに関わりのある人間が、ひょっとして連れもどしに来たのかと、警戒したからだという。栗の家は、代々そういう女を住まわせてきた家だったのだ。

左行きの道を教えてもらい、大吉と別れた。

間もなく千曲川の畔《ほとり》へ出た。川幅は二町くらいとだいぶ狭まったが、川岸が深くて険しい谷になった。この先上流にはほとんど村もないという。事実そこから川上へ向かうと、草がわずかに踏みしだかれているくらいの、細くて頼りない道になった。川っ縁では、くずれた崖《がけ》の跡を横切らなければならないところもあった。大股というほどではなかったが、中股くらいは足をひろげなければならない。おたかに杖《つえ》を差し出し、それを引っぱって渡してやるところがいくつかあった。

一里ほど行くと、大吉の教えてくれた溝口《みぞぐち》という小さな部落があり、そこは用がないからそのまま通り抜けた。

さらに半里。道が川岸を下りはじめた。この辺りまでくると、さすがの千曲川も散々筋分かれしたあとなので、幅も流れもやせ細り、川岸まで下りて行くのはそれほどむずかしくなかった。

下りきってしまうと、そこから先は岩原になった。水は急流、いたるところ滝のような流れとなっているが、教えられた通りの岩をたどって跳び越えながら渡り切った。岸を上がりきると、間もなく街道へ出た。甲斐と信州を結ぶ佐久往還だった。ここまで来ると、もう地理はわかる。そのあと海ノ口というところを通り、この日はじめてのめしを食うことができた。それまではももからもらった搗栗を、すこしずつ嚙《か》み砕いていたのだ。

そこから先は、八ヶ岳の麓《ふもと》を南に向かってすすんだ。道は鬱蒼《うつそう》とした森のなかを行き、あまり眺めはなかった。木立のなかを右へ左へ、ひたすらうねうねすすんで行く。

いつ甲州へ入ったかわからなかった。八ヶ岳の外れにさしかかっていたことはたしかで、左手に饅頭《まんじゆう》型のこんもりした小山が見えていた。長沢《ながさわ》というちょっとした宿場に着き、そこの茶屋で、はじめて詳しい道が聞けた。

仙造の頭のなかにあった富士、駒《こま》ヶ岳《たけ》、八ヶ岳とかいったものが、ようやくひとつにつながってきた。自分の頭のなかにあった甲州街道の地図が、あたらしい知識を描き加えて、より詳しくなった。

甲州街道の韮崎から先は、信州往還と呼ばれることが多いのだが、本来の道は釜無《かまなし》川《がわ》の右岸をどこまでも遡《さかのぼ》って行く。一方左岸の道も、八ヶ岳の麓の林を縫って信州へ向かっており、こちらは逸見路《へみじ》という名で呼ばれていた。釜無川とは崖のような坂で隔てられているため、両者を結ぶ道はあまりない。釜無川そのものが天下に名の知られた暴れ川で、橋がほとんどかけられていないのだった。

釜無川の源流は、何本にも分かれて、八ヶ岳の裾野《すその》の奥深くから流れていた。人間の住みついている耕地はその間にできていたから、ここらの村々は山の上下に延びているだけで、谷を隔てた横の方角にはひろがっていなかった。谷の向かいにすぐ家が見えていたとしても、道がないから行き来できない、というところがほとんどだったのだ。

逸見路は、この谷ごとの耕地を結んでいる道なので、何本にも分かれていた。途中で消えたり、ひとつにまとまったりするから、はじまりと終わりというものがない。さらに武田《たけだ》信玄がつくったといわれる伝説の棒道《ぼうみち》がある。

そんなこんなで、よほど地元に精通しているものでないと、逸見路は使い分けることができなかった。仙造が知っているのも一本だけ。はじめはともかく、最後は小淵《こぶち》沢《ざわ》を通って信州へ抜けられる道だ。

午後から怪しくなっていた天気がとうとうくずれ、そのころから雨が降りはじめた。一雨ごとの暖かさといわれる春先の雨だが、旅先で降られる身になってみると、冷たくて陰鬱、やりきれないみじめさだ。いまの仙造は予想外の振り分け荷物まで背負っていたから、持ち合わせの合羽《かっぱ》では躰《からだ》全部をかばいきることができなかった。荷は濡《ぬ》らさなくとも、自分の下半分はずぶ濡れになった。

若神子《わかみこ》というところまで下りてきて、それから逸見路に入り、また坂を上がりはじめた。せめて長坂まで行きたかったが、この分ではそれも怪しい。あとはできるだけ早く、今夜の宿を見つけることだ。

道の傍らにあったお堂の軒先で、簑笠《みのかさ》を持っていない百姓がくすんだ顔で雨を見上げていた。出先で降られて雨宿りしているのかもしれないが、それにしてはこの雨、当分止《や》みそうもないのだ。

その百姓が、おたかの顔を見るなり、おずおずとすすみ出てきた。

「おたの申し上げます。もしや平沼町のおげいのさまではございませんでしょうか」

というようなことを口走ったのだが、肝心の町名や名前はよくわからなかった。仙造の耳にそのように聞こえたと言うことだ。

おたかがそれに対して返事をした。雨が笠に強く打ちつけていたから、まったく聞き取れなかった。だが顔を上げると、おたかがうれしそうな笑みを見せながら、仙造を手招いていた。

「助かりましたよ。お迎えが待ってくれていたのです」

6

さっぱりわけがわからなかった。こんなところでおたかを待ち受けているものがいようなど、思いもよらなかったからだ。第一なにも聞いていなかった。

恰好《かっこう》からするとただの百姓だ。頭のうすさ、眉《まゆ》の白さからすると、六十はだいぶすぎている。継ぎの当たった着物に、股引《ももひき》。いま野良《のら》から帰ってきたと言わんばかりの、ありふれた風体だ。おたかとなんらかの繫《つな》がりがあるとは考えられないのだが、おたかはというと、心底ほっとした顔をしている。

だがそのあと、ふたりの話し声が低くなった。おたかの顔から笑みが引っ込んだ。

百姓が左のほうを指さした。おたかが仙造に来いと手で指示した。

「よくはわからないのですが、この先の長坂の茶屋に、得体の知れない侍が朝から居つづけているそうです。その道を避けて行くといっています」

百姓が仙造に頭を下げ、手を差し出しながらすすみ出てきた。

「義助《ぎすけ》と申します。お荷物、お持ちします」

仙造は困った目をおたかに向けた。

「いいんです。今日はこの人たちのお世話になるんですから」

「あっしには、なにがなんだか、さっぱりわけがわからないんですがね」

「ごめんなさい。あとで申します。喜多八がいる前では、言うわけにいかなかったものですから」

義助は堂のなかに入ると、簑と笠を身につけて出てきた。

「今日はこの近くの、お百姓の家で泊めてもらうそうです。知り合いだそうで、納屋《なや》で寝ることになりそうですが、少なくとも追っ手の心配はしなくてよくなります」

義助が先に立ち、こちらですと、ふたりをうながした。街道ではなく、林のなかについた小道へ入って行く。

「わたしのところで働いている下女の、父親なんです」

歩きはじめてからおたかが言った。

「善楽寺にお供していた腰元ですか」

「ちがいます。あれは武家奉公に上がってきたものたち。ふくは水回りなどの下働きをしてくれている女中です」

「甲斐からお屋敷へ奉公に上がっているんですか」

「いいえ、信州です。わたしとは入れちがいになったので顔を知らないのですが、ふくの兄も奉公していたそうなのです。当家は先のお殿様の奥方さまが、諏訪家から輿《こし》入《い》れされてこられたんです。その縁で、諏訪界隈《かいわい》のものが何人か、当家で働くようになったと聞いております。骨惜しみせず、よく働いてくれるというので評判がよく、なかには二代にわたって、奉公してくれるものもおります。ふくも兄の縁でうちへ来るようになったのです」

「するとふくに命じて、こちらのほうへ先に手を回しておいたということですか」

なかば唖然《あぜん》としながら仙造は言った。おたかはまんざらでもない顔をした。

「いろいろ考えたのです。わたしはわたしなりに、自分でできることはないか、ない知恵をしぼりました。ふくが信州高島の出だと聞いて、ひょっとして助けてもらえないものかと、それとなく相談してみたのです。そしたら、奥さまのお役に立てることであれば、なんでもいたします。兄、親、親戚《しんせき》、みなが力を合わせてくれると思います、と言ってくれたものですからね。では情けにすがることにしようと、そのときからはじめて、今回の考えが動きはじめたのです。これほどうまく行くとは思っていませんでしたが」

「ここは甲州街道の、逸見路という、いろいろある道筋の、たった一本なんですよ。同じ高島へ行くとしても、道が何本もあります。まさかはじめから、この道へ来るとわかっていたわけではないでしょうが」

「中山道を行った場合は和田峠と大門街道、甲州街道を行った場合は釜無川筋とここ、四ヶ所に家族を出して、一昨日《おとつい》から待ってくれていたそうです。人の情けをこれほどありがたく思ったことはありません。ほかの三人と諏訪の自宅へは、あとで知らせを走らせてくれると言ってます。ここはわたしたちの幸運を、心から喜ばせていただきましょう」

道はほとんど畑のなかを歩いていた。その分曲がりくねっていたから、長坂を避けて迂回《うかい》しているのだとわかった。林のなかの小道を、枝を掻《か》き分けながら通り抜けるところもあったから、いまではしずくを浴び、全身がくまなく濡れていた。

小淵沢まで行かなかった。その手前の笹尾《ささお》という村の百姓家で草鞋《わらじ》を脱いだ。義助の古くからの知り合いで、親戚同様のつき合いをしているとか。この三日間、甲州口を受け持った義助と孫の幸助《こうすけ》が、この家でやっかいになりながら、毎日出張ってくれていたというのだった。

家の周りに杉の垣があり、外に出ない限り人目につく恐れはなかった。案内されたのは納屋の奥につくられていたもとの下男部屋で、囲炉裏が切ってあって数人が寝泊まりするのに十分な広さがあった。主《あるじ》の治作《じさく》という男が出てきてひと言挨拶《あいさつ》したが、以後は顔を出さなかった。義助の話によると家のものがふたり、甲州口で張り番をしている孫の幸助と、諏訪にある義助の家まで知らせに走ったという。

囲炉裏の火で暖を取っていると、牧原《まきはら》の宿場にいたという孫の幸助が帰ってきた。もと奉公に上がっていたふくの兄喜助《きすけ》の長男だった。

しかし、いまさらの感はあるが、こういう事情をまえもって知らされていたら、もっと急いだり、手際《てぎわ》よい道を選んだり、仙造のほうでも力を貸してやれたことがあったはずなのだ。

「だって、うっかり口にするわけにいかなかったでしょうが。このことばかりは、おつきのものをはじめ、周囲のだれにも言ってなかったのです。わたしとふくの間だけ。いざとなったら、喜多八の手を振り切って、諏訪の家へ駆けこむつもりをしていました。ただし、せっかくの好意が無駄になって、なんの役にも立たないことだってありますよと、その際のお詫《わ》びまでしておいたのです」

「それ、江戸と信州で、どうやって知らせ合ったのです」

「諏訪に白金屋《しろがねや》という米問屋があります。江戸に出店があって、月に一度店のものが江戸へ出てくるそうですから、それに頼んだそうです、ふくの家は、家業が中馬《ちゅうま》という馬を使った荷運びで生計を立てているんです。義助も引退するまで五十年、中馬をやっていました。奉公をやめて家に帰り、家を継いだ喜助がいまはそれをやっています。白金屋さんの米を運んでいるそうですから、そういう願いを聞き入れてもらえたのです」

「しかし、それにしても、聞けば聞くほど、おどろき入るしかありませんや」

仙造は感嘆の声を上げながらおたかを見つめた。下世話な事情に通じているような気はしたが、これほど綿密なはかりごとを巡らせる女とは思いもしなかったのだ。

「お屋敷からなんで逃げ出さなきゃならんのか、大本のところを、じつは疑ってたんです。食う算段をしなくてよい分、割り切ってしまえば、こんな安楽な暮らしはありません。それを捨てて逃げだそうとするからには、それなりのわけがあってのことだろうとは思いましたが、はじめてわかりました。おたかさんのようなお人は、武家暮らしなどとうてい無理だったんだ。退屈するのは死ぬより怖いでしょう」

「生きるだけでは満足できない人間もいるということです。お察しのとおり、わたしはいたって山っ気の多い人間ですからね。思い通りに生きられないと、生きてる値打ちがないと思ってしまいます。はじめから三年という約束で江戸へ行ったんですから、一生閉じ込められるかもしれないとわかったときは仰天しました。だからこそ必死になって、逃げ出すことを考えはじめたんです」

「はじめから三年の約束ですか。後添えとして入られたわけじゃなかったんで」

おたかの顔にあざ笑うような笑みが浮かんだ。

「三年は辛抱する。それからのちのことは、成り行き次第でということでした。もちろん建前は、奥さまを亡《な》くしてお困りになっている旦那《だんな》さまの、後添えということで家に入ったんです。けどそんなこと、だれも信じていませんでしたね。家中の九割のものが、お留守居を籠絡《ろうらく》するために国許《くにもと》から送りこまれた毒婦、という目でわたしを見ていましたから。味方してくれたのはほんの数人。いちばん信用してくれたのがふくかもしれません。わたしの苦しみをわかってくれたのです。だからこそここまでして、わたしを助けてくれたのだと思います」

その夜はそこで一泊。翌日はまだ小雨がつづいていたが、義助に連れられ、ふたりは五つすぎ、笹尾を出立《しゅったつ》した。幸助は今朝ふたりが目覚めてみると、すでに一足早く家に帰ったあとだった。

出立間際、昨日から長坂に詰めていた侍がいなくなっている、と治作が知らせてくれた。それで今日も街道は行かず、もっぱら野良道のような、地元のものしか行き来しない道を拾って歩いた。

小淵沢をすぎて信州へ入ると、この先は義助の地元だ。しかも五十年中馬稼ぎをやって、道は知り尽くしていた。その案内にはなんの不安もなく、仙造はできるかぎり義助と肩を並べて、目についた野から山の端々まで、片っ端から質問攻めにして、義助の頭のなかにしまってあった道の知識をすべて聞き出した。それを抜け目なく自分のものにさせてもらったのだ。

午《ひる》すぎ、諏訪の手前の宮川《みやがわ》というところにある義助の家に着いた。なんとここで、十数人の出迎えを受けた。中山道口に出張っていたものたちもすべて帰り、ふたりが到着するのを待ち受けていたのだった。

はじめはこんな大家族なのかとびっくりしたが、そうではなかった。親戚のものがかなり来ていたのだ。四ヶ所に見張りを出していたということは、それに知らせを持って行ったり、食いものを運んで行ったり、脇《わき》で支えてやるものが何人もいる。そうなるとさすがに一家だけでは賄《まかな》えなくなり、親戚の力も借りなければならなかったということだ。

落ち着いてから家族に紹介してもらったところ、義助の一家は全部で十人だった。まず義助と妻のかめ、現在の当主である喜助は、いま馬を率いて遠江《とおとうみ》まで出かけているとかで、不在だった。

喜助の妻がたね、夫婦には子どもが五人いて、上から幸助、えま、雄助《ゆうすけ》、きち、たまの順。さらにふくの妹で、義助のいちばん下の子になる、いし十九歳がいた。家はもとからの百姓だが、田畑は合わせて五反しかないというから、これだけでは食えるわけがない。それで義助は中馬に身を投じたのだが、いまではそちらが家業になっていた。百姓仕事のほうは、引退した義助がほかの家族の手を借りてやっているという。

はじめこの家は、義助の長男である太助《たすけ》が継いでいた。喜助は三男坊だったので、信州にいてもしようがないということで、江戸へ武家奉公に出たのだ。ところが六年まえ、その太助が事故で急死した。働き盛りの死だったから一家の痛手は大きく、一時は暮らしまで逼迫《ひっぱく》したという。それで見かねた喜助が家に帰り、嫂《あによめ》たねを娶《めと》って跡を継いだ。従って五人の子は、上三人が兄の子、下のふたりが喜助の子である。

ふたりが通されたのは、濡《ぬ》れ縁《えん》で結ばれた離れだった。八畳とそれに付属した板の間。これには囲炉裏が切ってあり、裏には母屋《おもや》とべつに厠《かわや》が設けてあった。

ずっとむかし、親戚の年寄り夫婦が居候《いそうろう》していたときこしらえた部屋だそうで、いまはいしが使っていた。八畳間には炬燵《こたつ》が置かれ、いしが縫ったのではないかと思われる桜の花びらを散らした上掛けがかかっていた。仙造は隣の板の間で寝起きすることにさせてもらった。火が使えるし、第一気楽だ。

一家は遠見屋《とおみや》という屋号を持っていた。名前を呼ぶより、屋号を使い分けたほうが早いから、ほとんどの家が屋号を持っている。

遠見屋は明るくて活気のある家だった。五人の子がいるせいもあるが、いつも大きな声が飛び交っていた。ただしこれは、義助の妻かめの耳が遠くなって、大きな声を出さなければ聞こえないせいだったことが、すぐにわかった。

かめはいつも囲炉裏の横座、つまり主の席に座ってにこにこしていた。数年前に転んで腰を打ち、以来足が思うようにならなくなった。それで義助が、自分の席を譲り渡したのだという。頭が真っ白で、顔が真っ黒という、山姥《やまんば》みたいなばあさんで、声もがらがら声だった。

「ようこそおいでくださいました」

とはじめに挨拶されたときはあらためて顔を見たくらいだ。外見に似合わず、目がやさしかったからである。家族の動きを見ていると、かめが一家の中心であることは、間もなくわかった。なにか選ばなければならなくなると、本人が必ずかめのところへやってきて「おばあちゃん、どっちがええ？」とその判断を仰ぐのだ。耳が聞こえなくとも、かめには動きでなにを問われているかわかる。そのたび「こっち」とか「そっち」とか答え、あるいは右か左か手を上げて、それでものごとが決まるのである。

家事は喜助の妻たねが仕切っていた。かめという姑《しゅうとめ》が目を光らせている割りに屈託のない、陽気な女で、しょっちゅう大きな声を出して笑い転げていた。三十をだいぶ越えているはずなのに、若い娘のようなはずんだ心を失っていない。なんとなくだが、末谷村のももを思い出させた。

もうひとり、喜助の妹いしも、ふたりに劣らない元気で、声の明るい女だった。五人の子にとっては叔母ということになるのだが、上の幸助とは五つしか年がちがわないこともあって、いちばん上の姉、ないしはがき大将となって子どもらと接していた。

「ふくさんとは性格が全然ちがうみたいですね」

とおたかが義助に言った。

「もうお恥ずかしいことで。いまもって、まったくの子どもでございます」

嫁に行く年頃はだいぶすぎてしまったが、本人はいっこう行く気がないという。じつをいうと、いしは手に職を持っていた。納屋《なや》で機《はた》を織っていたのだ。人並み以上の稼ぎを自分の腕で得ていたから、なにもいまから嫁に行き、知らない土地で一から苦労することはないと言って、義助を困らせているという。

「わたしの望みは、行かず後家で終わること、というんですからお話になりません」

と言う義助自身、ことばと裏腹に目を細めていた。この家がよほど、居心地がよいということだ。

みなさんと一緒にしてくれとおたかが言ってあったそうだが、食事はふたりだけ別仕立てにされた。離れでいしが給仕をしてくれるのだ。

「お母さまのお腰は、どれくらいお悪いのですか」

おたかが尋ねると、いしはからからと笑った。

「たいしたことないんです。人と同じように、歩いたり走ったりできないだけ。それが口惜《くや》しいから病人の振りをしてるんです。年相応だと思いますよ」

「年相応って、おいくつですか」

「六十七。父より五つ年上です」

これには仙造もびっくりした。髪や顔に刻まれたしわを見ると、かなり年取っているとは思ったが、まさかそれほど年上とは気がつかなかったのだ。

「失礼だけど、お母さんはどこかちがうところからお見えですか。ことばがすこしちがうようだけど」

「あら、わかりましたぁ。遠江です。中山というところ、秋葉山《あきはさん》の近くです」

「またそんなところから、どうして？」

おたかも啞然《あぜん》としている。

「ここのもんにとっては、むかしから米や塩を運んでいる道筋ですから、そんなに遠いと思ってないんですよ。わたしもこれまで三回、兄や父にくっついて、母の里へ行ってます。馬の継ぎ立て問屋なんです」

「ああ、なるほど、道理で」

「父は十二の年から、おとなにくっついて、馬を追って行き来していたそうなんです。ただうちの父、ちょっとぼうっとしたところがあって、あんまり器用じゃなさそうでしょう。その通り、当時からぐずで、のろまで、泣き虫で、仲間からいつもばかにされてたそうです。それを見てて、歯がゆくてしようがなかったと。だから嫁に来てやった、というのが母の言い分です」

「お父上はなんと」

「気がついたら家にいた」

おたかが声を上げて笑いくずれた。

「ついでに言うと、姉《あね》さんも兄より三つ年上です」

喜助の妻たねのことだ。これは嫂だから仕方ない。外見からなんとなくそんな気はしていた。

「でも女子衆が元気な家はいいですね。家のなかが明るくて、みんなが生き生きしてます」

「でしょう？　こんないい家を捨て、知らない家へ嫁に行って、一から苦労するのって、大変だと思いませんか。わたしはいやだわ。兄と姉さんには言ってあるんです。六人目の子は、あたしが産むかもしれないよって」

「え、あなたが？　それでお兄さん、なんと言いました」

「しようがねえなって」

「あ、忘れてた」

仙造があわてて口を挟んだ。

「夕方、ここへ若い男が訪ねて来たんだ。裏から黙って入ってきたから、すぐは気がつかなかった。若い男だったけど、あたらしい簑《みの》と笠《かさ》をつけ、手になにか持ってました。あっしを見てびっくりしたみたいで、なんにも言わずに飛び出して行ったから、家をまちがえて入ってきたのかと、思ったんです」

いしが口を手で押さえてくくと笑った。

「ばかですね」

その夜はそれで終わった。めずらしくくつろいだ気分になり、仙造は囲炉裏の傍らで思うさま手足を投げ出して眠りに落ちた。おたかの部屋からも、静かな寝息が聞こえてきた。

7

雨が降りつづいたせいもあって、遠見屋に三泊した。長雨が上がり、鮮やかな夕焼けが燃えはじめた三日目の夕方、遠江まで中馬《ちゅうま》として出かけていた喜助が帰ってきた。おたかが来るかもしれないことをあらかじめ知っていたから、帰途を早めて一日早く帰ってきたという。

喜助は今年三十一。耳が大きくて額のひろい、顔の大きな男だった。躰《からだ》つきも中馬ということばから想像もつかない優男《やさおとこ》で、印半纏《しるしばんてん》に股引《ももひき》より、羽織を着せて帳場に坐《すわ》らせたほうが似合いそうな顔立ちをしていた。はじめ見たとき、どこかで会ったような気がしてならなかった。

仙造がそれを言うと、傍らで聞いていた女房のたねが吹きだした。

「それ、佐助さんでねか。はじめてお見えになったとき、挨拶《あいさつ》したべ」

と言われてようやくわかった。中山道の和田峠からの道を、見張ってくれていたのが喜助の弟佐助だったのだ。佐助はべつに家を構え、いま蓼科の近くの牧《まき》で馬を飼っているという。喜助の使っている馬は、すべて佐助が育てた馬だ。

おたかと仙造が義助の家に到着したとき、出迎えたもののなかに佐助がいたのだそうだ。いきなり大勢の人を紹介されたから、仙造のほうは顔を覚えられなかった。それが喜助を見て思い出したのである。そのはず、顔がそっくりだったのだ。

「そういえばみなさん、よく似てらっしゃる」

おたかも感心して言った。

「ね？　わたしも亭主が代わったという気ぃしてねえだ」

たねが笑い転げて逃げて行った。

話しはじめてみると、喜助は目配りの行き届いた、なかなかのしっかり者だった。話し方も要領がよく、的確で、無駄がない。下男奉公だから屋敷でそれほど重んじられたはずはないのだが、亡くなった留守居も心から信用していたという。

その疑問は、喜助のことばでわかった。喜助はおたかに丁重なお悔やみのことばを述べたあと、こういう打ち明け話をしたのだ。

「ときどきご自分から、漬物倉へいらっしゃったのです。食べるのもお好きでしたが、いろんなものを漬けてみるのがお好きで、喜助、こんなものはどうだろうと、よくご相談していただきました。お母上が漬け物の名人だったそうなんです。子としてはその域を超えたいけど、とても及びそうにないとおっしゃってました」

「そういえばときどき、変な匂《にお》いをさせながら、部屋へもどってきましたよ。わたくしがそれを言うと、本人は気がつかなかったって。たしかにお漬け物が好きでしたね。これ、けっこううまいよと言って、冬瓜《とうがん》の漬け物を食べさせられたことがあります。わたしはそれほど、おいしいとは思いませんでしたけどね。あれ、ひょっとして、自分で漬けたものだったのかしら」

「きっとそうだと思います」

「だったら、悪いこと言ったかな。どうだと聞かれたから、風邪を引いた奈良《なら》漬けみたいだと言ってしまったんです。わたし、料理はまるでだめで、干物ひとつ満足に焼けないものですから。でも、家臣のなかには、変な漬け物を食べさせられて、辟易《へきえき》していたものがいたみたいですね」

「いえ、けっしてそんなことはありませんでしたよ。たしかにひどいものもありましたけど、それを人に食べさせるようなことはなさらなかったと思います。むしろ、妙なものを持ち込んできて、これを漬けてみたらどうだ、とあっしどもを困らせたのは砂村《すなむら》さまのほうでした」

「砂村どのが漬け物を？」

「はい。べつに悪口を言うわけではありませんが、あの方はただ、お殿さまの歓心を買うために思いつかれるだけでしてね。ご自分は嫌いだったんです。ぬかみそのなかへは、一遍も手を入れようとなさいませんでしたから」

「けどあの方くらい、殿の食事に気を配られた人はいませんでしたよ。食養生の本にまで目を通されていましたし」

「そうですか。まあご用人ですから当然とは思いましたけど。殿さまの漬け物をわたしらが盗み食いするんじゃないかって、そういうところにばかり目を光らせてらっしゃるみたいなところがあって。下賤《げせん》のものは、目を光らせてないとなにをするかわからない、というのがあの方のお考えだったみたいです。それで、わたしらのなかには怒っているものもいました。殿さまからいただいたものならともかく、盗み食いなどだれがするかって。わたしらみな、そういうことではお殿さまをお慕い申し上げていましたから」

仙造にはわからない内部の話だったが、話しぶりや人柄を見ていると、喜助という男は信用できる気がした。義助一家に対する信頼は、それで揺るぎのないものになった。

喜助の兄太助が事故で亡《な》くなった話は、昨夜いしから聞いていた。太助は足を踏み外して谷へ落ちそうになった馬を助けようと、最後の最後まで綱を握って離さなかったのだという。挙げ句は自分までが一緒になって落ちていった。これ以上支えてやれないとわかったところで手を離していたら、自分は助かっていたのだ。

久しぶりにくっきり晴れ渡った翌朝、おたかと仙造は一家の見送りを受け、つぎの旅へ足を踏み出した。ただし、見送りのうちの何人かは、ぞろぞろとふたりについてきた。それが半端《はんぱ》な数ではなかった。総勢六人。つまり五人の子をいしが引き連れてついて来たのだ。

物見遊山《ものみゆさん》気分だったのは致し方ない。ぽかぽか陽気。澄み切った空の色と、みずみずしい地上の色。この三日間の雨で芽吹きがいっそう早まり、山肌は目も心もうっとりしそうな、やさしい紅色で染め上げられていた。

一行が向かったのは、諏訪の南方に立ちはだかっている杖突峠《つえつきとうげ》だった。登りの急なこと、道程《みちのり》の長いことでは天下に知られた峻険《しゅんけん》だ。六人もさすがに峠の上まではついて来なかった。それでも半刻《はんとき》以上かけて、九十九《つづら》折りの坂の大部分を登りきった。諏訪湖がきれいに見渡せる岩の上に腰を下ろし、家から持ってきたぼた餅《もち》をみなでいただいた。

「ごきげんよろしゅう」

いしがみなに代わって、最後に大きな声を張り上げた。その声がお終《しま》いには詰まった。これで二度と会うことはないのだ。女の子が声を上げて泣き、おたかも目頭を押さえた。

道は峠からゆるい下りになる。内藤家の城下町高遠《たかとお》まで、三里近く下る一方。そういうことでは、これまでのなかでもっとも楽な道だった。この道は高遠から南へさらに真《ま》っ直《す》ぐ下って行き、青崩峠《あおくずれとうげ》から秋葉街道と名を変えて遠江へ到るのだ。

道が広くなったので、いまではふたり、肩を並べて歩いていた。仙造はおたかの顔をしげしげと見つめながら言った。

「あなたって人、やっぱり、よくわからないところがあるなあ。毒婦呼ばわりして、命をつけ狙《ねら》うやつがいるかと思うと、涙を流して別れを惜しんでくれる人がいる。どっちもあなたなんだろうけど、どっちがほんとうのあなたなんだか」

「後のわたしがほんとうのわたしに決まってるでしょうが」

「義助の家では見るからにくつろいでらした」

「くつろぎましたよ。子どものころ以来のくつろぎかたができました。仙造さんはどうだったの？」

「あっしもくつろぎましたよ。だが一方で呆然《ぼうぜん》としてました。あっしは家族はおろか、親の顔も知らねえ人間なんです。ですから、そうか、これが家族というものの暮らしかって、はじめてわかって、つくづくうらやましかったですね」

「わたしの家も十二人家族だったの。子どもが八人。わたしは上から六番目で、女の四番目。いちばん上の兄とは十四も年がちがったわ。上の兄が幼かったころは貧乏で、ご飯も満足に食べられなかったそうです。わたしのときは、その兄が頑張ってくれたおかげで、だいぶ楽になっていましたけど。それでも母は、この子は女だから、将来ひとりで生きて行くことになったら大変だろう。せめて手になにか職をつけさせておいてやろうということで、三味線を習わしてくれたんです。たまたま近くにお師匠さんが住んでいたからです。それが按摩《あんま》さんだったら、按摩にさせられていたかもしれません」

「すると三味線で食っていたときもあるんですか」

おたかはびくんと肩をふるわせて仙造を見つめた。咎《とが》めるような目をしていた。多分しゃべりすぎたと思ったのだろう。

「申しません」

つんとして言った。

「それがどうして、江戸のお留守居のところへ行くようになったんですか」

「お世話してくださる方がいたからです」

「それまでお留守居について、なにか知ってたんですか」

「知りませんよ。聞いたこともありませんでした」

「昨日の喜助の話を聞いてて、殿さまと呼ばれる身分の方にしては、ずいぶんきさくというか、下世話な趣味をお持ちだなとびっくりしたんです。水呑《の》み百姓上がりのお大尽でも、一旦《いったん》成り上がったら漬け物なんか自分では漬けませんぜ」

「お侍だっていろいろあるわ。百姓以下の暮らししかできないお侍だってたくさんいます」

「まさか、お留守居の家がそうだったというんじゃないでしょうね」

「詳しいことは知りませんけど、それに近かったことはたしかみたいよ。そういう暮らしでありながら、勉学にだけは手間と費用を惜しまなかった。というのが、凡人の家とはちがいますけどね」

「なるほど。それで出世できたんだ」

「出世の糸口をつかまれたのは、旦那《だんな》さまのお父さまなんです。先代のお殿さまに見《み》出《いだ》され、江戸屋敷の、いまのお殿さまの教育係に取り立てられたのがはじまりだそうです。それからみるみる頭角を現し、旦那さまが元服なすったときは、江戸の筆頭家老になられていたそうですから」

「すげえご出世。まわりのやっかみがさぞすごかったでしょうな」

「ええ。ですから旦那さまは子を儲《もう》けなかったんです。奥さまが病弱で、お世継ぎができなかったせいもあるでしょうが、後添えをもらわなかったことに、そういう気持ちが働いていたんじゃないかという気がします。べつに旦那さまの口から、じかに聞いたわけではありませんよ。でもあるとき、こんな苦労は孫子《まご》にさせられない、としみじみおっしゃったのを聞いています」

「嫌なご家中だなあ。出世が急であればあるほど、回りからは妬《ねた》まれる。亡くなったお留守居に、はじめて同情したくなりました」

「ね。お武家なんかに、身を置きたくないと、つくづく思うでしょう」

と言った声は、べつにわが意を得たりといったものではなかった。おたかの声は沈んで、顔が暗かった。

「おたかさんがお留守居の子を産んでいたら、周囲のようすもすこしは変わったんじゃありませんか」

「わたしは子が産めない躰なんです。そのことははじめに申し上げたわ。だって自分の世継ぎが欲しい、と思われていたんだったらお気の毒ですから。そんなことは気にしなくていいと言われましたけどね」

「しかしお留守居、下のものには、思いやりがあって慕われていたみたいですね」

「ええ。はじめのうちこそわたしも、行けと言われたからただ行ったようなものでしたが、一年もしないうちにそのお人柄に惹《ひ》かれ、心から尽くしてあげたいと思うようになっていました。旦那さまも、そうだったと思います。できたらどこか田舎へ引退して、おまえと一緒に暮らしたいなあって、言ってくださいましたから」

「あなたにそんなことできますか」

「できるとは思えないけど、やってみたいという気持ちはありましたよ。わたしは産めないけど、養子を取って、家族をたくさんつくってもらいたいの。死ぬときは大勢の家族に囲まれ、みんなに看取《みと》られながら死にたいわ。ひとりひとりに、ちゃんとお礼を言って、感謝しながら死んでいきたい」

高遠で杖突街道と分かれ、伊那《いな》へ向かった。数里先に天龍川《てんりゅうがわ》が横たわっているが、狐島《きつねじま》という村まで行くと橋が架かっている。もっと下流まで下って川を渡ってもいいのだが、狐島以降の下流にはもう橋がなかった。この三日間かなりの雨が降ったことを考えると、ここで橋を渡っておいたほうが無難だろう。

そこから先は天龍川の右岸を下って行くことになるが、ここも道がいくつかに分かれていた。ふたりは山沿いの道を行った。曲がりくねり方が川沿いの道より少なかったからだ。

仙造の足なら、諏訪から飯田《いいだ》まで一日で行ってしまう道程だった。だが今回は大きな障害を乗り越えたことでもあり、余裕を見て、中間の上穂村《うわぶむら》というところで一泊した。光前寺《こうぜんじ》という天台宗の大きな寺があって、宿がいくつもあったからだ。

その夜、仙造は明日からの道についておたかに相談をした。どのみち明日は飯田泊まりとなるのだが、明後日から、どっちへ向かうかということだった。中馬《ちゅうま》と同じ行路を取り、さらに南下して三河へ出るか、飯田から大平《おおだいら》峠越えをして馬籠《まごめ》へ下るか、大まかに言えばそのふたつだった。

「どっちが楽ですか」

「道からいえば三河路のほうが楽でしょう。足助《あすけ》から岡崎へ出て、そこから先は東海道になります。一方大平峠のほうは、一日ですが今回の旅ではいちばん険しい道になるかもしれません。馬籠から先は中山道になります」

「岡崎を通ったら宮へ出るんですか」

おたかは浮かぬ顔をして言った。三河の地理がよくわかっていないようだ。

「宮から桑名まで船に乗ります」

「あ、それ、いや。やめてください。わたし、山の人間ですから海がだめなの。意地の悪いことに、そういう人間が船に乗ったときに限って、海が荒れるんです。それこそ船のなかをごろごろ転がるくらいの大揺れ。酔って、酔って、死ぬかと思う苦しみを味わいました。もう二度とあんな思いはしたくありません」

「伏見から乗るんでしょう」

「あれは川船ですよ。来るときも乗りました。なにかあったら船を下りることもできる川船と、着くまではどうすることもできない海の船とでは、安心感が全然ちがいます。いくら険しくても山道のほうがいいわ」

「それではそうします」

「あなた、ずいぶん人間が円くなったじゃない。はじめは道はあっしが決めるから、そちらの指示は受けねえって、怖い顔をしていたのに、いまじゃわたしの言うことに従ってくれるんだもの」

「いちばんむずかしいところ、危ないところを切り抜けましたからね。これから先は、お望みがあれば、できるだけかなえて差し上げようと思っています」

飯田で一泊して翌日の足ごしらえと、食いものの手当をすませ、六つに宿を出立《しゅったつ》した。道は町を出たらすぐ登りにかかる。こちらは中馬も通らない人間だけの道だ。旅人の数も、これまでの峠越えのなかではいちばん少ない。それほど見晴らしがよいわけでもない深い山のなかを、ただひたすらすすむのである。

もともと伊那路と木曾路《きそじ》とには、駒ヶ岳をはじめとする木曾の険しい山が間に横たわっているから、相互を行き来できる道がほとんどなかった。この大平越えをのぞけば、伊那にある権兵衛峠《ごんべえとうげ》越えと、夏に修験者《しゅげんじゃ》が行き来する駒ヶ岳越えの修験道くらいだったのだ。

この大平越えは、飯田にすこしでも諸国の物産や人を寄せ集めようと、飯田の領主堀家が自ら手を下して開発した街道で、つくられてまだ百年しかたっていなかった。冬は雪に閉ざされてしまうし、木曾へ出るまでの宿場が大平宿しかないので、残念ながらいまでも脇往還《わきおうかん》の域を出ていない。それでも飯田の賑《にぎわ》いの半分くらいは、この道が開通したおかげだといわれている。

登りはじめて小半刻もすると、そこここに残っている雪が現れはじめた。道はけっしてひろくない。登りでは仙造が前を行き、おたかをあとからついてこさせた。仙造がときどき振り返り、おたかの足取りを見て、自分の足を加減するのだ。

登りはじめておよそ半刻。仙造がいきなり足を止め、後を振り返った。

「どうしました？」

仙造の顔を見ておたかが言った。険しい目をしていたのでびっくりしたのだ。そのときはいや、と仙造はすぐはぐらかして、また歩きはじめた。だがおたかが近づいてくると声をひそめて言った。

「どこかその先辺りで、道の脇に飛びこみますから、同じようにあっしの後へつづいてください」

「同じようにしろということですね」

「そう。隠れるんです。つけてくるやつがいます。そいつをたしかめなきゃなりません」

「どんな恰好《かっこう》をしてました？　わたしもさっき、それらしいのをひとり見たように思うんですが」

「気に入らねえ。二本差してました」

「やはり。わたしもそんな気がしたんです」

右側の谷が切れ、木立越しながら眺めが現れはじめた。道はゆるい登り。急斜面の山間《やまあい》を、横へ横へとたどりながらすこしずつ上がりはじめた。これでは隠れようがない。はるか前方まで、行く手が見えているのだ。下は目もくらみそうな谷である。

「まずいな」

仙造が声を上げて舌打ちした。

「これ以上は行かないほうがいい。引き返しましょう」

「引き返せるんですか」

「おとなしくつけてくるということは、前でべつのやつが待ち受けているということです。前後から挟まれたら、この道ではどうしようもありません。逃れるとしたら後、それもいまのうちです。あっしが刀を抜いてやつに向かって行きますから、立ち回りをやっている間に、横をすり抜けて後へ逃げてください。いまきた道をもどって、飯田から足助へ向かうんです。絶対に足は止めないように。あとから追いつけるかどうかわかりませんが、ひとりになっても逃げてください。いいですね。生き延びようと思ったらひたすら逃げる。それしかないんだ」

きびしい声で言うと、躊躇《ちゅうちょ》しなかった。仙造はおたかと躰《からだ》を入れ替え、先に立って足早にもどりはじめた。

「迂闊《うかつ》でした。油断しているつもりはなかったが、どこかで気づかれたんだ。以後は見張られていたとしか思えない。申し訳ありませんでした。あっしとしては、取り返しのつかねえしくじりです」

仙造の不安が乗り移り、いまはおたかも顔をこわばらせ、小走りに後を追ってきた。これほど思い詰めた仙造の顔は、これまで見たことがなかったのだ。

山ひだになっている大きなふくらみをひとつ回った。道は弓なりに曲がり、半町ほど先でまた向こうへ曲がっている。その山陰から、急ぎ足で出てきた人影がぎょっとして足を止めた。

二本差しの侍だった。

8

侍が笠《かさ》を持ち上げてこちらを見た。ほの白い顔がのぞいた。若い。まだ二十代の前半だろう。背丈はともかく、躰つきはどちらかといえば細め。野袴《のばかま》、手甲脚絆《てっこうきゃはん》、刀に柄袋《つかぶくろ》、一分の隙《すき》もない旅装束だった。

侍ははじめ、ふたりに待ち伏せされたと思ったようだ。一瞬棒立ちになったのは、受けた衝撃が大きかったからだ。躰がこわばり、とっさには動けなかった。身じろぎもせず、こちらの出方をうかがっていた。

「なにものか、わかりますか」

「名は知りません。しかし顔は見たことがあります。まちがいなく家中の者です」

「あのときの五人のなかに入ってましたか？」

「さあ、そこまではなんとも」

まずいことに山の斜面につけられた狭い道だった。これでは相手をかわして後へすり抜けることなど、できそうもない。現にいま引き返したとき、おたかの肩に手を当てて足を踏み替えなければならなかったのだ。

「しかたがない。こうなったら谷を下りるしかありません」

侍から目を離さず言った。

「谷をって、ここを下りろということですか」

「その角を曲がり、やつから見えないところまで行ったら、なんとかして滑り下りてください。あわてなくていい。谷底までたどりついたら、上からは見えません。あとは川に沿って下る。手足を引っ搔《か》いたり、擦り傷、切り傷くらいはつくったりするでしょうが、殺されるよりましです。とにかく命がけで逃げるんです。あなたが谷へ下りてしまうまで、ここでやつを食い止めます」

「無理です、こんなところ。とても下りて行けないわ」

おたかの声は悲鳴になった。

「山には慣れてるでしょうが」

「こんな山深いところじゃありません。それに、川に水があったらどうするんです。わたしは泳げません」

振り向くと、すがるような目をしてかぶりを振っていた。おじけづいている。これでは躰も動かない。

「わかった。じゃ行くしかない。ついてこい！」

大喝《だいかつ》して叫ぶと、侍に向かって突きすすみはじめた。侍が仙造の狙《ねら》いを察した。笠を取ると、刀の柄袋を外した。周囲を見回しながら、何歩か後退した。足場のよいところを選んだのだ。

仙造は脇差しを抜いた。数間先まで詰め寄ってから、足を止めた。侍は笠を山側へ置いてから、抜いた。自信があると見える。落ち着いていた。刀を構えたときは酷薄《こくはく》な笑みさえ浮かべていた。

うす汚れていた。着ているものがよれよれになっている。足下は泥だらけ、袴も生地の色が変わって見えるほどの泥はね。顔には無精ひげ。この七日間どのように過ごしていたか、風体を見てもわかる。

「なにがあっても止まるな。後を振り返るな。ひたすら突っ走るんだ。ひるむな。ためらうな。うろたえるな。おれを踏み越えて逃げろ。わかったな」

刀を両手で握り、刃を上にすると、腕を脇腹につけ、突進した。

瞬時にして侍がひるんだ。仙造が刺しちがえる気なのを察したのだ。あわてて後退した。後を見ながら、さらに下がった。自分の戦えるところを求めていた。もっとひろいところ、仙造の突っ込みをかわせるところ、必死の相貌《そうぼう》になっていた。

そのまま一町ぐらい後退した。ようやく山間に入った。だが、まだ狭い。さらに半町下った。やっといくらか平坦なところへ出た。わずかながらすすきの原がある。窪《くぼ》地《ち》に雪。

侍が踏みとどまった。足場をたしかめると、刀を振りかぶり直した。道の真ん中だ。

「来い！」と叫び、刀を中段に構えた。仙造の狙いを察し、後へはおたかを絶対に走らせまいと、侍のほうも決意を固めていた。

その後から、いきなり人影がせり上がってきた。足早、左手に刀、目の前の光景を見るなり、般若《はんにゃ》のような顔になった。一瞬にして目つきが変わった。怒鳴り声を上げて一喝した。

「なにをやっているんだ！」

仙造の躰から力が抜けた。現れたのは喜多八だったのだ。

見る影もないほどうす汚れていた。合羽《かっぱ》が泥だらけ。無数の跳ねや染《し》みのようなもの。脚絆は泥色に。さらに顔。無精ひげと頭髪のざんばら、頬骨が尖《とが》り、目が落ちくぼみ、眼光がぎらついている。目から放たれている刺すみたいな光。憤《いきどお》り、憎しみ、呪詛《じゅそ》、すべてを踏みしだいた悪意。目の前に現れたのは、数日まえの喜多八ではなかった。

くずれていた。これまで抑えに抑え、なんとか平衡を保っていたものが、くずれてしまったのだ。つり合いを失い、それまで隠れていたもの、隠そうとしていたものが剝《む》き出しになって、まったくちがった人間の顔になっていた。この男は断じて、あの喜多八ではない。

「この野郎が気づいて、引き返して来やがったんです。このおなごを、後へ逃がしてやろうとしました」

喜多八がうつろな声を上げて笑った。

「なんだと。後？　後へ逃がしてやろうとしたのか。けっ、いかにもこやつの考えそうなことよ。くそったれの、猿知恵やろう。小賢《こざか》しい下郎めが」

仙造のほうへ鼻を突きだして嘲笑《あざわら》うと、前へ出てきた。

「よう、奥方。お久しぶりですな。お元気そうで、ご無事なようで、なによりでござんした。それにしても、なんとまあ、こざっぱりとした恰好をしておいでではないか。この七日間、どこにおいでてでござんしたか。おふたり、しっぽりしけ込んで、存分に楽しんでいたということかね。その間おれたちは、なにをしていたと思うんだ。濡《ぬ》れ鼠《ねずみ》、捨て猫、泥まみれの野良《のら》犬になって、あっちこっち必死になって、探し回っていたってわけよ。探しても探してもわからなかった。地の果てまで探し抜いたが、足跡はおろか、匂《にお》いすら嗅《か》ぎつけられなかった。おれはずいぶん執念深いほうだが、さすがに今回ばかりは音を上げた。今日だめだったら、おとなしく尻尾《しっぽ》を巻いて、江戸へ逃げ帰ろうと思っていた。それがどうだ。最後の最後になって、信じられないことが起こった。神さんはおれを見捨ててなかった。まさかいまごろ、おれたちの前へのこのこ出てきてくれるとはよ」

「わたくしたちも手分けして探していました。お互いに行き違いがあったみたいで、うまくいかなかったのですね」

おたかがひるむことなく言い返した。凛《りん》と背筋をただし、声には喜多八をものともしない威厳があった。

「そんなはずはねえだろうが。淫婦《すべた》。おれは笠取峠か、湊屋と、ちゃんと言ったぞ。何回そこへ足を運んだと思うんでぃ」

舌の回りまでちがった。どすのきいた声でまくし立てる顔は、まったくの別人だ。

「それよりあなたこそ、なぜこの男と一緒にいるのですか」

「話がついたからよ。腹を打ち明けて話してみたら、双方の利害が一致するとわかったんだ。それでおれのほうが、馬を乗り換えさせてもらったってわけよ」

「それは砂村どのにお知らせしてかまわないことですか」

「かまわねえよ。要するに馬を乗り換えたって、砂村どのを裏切ったことにはならねえ、ということがわかったのさ」

喜多八はそれから目を仙造に移し、小馬鹿《こばか》にしてせせら笑った。

「おうおう、勇ましい恰好だな。きさま、本気でこの男と立ち合うつもりだったのか」

「逆手にもって突っ込んで来たから、ここまで下がってきたところです。はじめから刺しちがえるつもりで突っ込んできやがった」

「ばかやろう。本気なわけないだろうが。この恰好を見りゃ、どの程度の腕か、一目でわかるだろうが。そんなこけおどしにのせられるやつがあるか。それよりこやつを、詮議《せんぎ》するのが先だ。おまえにこいつを預けるから、これまでどこでなにをしていたか、だれと会ったか、一部始終をすべてしゃべらせろ。おれは同じことを、この奥方から聞く。あとで話をつき合わせて、真実をたしかめてみなきゃなんねえ。おい、仙造。こうなったらなにもかもしゃべってしまえ。命が助かるかどうかはおめえの心がけ次第よ。菊之介、その間こやつの刀は預かっておけ」

なぜかそのあと、妙な間があった。喜多八の声と動きとが、ほんの一瞬だが遅れたのだ。喜多八はおたかのほうに向き直った。それからすすきの原へ掌《てのひら》を向けてみせた。

「奥方、この七日間、どこでなにをなさっていたか、正直にお話しいただけませんかね。そいつをたしかめるのが、おれに与えられたほんとうの役目だったんです。ちょっとあそこまで、ご足労ください」

おたかが顔を蒼白《そうはく》にして喜多八をにらみつけた。仙造も喜多八を凝視した。やつの喉仏《のどぼとけ》へいまにも食らいつきそうな顔になっていた。だが、なにも言えなかった。菊之介と呼ばれた侍が、脇差《わきざ》しを鞘《さや》に収めて引き渡せと言った。

その場で地べたへ坐《すわ》らされた。すると喜多八が、もっと向こうでやれと言った。

「声が聞こえるとこにいたんじゃ、なんにもならないだろうが」

それでまたすこし道をもどった。刀を引き渡し、地へ正座させられた。それから順を追って、これまでのことをしゃべらされた。

いまさら隠しても仕方がなかった。余計なことばは一切使わず、末谷村、笹尾村、義助宅での三日間と、見てきたままをしゃべった。菊之介は、だれに会ったかということばかり聞き出そうとした。村の人間や、宿を貸してくれたものは、だれの仲間のなかにも入らないことが間もなくわかった。

それだったら話は簡単だ。質問はあっけなく終わり、以後は菊之介のほうも手持ちぶさたになった。喜多八がもどってくるまで、この侍は自分がしなければならないことを思いつけなかった。

それで仙造のほうから持ちかけた。

「これから先で会う人間のことはしゃべらなくていいのか」

「先とはなんだ」

「大坂でだれかと会うと聞いてる。三年分の金をもらうことになってるそうだ」

「なんだと？　だれだ」

「それは知らない。奥方の知り合いだろう」

危ういところだった。喜多八がもどってきたのだ。さっきまでの喜多八だったら、いまの声を聞き咎《とが》めていたにちがいなかった。だがいまはまた別人になっていた。さっきまでのぎらついた猛々《たけだけ》しさが消えていたのだ。

「よし。話を聞く間、おめえは向こうへ帰ってろ」

すすきの原へ追いやられた。仙造は黙ってすすきの原へ入って行き、いちばん奥でおたかを見つけた。おたかは地べたで、足を投げ出すように横坐りしていた。むこうを向いていた。髪に草くずがついていた。喜多八の合羽がひろげてあった。

おたかは顔を上げなかった。振り向こうともしない。

「役に立たなくて申し訳ねえ。一通りしゃべったが、やつらの聞きたいことは、そういうことじゃなかったみたいだ。おたかさんがだれに会おうとしていたか、そればかり知りたがった」

上下しているおたかの肩を見つめながら言った。足下になにか散らばっていた。櫛《くし》や、紅の入った蛤貝《はまぐりがい》だった。放り出された化粧袋の中味がこぼれていたのだ。

「それから余計なことかもしれねえが、大坂に着いたら、三年分の金をもらうことになっていると言った。だれかまでは知らねえと。本気にしてくれたら、すこしは生き延びられるかもしれねえと思ったからだ」

「ありがとう。仙さんが気にすることはないのよ」

おたかはかすれた声で言うと、落ちた化粧道具を拾いはじめた。風がさやかに吹いてきた。ほつれたおたかの鬢《びん》が揺れた。

菊之介が呼びに来た。

「呼んでる」

その声を聞き咎め、仙造はきっとなって顔を上げた。菊之介の顔がふくれ、赤くなった。ふてくされた顔で、にらみ返してきた。それだけだ。仙造は目を伏せ、黙りこくって喜多八のところへもどった。

喜多八は煙草《たばこ》を吸っていた。煙をうまそうに吐き出した。

「おめえ、何回ぐらいやらせてもらった」

歯茎を見せながら言った。仙造は答えなかった。

「やったんだろう?」

「やってねえ」

「なんだと。ばかか、こいつは」

「おれは大坂まで連れて行くという約束で引き受けたのだ。客に手は出さねえ」

「ふん、大坂か。道草ばかり喰っちまったが、それでも半分来たな」

喜多八は煙草を詰め替えはじめた。相好をくずしたままだった。

「運なんて、どこに転がってるか、わからんもんだな。おれがはばかりへ入ってたら、やつが足踏みしながら素っ飛んで来やがった。たったいま、宿の前を通ったと言うんだ。まちがいないか。絶対まちがいありません。大平街道のほうへ向かったから、先に行きますって。くそっ、そういうときに限って、糞《くそ》がなかなか出ないんだ」

「とちったな。あのまんま、突っ走って逃げたほうがよかったとは知らなんだ」

くくくと、喜多八が咽《のど》を鳴らして笑った。

「な。これだから世のなかってのは、捨てたものじゃねえんだ」

「あとの連中はどうした」

「さあてね。群れてなんぼという連中だから、一匹ずつ切り離されたら、どこでどうなってしまったことやら。いまごろは途方に暮れて、江戸へ逃げ帰っているかもしれねえ。菊之介はおれの剣術の弟子だから連れてきたんだ」

と言っている間に菊之介がもどってきた。喜多八が呆《あき》れかえった。

「なんでえ。もう終わったのか。三こすり半じゃねえか」

そのあとは四人になって、大平街道をそのまますすんだ。仙造が前。肩におたかの荷を背負っていた。つぎがおたか、喜多八、菊之介の順。喜多八以外だれもしゃべらない道中だった。

途中で一時、喜多八の足が遅くなった。菊之介と話すためだった。前のふたりに聞かれたくなかったのだ。

大平街道は、妻籠《つまご》から下がってきたところで中山道とつながる。ほどなく馬籠《まごめ》峠で、下りたところが信濃路《しなのじ》最後の宿場、馬籠となる。峠で気がついてみると、菊之介がいなくなっていた。妻籠のほうへもどって行ったようだ。

その日は馬籠で宿を取った。

「相部屋はごめんだからな。これから先、ずっとだ」

喜多八が命令口調で言った。道中の支払いは、すべて仙造が受け持っていた。あらかじめ預かっていた金だ。毎日宿へ着くたび、その日使った金を全部書きだしていた。仙造にとっては頭の痛い、いちばん不得手な仕事だった。

そろそろ寝ようかとなったとき、喜多八が仙造に手を出して、渡しなと言った。脇差しを預かるというのだ。

「寝首を掻《か》かれたらかなわねえからよ」

とうそぶきながら二本の脇差しを壁際《かべぎわ》に置いた。それからおたかには、ここ、と自分の右を指さした。おたかを川の字の真ん中にするということだ。

仙造はなにも言わず、おたかの荷を抱え、反対側の端へ行った。おたかの顔は見なかった。横になると枕《まくら》を首にあてがい、仰向《あおむ》けになってすぐ目を閉じた。どんなときでもその気になれば、いつだって眠れる。ましていまは、自分から眠ろうとしていた。

しかし、目が冴《さ》えて、どうにも眠れなかった。はじめのうちは、おたかが払いのけようとしていた。だから喜多八の息遣いと動きとを、お終《しま》いまですべて聞き取っていた。何回か同じことが繰り返され、そのうち腹立たしそうな喜多八の舌打ちが聞こえた。

たかと思うと、ずしんという音がひびき、おたかが低いうめき声を上げた。

おたかは逆らわなくなり、あとは喜多八の息遣いだけとなった。

翌朝の出立《しゅったつ》は五つすぎまで遅れた。おたかが入念な化粧をはじめたからだ。化粧ばかりか髪まで解いた。解きほぐした髪に濡れ手拭《てぬぐ》いを当て、埃《ほこり》を拭《ふ》き取ると丹念に櫛を入れた。それから力を込めてきりきり巻き上げ、最後は笄《こうがい》で留めた。

つぎが顔。鏡をのぞきこんで丁寧に紅を塗り、懐紙を取り出して口にくわえた。仙造に見せた目は疑いなく、いつもの笑みをふくんでいた。誘うような媚《こ》びさえあった。

「あのやろう、当てつけにわざとのろのろやってやがる」

喜多八が小声で仙造に言った。その目はすこしも苛立《いらだ》っていなかった。喜多八はおたかを目でも楽しんでいた。

9

美濃《みの》入りは雨からはじまった。最初の宿場、落合から小雨がぱらつくようになり、中津川へさしかかったときは本降りになっていた。先日ほど強くはなかったが、細かい雨が間断なく降り注いできた。

「このぶんじゃあんまり行けねえぞ。早めに宿を取ったほうがいいんじゃないか」

喜多八が言い出した。催促がましい言い方で、口許《くちもと》をすぼめていた。仙造はおたかの顔色をうかがった。おたかは目を合わせようとしなかった。だが足は必ずしもきれいに前へ出ていない。美濃の土は粘りけがあって、草鞋《わらじ》にだんだんくっついてくるのだ。

それで八つをすぎたばかりだったが、大井で宿を取った。名古屋へいちばん近い下街道との追分になっている宿場で、界隈《かいわい》でも随一の賑《にぎ》わいをみせているところだ。

ただし部屋のほうは、喜多八が望んだようにはならなかった。この雨で早めに宿へ入った旅人が多かったから、旅籠《はたご》は満員、相部屋になってしまったのだ。八畳間に六人。

四十前後のやくざものと、半年ぶりに故郷へ帰るという富山の置き薬屋、越後《えちご》から高野山へ向かうという修行中の坊主《ぼうず》。薬屋がいくらか愛想がよかったくらいで、あとのふたりは黙ったきり。部屋でも壁を背にして目を閉じ、ほとんど黙想していた。

こうなっては三人も、上方見物にやってきた伊勢屋の女将《おかみ》と、従者の役割にもどらざるを得ない。部屋の位置取りはおたかが隅の壁寄り。隣が喜多八で、仙造、薬屋、坊主、やくざの順。

寝はじめたらことりとも音がしなくなったが、それでも一度、ぴしゃりという音が響いた。喜多八の手がだれかにひっぱたかれたのだ。以後は静かになった。おかげで仙造も今夜はなんの妨げもなく、眠りをむさぼることができた。

翌日も小雨ながら、降ったり止《や》んだりの天気だった。おたかの化粧のせいで、三人を残してほかの連中は早々と旅立って行った。

「今日はいっそのこと、このまま居つづけないか。こんな雨のなかをびちゃびちゃ歩くのは、惨《みじ》めなだけじゃないか。だいたいこの雨じゃ、太田《おおた》の渡しもどうなるかわからないぞ。川止めがあるくらいだから、雨止めがあってもおかしくねえ」

喜多八はおたかの向かいで壁にもたれ、足を投げ出していた。脇差しを引き寄せて抱えている。膝《ひざ》を立てているから臑《すね》が丸出しだった。仙造の姿は目に入っていない。

遠慮のない目でおたかの全身をなめ回している。どう見ても宿六《やどろく》の気分だ。

「渡しがあるの？」

おたかが聞いた。

「そりゃあるさ。天下の木曾川がひかえてるんだ」

「仙さん、じゃあ川止めもあるの？」

「木曾川は船渡しですから、滅多なことでは川止めになりません」

「よかった。雨に降り込められた川止めなんて、ゆうべ以上の相部屋になっちまうだろうから。むしむし、むんむんで、たまんない」

「そういえば、ゆうべだってけっこうむしむししてた」

「あら、そう？　ひとりむらむらしてたのはいたみたいだけど」

喜多八が鴉《からす》みたいな声を上げて笑った。悦に入っている。いまにも涎《よだれ》をこぼしそうな顔になっていた。

「いまでもむらむらしてんだけどよ」

「お断りよ。それより喜多八、髪をすこし締め上げておくれでないか。きちっと留めたいんだけど、なかなかうまくまとまらなくて」

「おいきた」

喜多八は気軽に答えて立ち上がると、おたかの後にまわり、ほどいた髪をぐるぐる束ねはじめた。

「痛い、痛い。ばか、引っぱるんじゃないよ。撚《ひね》るんだよ。ちがう、回し方が逆」

仙造は立ち上がって廊下へ出て行った。目の下を左右へ走っているのが中山道で、右が信州方だ。ゆっくりした足取りで、四頭の馬が左へ向かっているところだった。すると中馬《ちゅうま》がここら辺まで来ているということだろうか。馬子《まご》は簑《みの》だが、馬は背に柿《かき》渋《しぶ》を塗った合羽《かっぱ》をかぶっていた。

目を上げると、薄墨色にけぶった深い山並みが前方に横たわっている。見えているのは飛驒《ひだ》の山々だった。右端に、真っ白な山がひとつ、ぽつんと突き出している。御《おん》嶽山《たけさん》だった。富士と同じように、回りから頭ひとつ抜け出た山なので、旅人にとってはいい目印となる。東海道からも望めるのだ。

どうやら髪結いが終わったらしい。

「思いの外器用じゃない。あんた、髪結いになったほうがいいわよ」

おたかの声が聞こえた。それから喜多八の声。

「おーい、仙造、出かけるぞ」

雨は午《ひる》ごろになって上がった。とはいえからっと晴れたわけではなく、山間《やまあい》に下りた霧は動こうともせず、いつまでも居座りつづけた。この辺りは十三峠をはじめとするいくつかの峠が折り重なっている一帯で、険しくはないが山が入り組んで眺めはない。黙って歩をすすめるほかないところだった。

その日は太田のふたつ手前、御嵩《みたけ》で泊まった。可児大寺《かにだいじ》という寺が有名で、御嵩はその門前町である。当然宿では相部屋を言い渡された。だが金さえ出せばひと部屋を借り切れた。仙造は二泊分に近い金を支払った。

おたかは御嵩で風呂《ふろ》に入らなかった。入りたくない、と不機嫌な顔で言い、以後ずっと怒ったような顔をしていた。仙造はひとりで風呂へ行った。喜多八がおれはあとから入ると言ったからだ。

もどってくると、部屋の手前で足音を殺した。いまでは無造作にもどってくることができなくなっていた。

「おれのほうはかまわねえぞ」

不満そうな喜多八の声が聞こえた。

「あたしがいやなの。いやなものはいや」

けんもほろろという声でおたかが撥《は》ねつけている。

「なんでまた、こんなときにならなきゃならないんだ」

「だれが悪いんだい。旦那《だんな》が亡《な》くなってからはずっと、栓のしっぱなしだったんだよ。そいつをあんたが抜いちゃったんじゃないか」

喜多八が言い返さなくなった。あきらめたようだ。仙造はすこし引き返してから、足取りを変えて部屋にもどった。

おたかはずっと不機嫌だった。めしを食うと、さっさと横になった。喜多八はしばらくのそのそしていたが、思い出してあわてて風呂へ行った。未練のほうに気を取られ、入りそびれていたのだ。

「仙さん」

喜多八がいなくなると、おたかが向こうむきになったまま言った。

「これからの道を教えておくれでないか。どこで泊まるようになるか、その場所を知りたいんだ」

「明日、今渡《いまわたし》で船に乗り、木曾川を渡って太田に出ます。そのあと鵜沼《うぬま》を通って加納（岐阜）。永井家の城下町ですから、明日は加納泊まりがいいでしょう。さらにその翌日は、岐阜川（長良川《ながらがわ》）久世川《くぜがわ》（揖斐川《いびがわ》）、ふたつの川を渡らなきゃなりませんので、赤坂泊まりになるかと思います。関ヶ原を翌日越えます。泊まり先としては醒井《さめがい》か番場《ばんば》、鳥居本《とりいもと》辺りでしょう」

「その醒井とか、番場とかいうところは山のなかなの？」

「いいえ。近江路《おうみじ》で、彦根《ひこね》のすぐ裏に当たります。そこそこの賑わいはあると思ってください」

「じゃ関ヶ原へ出るまで、一日か二日、寄り道するようなところはない？　名所旧跡みたいなところ。加納という城下町にはなにか見どころがある？」

「加納なら、一日や二日、見物するところくらいあります。観音寺とか瑞龍寺《ずいりゅうじ》。また赤坂へ向かうまえ、大垣に立ち寄ることもできます。こちらは戸田家十万石の城下町。加納よりもっと賑やかです」

「あ、そう。わかったわ。ありがとう」

それだけだった。おたかはそれきり向きも変えず、喜多八がもどってきたときは寝息を立てていた。

翌日は伏見を通り、今渡で木曾川を渡った。対岸が太田。今渡の渡しは、川の流れ次第で何度か場所を変えているが、いずれも太田近辺に設けられていた。木曾川、飛驒川、ふたつの川が分かれるところなのだ。名古屋から荷を運んでくる川船が、遡《さかのぼ》ってこられるのがこの今渡までだった。

おたかはこの日も機嫌がよくなかった。気分そのものがよくないみたいで、眉間《みけん》にしわを寄せたまま、気むずかしい顔をしていた。頭痛がするといって、話しかけられるのさえ嫌そうだ。

「月のものがはじまりやがったんだ」

喜多八が不満を露《あらわ》にした顔で言った。おたかをひとりにしてやるため、いまではふたりとも後を、いくらか離れて歩いていた。

「そうじゃないかと思っていた」

「かといって、これほどころっと態度を変えなくったっていいだろうが」

「月のものがはじまると、めしも食えなくなる女だっている」

「なんでえ。えらい詳しいじゃないか。おまえ、女房がいるのか」

「ちがう。おれのおふくろがそうだった」

「ふん。おまえにもおふくろがいたのか。くそったれ。おれにばっかり当たりやがって」

「させてもらってる以上、それくらいのとばっちりはしょうがねえだろう。江戸にいたときは、口もきいてもらえなかったのとちがうか」

「まあな。それに近かったことはたしかだ。ただの淫売《すべた》とわかっていても、出るところへ出たらお留守居夫人だからな。へへーっと、かしこまらなきゃならなかった。これ、喜十郎、とおれなんか呼び捨てだったんだ」

「そうか、喜十郎が本名か」

「うるせえ。喜多八でいい」

日にちがたてばたつほど、この男の素性がばれ、みすぼらしくなって行く。これでは使い捨て以上の身になれるはずがなかった。

「淫売《すべた》、淫売《すべた》って、あの女の正体はなんなのだ？」

「ただの淫売《すべた》だよ。うちの家中を食いものにしている和泉屋《いずみや》という米問屋が、もっと生き血を吸いたくて、留守居を籠絡《ろうらく》する手段として送りこんできた貢《みつ》ぎ物よ。和泉屋は当家の向こう脛《ずね》に喰らいついている蛭《ひる》なんだ。この和泉屋を取りのぞいてしまわん限り、当家の未来はない。江戸の連中は、やつに天誅《てんちゅう》を加えたくてうずうずしているんだが、江戸へ出てこないから、切歯扼腕《せっしやくわん》するほかねえんだ」

「和泉屋はおたかをどこで見つけてきたんだ」

「芸者をやっていたという噂《うわさ》だけどよ。なに、枕《まくら》芸者だ。どんな男だろうが手玉にとってしまう凄腕《すごうで》だと聞いた。はからずもその味見だけ、させてもらったけどよ」

「それで、おまえも手玉に取られそうか」

喜多八はいきなり躰《からだ》を揺すって仙造をこづき、閉まらなくなった口許をだらしなく開けて笑いくずれた。なんともうれしそうな顔をしていた。

「ふん。これからはおれが手玉に取ってやらあ」

その日のうちに加納まで行った。永井肥前守《ひぜんのかみ》の城下町だ。美濃の要《かなめ》であり、殷賑《いんしん》の地。浪花講《なにわこう》の看板が掛かっている荒船屋という旅籠に草鞋を脱ぎ、二階のいちばん奥の部屋に通してもらった。おたかの具合が、その後もずっとよくならなかったからだ。

頭痛というのはほんとうだったようだ。ときどきこめかみに手を当てて押さえていたし、歩いているときでもいきなり立ち止まり、杖《つえ》につかまってしばらく動けない、ということが何回かあった。顔色が悪く、食欲がなく、昼に鵜沼で鮎《あゆ》めしを食ったときもほとんど食わなかった。

宿に着くとすぐ布団《ふとん》を敷いてもらい、おたかは横になった。壁のほうを向いたままだ。そのあと、今夜は晩めしもいらないと言った。

「医者を呼ぼう」

たまりかねて喜多八が言った。

「余計なことをしなくていいの」

おたかがつっけんどんな声で言った。

「いつもこうなんだから。ときがきたらほっといても治るわよ。今月はそれが、ちょっとひどいだけ。旅の疲れもあるみたい」

こうなったら、男ふたりにできることはない。はっきりいえば、いないほうがいいのだ。それでしゅんとなってしまい、息を殺して動き、ひっそりと食い、そっと眠りについた。

翌朝、おたかは起きなかった。もう一日、寝させておいて、と言い出した。急ぎ旅ではないからそれはかまわない。仙造は宿とかけ合い、昼間、男ふたりのいる場所として、向かいの部屋を使わせてもらうことにした。男がいない分おたかも気楽だろうし、なにか用があるときは、声を出してくれたら駆けつけられる。

男ふたりは向かいの部屋で、することもないまま黙然と外を見ていた。町の真ん中だから眺めはない。街道から一歩入っているので、人通りもそれほどない。東に金華山がわずかにのぞいている。昼の旅籠というものが、これほど退屈なものだったかと、あらためて気づかされたようなものだ。

晩めしの心配はいらなかったが、昼は外でなにか食って来なければならない。おたかになにか食べたいものはないか、喜多八を御用聞きに行かせた。すると夕飯で、おかゆを食べさせてくれるよう、宿に頼んでくれと言った。昼はいらないという。

自分たちは交代でなにか食って来ようということで、はじめは仙造が外へ出かけた。

食いものにこだわるほうではないから、腹さえくちくなったらそれでよい。瑞龍寺の門前町で餅《もち》を食い、茶を飲んで帰ってきた。帰りに三つ、包んでもらって持ち帰った。

二階までもどると、自然に足をしのばせた。おたかの部屋に近づくと、ぼそぼそという話し声が聞こえてきた。

「がきのころ、おふくろが頭が痛いって、めしも食わずに寝ていたことが、ときどきあったんだ。どうしていいかわかんなくて、おろおろしたけど、この年になって、はじめてわかった」

「ばかだねえ。いまごろそんなことに気がついたの。だから男はだめなのよ」

「しかし、ほんとの病気かと思って、心配したぞ」

「病気じゃないわよ。これは女につきものの障《さわ》りなの。びっくりしたり、怖《おそ》ろしい思いをしたりしただけで、はじまることだってあるんだから。ほんとはもっと先だったのに」

「え？　そうだったの。それじゃあれが」

「決まってるじゃないか。だれが悪いの？」

「おれ」

「おれって、認めればいいってものじゃないわよ。第一、悪いと思ってないじゃない」

「だって、とにかく、思いを遂げるほうが先だったんだ。これまでどれだけ辛抱してきたと思うんだ。お屋敷にいたときからそうだったんだぞ。もうやりたくて、やりたくて、たまんなかった。けどこのつぎからは、もっとおまえをよろこばせてやるよう心がけるよ」

「ほんと？」

「ほんとだ。誓う」

「やさしくする？」

「する」

「なめろと言ったらなめる？」

「なめる」

「わたしがああしろ、こうしろと言ったら、その通りする？」

「するする」

「わたしの聞くことにはなんでも答える？」

「答える。隠しごとはしねえ」

「では誓いのしるしとして、やさしく口吸いしなさい」

もつれ合った気配がして、声にならない息遣いがしばらく聞こえた。

「ばか」

あえぎながらおたかが言った。躰がはねたような音。

「明後日《あさって》まで待ちなさいと言ってるでしょうが。いいからもう、あっちへ行きなさい」

喜多八があわてて取りなそうとしたが、おたかは聞き入れなかった。

「消えなさい」

最後は罵声《ばせい》を張り上げて喜多八を退けた。

仙造は外までもどり、下から二階へ呼びかけた。おう、と答えて喜多八が顔をのぞかせた。

「そこの瑞龍寺の門前で売ってる餅がうまいぞ。おたかさんが、ひょっとして食わないか、聞いてみてくれ。気が変わって、食いたいと言うんなら、すぐ買ってくる」

喜多八が姿を消した。間もなく出てきて「食いたくねえそうだ。おれが代わりに食ってくるから、おめえ交代しろ」

それで仙造は部屋にもどった。入れちがいに喜多八が出て行き、仙造はひとりになった。黙って坐《すわ》っていた。だがおたかから、お呼びの声はかからなかった。仙造は餅をひとつ食い、残りふたつは自分の行李《こうり》へ入れた。

夕方、おたかは宿のつくってくれたおかゆを、おいしいと言って二膳《にぜん》食った。おかずは梅干し。明日の朝もう一回おかゆをつくってもらい、夕はふつうのご飯が食べられるだろうという。もちろん病気ではないから、風呂にも入れる。

翌朝はだいぶ元気になっていた。顔色もよくなり、白粉《おしろい》をはたくと、これまでと変わらない顔色になった。用心してすこしゆっくり歩いたが、今日は頭痛もほとんどなくなったという。

その日は大きな川をふたつ渡ったから、それほど遠くまで行けなかった。大垣の北にある美濃赤坂泊まりということになった。しばらく平地がつづいたが、明日はまた山に入る。美濃赤坂は伊吹《いぶき》山の東の端にある宿場だ。繁華の地へ近づいてきたせいか、西へ行くにつれ旅人の姿が多くなってきた。

翌日の朝、おたかはこれまでにもまして入念な化粧をした。口許《くちもと》の仕上げはとくに丹念だった。目の輝きがちがっていた。折った懐紙を口にくわえるとき、おたかは男たちに必ず目を向ける。誘うような、じらすような顔つき。男に見られることを楽しんでいるとしか思えなかった。男に見せることがひとつのつとめになっていた。手つきが踊っているみたいに優美だった。伸ばした指先が一本一本反り返っていた。

宿を出たのは五つ。天気は晴れで、春霞《はるがすみ》。道は平坦。旅人の足取りも軽く、空では雲雀《ひばり》が啼《な》いていた。中山道はこれから垂井《たるい》まで、ほぼ一里が真《ま》っ直《す》ぐである。右手に沿っていた山並みが、すこしずつ離れはじめた。街道が平野のなかへと出て行くのだ。

「おう、仙造。この道は、人間ばかり多くてつまらんなあ」

後から喜多八が声を上げた。右手前方の山裾《やますそ》を指さしていた。

「あそこに桜が咲いてるみたいじゃないか」

白い花をつけた木が何本か見える。山桜のなかには早咲きもあるから、べつに珍しい光景ではなかった。傍らの家の垣根ではレンギョウが真っ黄色に咲き誇っていた。

喜多八はそれには目をくれようとしないのだ。

「こっちの山裾回りじゃ行けないのか」

なおも言った。

「すこし遠回りになるが、行けなくはない」

「垂井はどこ？」

おたかが聞いた。

「あそこ」

前方の山裾を指さした。

「関ヶ原はどこだ」

「あの山間」

「だったらそんなに遠回りでもないじゃないか。じゃこっちの山の下を、風流にのんびり行こうぜ。あの連中の足取りを見てみろ。どいつもこいつも、親の死に目に会いに行くみたいな早足だ。ああいうやつらが周りにいると、せわしなくっていけねえ」

仙造はおたかの顔をうかがった。

「いいわよ。わたしもそっちで」

それで道が決まった。三人は街道から分かれ、山裾に沿って西へ向かいはじめた。こちらはほとんど人が歩いていない。火の見櫓《やぐら》の立っている村がひとつあって、それをすぎると人家はまったくなくなった。山は里山。山裾には道が這《は》っていて、ところどころ山中へ分け入る道もついている。小さな鳥居が目についたが、鎮座していたのはただの祠《ほこら》だ。

さっき見かけた山桜の下についた。ただの山桜が三本、間を置いて並んでいた。花はつけているが、葉のほうが多い。喜多八はと見ると、気づいてもいなかった。

目がちがうものを探していた。きょろきょろと、落ち着きのないことおびただしい。

鵜《う》の目鷹《たか》の目で、山のなかをうかがっているのだ。すこしでもなかへ入る小道があると、迷わずそっちへ足を踏み入れた。間もなく憤然と飛び出してきた。思わしいものが見つからないのだ。いまや盛りのついた犬と化していた。

奥行きが一町くらいの、小さな谷地があった。棚田が延びて、かたわらに道がついている。森の向こうに村でもあるのだろう。文字の磨《す》り減った棒杭《ぼうくい》ほどの道標が立っていた。

その傍らに二十段ほどの石段があり、奥の林のなかから宝形の屋根がのぞいていた。上半分しか見えていないが、角格子の壁が下からでも見える。

待て、と言って喜多八がひとり駆け上っていった。すぐに出てきた。なにくわぬ顔をしていた。おたかに向け、かすかに目配せした。ふたりは石段の下で、なにかささやきかわした。

「おう、仙造。おめえ、先に行っててくれんか。おれたちはここで、ちょっと休んでいく。関ヶ原辺りの、茶屋で待ってろ」

おたかが上目遣いをして喜多八の後から出てきた。きまり悪そうな笑みであることに、ようやく気づいた。

「そうしなさいよ、仙さん。あなたもう、いてもいなくても同じでしょう。茶屋で待ってて。逃げやしないわよね。わたしの荷物、持ってっちゃいやよ」

仙造は黙って歩き出した。媚《こ》びたおたかの鼻声が聞こえてきた。後は見ない。仙造は口を固く引き結んでいた。

離れたところまで来ると、胸をふくらませて大きな息をしはじめた。肩を上げ下げしながら、数回つづけた。息をやっと元にもどすことができた。それくらい息を詰めていたのだった。

仙造は空を仰いだ。日輪が真上へ来かけていた。まぶしかった。目を離すと、地上の色が消えていた。なにもかもが灰色に見える。歩き出すと足下がよろめいた。竹林があった。その前で腰を下ろした。前方が中山道。いまでは半里も離れてしまった。目をさまよわせながら、葉擦れの音を聞いていた。

それから立ち上がり、竹林のなかへ入って行った。竹は孟宗竹《もうそうちく》だった。太くて、節の間が短い。細い竹を探したがなかった。いちばん若い去年の竹でさえ、握るには太すぎる大きさになっていた。

竹を切り出した跡があった。十本ぐらい鋸《のこぎり》で挽《ひ》いて、切り倒している。太いところしかいらなかったということか、先の部分は捨ててあった。切ったのはおそらく一、二ヶ月まえ。正月用に切り出したのかもしれない。

荷を下ろすと、いちばん太そうなものを選び、刀を抜いて節を落としはじめた。長さ二間ほどにして、いらない先は斬《き》り捨てた。荒削りだが、一本の竹竿《たけざお》ができた。先のほうに手をかけ、しならせてみた。しなりすぎた。それでまた、先を半間落とした。まだ気に入らなかった。柔らかすぎて、槍《やり》にならないのだ。実際に斜面を突いてみた。南京《なんきん》や大根ぐらいなら突き通せるだろう。ただしうまく突き当てたらの話だ。

腹を立てた目で、未練がましく周囲を見回していた。だがそれ以上のことは思いつかなかった。とうとうあきらめ、竹を憤然と投げ捨てた。

道をもどりはじめた。肩を怒らせていた。顔が引きつっている。足取りはどすんどすん。ためらいもひるみもなかった。自分のすべきことに向かって突きすすんでいた。

堂のはるか手前から聞こえてきた。それを耳にするなり、仙造は刀を抜いて走りはじめた。石段を一気に駆け上がった。そこで、足が止まった。真っ最中だったのだ。あえぎ、うなり、叫ぶ声。女のよがる声、それに応《こた》える男の雄叫《おたけ》び、息遣い。すべてが一緒くたになって堂をふるわせていた。自制や慎みや矜持《きょうじ》、身にまとったものをかなぐり捨てた色欲が破裂しようとしていた。

おたかがあらん限りの声をふるわせてのたうち回っていた。喜多八が渾身《こんしん》の力と動きでそれにとどめを刺そうとしていた。ふたつの叫び声が長く尾を引き、ひとつになって合体した。つぎの瞬間それが怒声に変わった。叫ぼうとした声が咽《のど》へ引っかかり、一瞬の静寂が訪れた。

「き……き、さま!」

狼狽《ろうばい》と怒りの声が炸裂《さくれつ》した。仙造は扉を開けるなり飛びこんだ。喜多八が立ち上がって、自分の刀に手をかけたところだった。着物の裾がはだけ、下肢が剝《む》き出しになっていた。はち切れそうになった陰茎から、まだ精液がほとばしっていた。

おたかも横たわったままだった。二本の足が空を搔《か》いており、仙造の目には陰部がそのまま見えた。右手に箸《はし》のような短刀を握っていた。間際《まぎわ》までぎりぎり待って、そいつで喜多八の腹をえぐったのだ。

喜多八は刀を抜こうとしてよろめいた。足がもつれ、横倒しになった。その目が不思議そうに自分の腹を見つめた。自分の身に起こったことが、まだわかっていないみたいだ。だが仙造を見上げると、すぐさま立ち上がろうとした。敵を見分ける目は失っていなかった。その目は怒り狂いながらも焦《あせ》っていた。思うように躰《からだ》が動かないのだ。立ち上がれないまま刀を抜いた。しかしそれを振り上げられなかった。喜多八はいざりながら刀を仙造に向けた。

「仙さん、そいつにとどめを刺してやってよ」

おたかがやさしく言った。懐紙が散らばっていた。それを納めてあった容器がふたつに割れていた。短刀が懐紙入れに仕込んであったのだ。

10

喜多八の死体は森に運んで捨ててきた。懐中にはいくらの金も入っていなかったが、刀は拾いものだった。捨て値で叩《たた》き売っても十両にはなるだろう。だが町人の分際で、二本差して歩くわけにいかない。あれこれ考えた末、荷を運ぶ天秤棒《てんびんぼう》代わりにした。鍔《つば》を外し、喜多八が着ていた合羽《かっぱ》を裂いてぐるぐる巻きにすると、頃合いの棒になった。

「ありがとう。仙さんが、口から出まかせに言ってくれたひと言が利《き》いたみたい。それでもっと欲をかいたのね。わたしが大坂でだれと会うか突き止め、さらに金まで手に入れたら言うことなし。二重のお手柄ということになる。それまで散々わたしを慰《なぐさ》みものにもできるし」

「おたかさんが本気で、あの男のものになってるわけじゃないことはわかってました」

「男って、ほんとにばかなのよね。一度ものにしてしまえば、それでもう情婦《いろ》にしたつもりなんだから。自分のものだと思うから、自分と他人との見境がつかなくなってしまうの。睦言《むつごと》にみせかけて水を向けたら、簡単にしゃべっちまった。もっともこないだ、若侍らと話がついたと言ったとき、おおよそ見当はついてましたけどね。用人を動かしている後の、大本の黒幕がわからなかったの。それがわかったら、もうあの男に用はなかった。あとはどっちが先に相手を仕留めるか、それしか残ってなかったのよ。この短刀、護身用ということでつくってもらったんだけど、これを持っていると、自分の命まで自分の手の内にあるという安心感や、心の支えみたいなものが得られて、いつも慰められていたの。まさか、こんな風に役立つときがこようとは思わなかったけど」

「あの男はおたかさんを、国許の生き血を吸っている姦商《かんしよう》が、留守居を籠絡《ろうらく》するために送りこんだ貢《みつ》ぎ物、という言い方をしました」

「それはまんざら、当たってなくもないのよ。わたしもはじめは、ただの節季奉公のつもりで江戸へ上がったんだから。けど旦那《だんな》さまのお人柄がわかってからは、本気になって惚《ほ》れたわ。うそじゃない。誠心誠意つくしたつもりよ」

「しかし姦商の手先とあれば、家臣は見方を変えてくれないでしょう」

「姦商姦商っていいますけどね。相手にたかってダニみたいに血を吸っていたのはどっちだと思うの。実際は逆。家中すべてが和泉屋のダニでしかなかったのよ。いまどきの一流どころの商人はね、もうお上なんか必要としていないの。自分たちで法則をつくり、仲間内でつくった組合を運営し、節度のある競争をしたほうが、お上に保護してもらうより、はるかにましな商売ができるってことが、わかってしまったんだもの。お上はそれでは自分たちのいる意味がなくなるから、手を差しのべるとか、保護するとか、もっともらしい口実をつけては、なんだかんだ金を巻き上げてるだけ。実際にすり寄ってきてるのはお上のほうなのよ。世のなかのそういうからくりをわかろうともせず、表では体面の取り繕い、裏では足の引っ張り合いばかりしているのが、お侍という世界なの」

「するとおたかさんは、和泉屋のために働いていたんですか」

「そういう言い方の問題ではなかったわ。三年ほど江戸へ行って、お留守居を慰めてやってくれないか、ということだけで、ほかにはなにもなかった。だからどのように言われようが、平気だった。旦那さまが亡《な》くなってからよ。みながみな疑心暗鬼になって、いろんな憶測が飛び交いはじめたのは。それもこれも、旦那さまが急死されたせい。すべての発端。わざと隠したわけじゃないけど、ただの急死にしておいたほうが、回りのだれも傷つかないんじゃないかと思ったのがまちがいだった。砂村という用人がね、毒を盛ったんじゃないかと噂《うわさ》され、窮地に陥っていることがはじめてわかったのは、そのときよ。わたしもこの用人が信用できなくて、石見《いわみ》銀山《ぎんざん》でも使ってるんじゃないかしらと、疑ったこともあったんだから」

「するとほんとは、ふつうの死に方ではなかったんですね」

「こうなったらなにもかも言ってしまうけど、旦那、わたしのお腹《なか》の上で亡くなったの。終わってから、いつまでもぐったりしているから、その間ずっと背中をさすってあげていたんだけど、だんだん重くなってきたから、どうしたのかなと思ってよくよく見たら、もう事切れていた。毎日毎日ご公儀や他家との折衝、家臣間の妬《ねた》みや軋轢《あつれき》にさらされて、神経を磨り減らすほど疲れていたことはたしかだったわ。ご本人も、おまえだけが慰みだよって、いつも言ってくださってたから。それで励みすぎたのがいけなかったんでしょうけどね。わたしもそのときはびっくりしたけど、そのままの恰好《かっこう》は見られたくないだろうと思ったから、着ていたものを整え、いつものお休みの恰好にして自分の部屋に下がったの。朝になって見つけ、それから手続きに従えばよいと思ったんだけど、それが蜂《はち》の巣をつついた騒ぎの元になろうなんて、思いもしなかった」

おたかの言うことは、ほぼ正しいだろうと、仙造は思った。二十日近くも一緒に旅をすれば、どんな人間か絶対にわかる。この女を信用して不都合なことは、すこしもないと思うのだ。

「それで国へ帰ったら、どんな暮らしが待っているんです」

「それを言われるとつらいなあ。仙さんだって、わたしがまともな暮らしなど、できるはずないと思ってるみたいだし」

「いえ、けっしてそんなつもりでお聞きしたんじゃありません。国許《くにもと》では、そういう騒ぎに巻き込まれる恐れはないのかと思って」

「それは大丈夫よ。今度はどんなお役目もないんだから。それより、どう？　仙さん。いっそこのまま、あなたもこんな暮らしから突き抜けてしまわない？」

「あっしはそんな、大それたことができる人間じゃありません。あっちこっち、命じられたところを走り回るのが精一杯というしがない人間です」

「そんなことないわよ。仙さんて、むっつりしてるけど、けっして人を裏切らないもの。女にとっていちばん頼りがいのある人よ」

当初の約束通り、おたかとは伏見の船着き場で別れたのだが、そこまでの道中、仙造は真顔で口説かれつづけた。

「じゃ、せめて、大坂まで。ほんとのことを言うとね。仙さんのことば、出まかせじゃなかったの。大当たりの、図星よ。ほんとにおあしがいただけるのよ。だからどう、しばらく有馬《ありま》温泉にでもつかって、骨休めしない？」

「どうかそのお金は、これからのご自身のためにお使いくだせえ」

伏見の夜は明るかった。さまざまな明かりが水面《みなも》に映え、おたかのほの白い顔をふんわり浮かび上がらせ、こよなくやさしく、美しく見せた。目がきらきら輝いていた。からから笑いつづけておたかはくつろいでいた。

「ほんとにだめ？」

船に乗る間際になってもまだ言った。しようがないわねえ、そこまで怖《お》じ気《け》づかれたんじゃあ。

最後にもう一度振り返った。にっこり笑い、口をすぼめて突き出すと、なにか言った。

い、く、じ、な、し、と唇の動いたのがわかった。

解 説

村上貴史

■通し飛脚

いいなあ、これ。

つくづく素晴らしい作品集だと思う。

緊迫感があり、予想外の展開があり、人間くさく、非情で、ちょっと茶目っ気があり、そしてプロだ。そうした魅力が、個別に並べただけでも足し算しただけでもなく、ごくごく自然体で一つに溶けあっている。しかも芯《しん》は凜《りん》としていて毅然《きぜん》としている。つくづく素晴らしいのだ。

そんな『待ち伏せ街道』は、志水辰夫の時代小説《蓬萊屋帳外控》シリーズの第三弾である。第一弾となる『つばくろ越え』が刊行されたのは二〇〇九年のことだった。第二弾である『引かれ者でござい』は二〇一〇年、そしてこの『待ち伏せ街道』は二〇一一年と、コンスタントに発表されてきた作品群だ。

一九八一年に『飢えて狼《おおかみ》』でデビューした志水辰夫。冒険小説やハードボイルドの分野で数々の名作を著してきた彼が初めて時代小説を世に送り出したのが二〇〇七年の『青に候《そうろう》』であった。その後は創作活動を時代小説にシフトし、翌年には『みのたけの春』を発表。そして三冊目の時代小説が、《蓬萊屋帳外控》シリーズの第一弾『つばくろ越え』だったのである。

江戸の飛脚問屋の蓬萊屋。その総元締めを引退した勝五郎は、その後、かつてからひっそりと行ってきた裏仕事を本業とするようになっていた。裏仕事といってもやましい内容ではなく、主に大金を運ぶ際、コスト効率を考えて一人の飛脚が密《ひそ》かに目的地まで運ぶという〝通し飛脚〟なるビジネスだった。通し飛脚には、長距離を一人で走りきる脚力だけでなく、貴重な荷を守り抜く才覚や腕が必要となる。そんな飛脚たちを視点人物としたのが、この《蓬萊屋帳外控》シリーズなのだ。第一弾から順に、中篇が四篇、三篇、そして三篇収録されている。

このシリーズでは、各篇で視点人物を務める飛脚は同一ではない。様々な過去を持つ男たちが、その半生で培《つちか》われたそれぞれの技能と価値観に基づき〝プロの通し飛脚〟としての矜持《きょうじ》を示しつつ、荷にまつわる出来事——たいていは厄介事だ——に巻き込まれ、そして対処していくのである。シリーズ第三弾の『待ち伏せ街道』も例外ではない。

■待ち伏せ街道

さて、本書の第一話「なまくら道中」で視点人物を務めるのは、鶴吉《つるきち》という飛脚である。

勝五郎のもとに持ち込まれたのは、仏像を善光寺まで送り届けて欲しいという依頼だった。仏像の所有を巡る争いがあるとのことで、極秘裏に運ぶ必要がある。荷が二つに分かれているため、鶴吉に加えてもう一人の飛脚が必要であった。それを担当することになったのは長八《ちょうはち》。まだまだ小僧であり、鶴吉が何かと面倒を見てやらねばならないのだが、それにしても長八の〝使えなさ〟は度を超していた……。

仏像を巡る陰謀と罠《わな》、それらをくぐり抜けていく二人の飛脚——という物語としてももちろん抜群に面白い。トリッキィな仕掛けも施されていて、真相で驚かされることだろう。

冒険小説的要素もある。追っ手から逃れるべく、崖《がけ》や川を鶴吉と長八が踏破していくのだ。山のなかに隠れての敵との駆け引きもある。このあたりの筆運びは、さすがに志水辰夫であり、昔ながらのファンも心躍らせる名場面となっている。

それに加えて、というかそれ以上に、鶴吉と長八のドラマも魅力的である。口は多いが手は伴わず、遅刻はするし荷は背負えない。そんな長八を導いて、鶴吉は荷を運ばねばならないのである。それも〃敵〃に狙《ねら》われている状況でだ。長八は、問答無用で抜刀するような連中を相手に命懸けで荷運びを続けるなか、徐々に変化していく。彼が成長する様も魅力的ならば、鶴吉が長八を導き、そして長八を認めていく様もまた魅力的である。

ちなみに指導役となる鶴吉自身も、昔は長八のようであった。『つばくろ越え』の第四話「彼岸の旅」では、三十で勝五郎に引き抜かれたという記述に続き、「とても使いものにならないと見られていた」とか「要領ばかりで、骨惜しみする」とかいう鶴吉の評価が記されている。それが飛脚界の大長老のおともを経験して、なんとか一人前になったのだ。「なまくら道中」は、その鶴吉が、今度は長八を供にする物語なのである。ちなみに長八も「彼岸の旅」には登場しており、そこでは鶴吉から「決まった職もねえ半端やろう」として言及されている。「ひところのあっしも似たようなもんだった」とも言い添えている。そうした二人の過去を知って読むと、鶴吉自身の成長の物語としても「なまくら道中」を味わうことができるわけで、愉《たの》しみはよりいっそう深くなるだろう。ちなみに『引かれ者でござい』の表題作でも鶴吉は視点人物を務めており、放蕩《ほうとう》息子と付き合う役目を押しつけられている。過去が過去だけに、そういう役回りなのかもしれない。

第二話が「峠ななたび」。澤田吟二郎という男が視点人物だ。彼は最初、蓬萊屋の用心棒だった。仕事は楽だったが、彼の役割は客からすれば余計なコストであり、仕事は次第に減っていった。ここ数年は町道場の剣術指南をして生計を立てていたが、ときどき勝五郎から飛脚仕事を回してもらったりもしていた。吟二郎のように、武士としての口上が述べられる者が必要な場面もあったためだ。

その吟二郎が文を届けるという飛脚仕事を請《う》け負ったときのこと。届け先が不在で一晩骨休めをするために泊まった寺で、彼はある男女の会話を耳にした。三郷《みさと》の殿様の腰元であったその女はその後、御殿から逃亡し、翌日には男も逃げたという。二人を追う目付の勘七と行動をともにした吟二郎は、雪の季節になり始めた山を越えていくことになる……。

騙《だま》す者と騙される者を結ぶ糸が――それも複数の糸が――全篇に張り巡らされた物語である。表面的には静かであり、勘七の造形などを通じて笑いを誘う描写さえあるが、この一篇に張りつめた緊張感は尋常ではない。物語を読み進み、吟二郎がその糸の存在を一つずつ把握していくにつれ、読者も緊張感を次第に強くしていくであろう。

そしてまた幾重にも絡《から》み合った騙し合いの奥深さに驚嘆するはずだ。「峠ななたび」は、その緊張感と驚嘆を堪能できる一篇である。

同時に、幕末における世の中の変化が深く投影された作品でもある。直接の舞台は大津から敦賀《つるが》のあたりの山のなかだが、作中で語られる吟二郎の仕事の変化や、町人と武士の関係の変化などは、確かに社会の動きと連動しているのである。そうした点に目を向けてみるのもまた一興だ。

そしてこの中篇集の末尾を飾るのが第三話「山抜けおんな道」である。『つばくろ越え』でも表題作と第三話「ながい道草」で視点人物だった仙造が主役である。

今回仙造が運ぶことになる荷は、実は一人の女性である。とある大名家の江戸屋敷のお留守居がなくなり、その奥方だった女性は、余生を江戸で幽閉されたような状態で送らねばならなくなった。だが本人は郷里へ帰りたいという気持ちを強く持っている。その心を知る身の回りの者の協力も得られるとのことで、元奥方は屋敷を密かに抜け出すこととした。それに仙造は力を貸すことになったのである……。

追っ手たちから逃げる奥方とそれを助ける仙造を軸に、彼等の旅路を描くのであるが、なによりこの元奥方のキャラクターがよい。したたかで、大胆で、無邪気で、わがままで、ときとして安直に行動する。その奥方に仙造は振り回されるのである。それはもう逃亡の打ち合わせの際から始まっており、逃走の当日にも仙造の想定外の行動を取る。例えば、荷物持ちを一人連れてくるようにという仙造の指示に対し、長短二本を差した剣術使いを連れてくる、といった案配だ。

そんな具合に振り回されつつも、彼等はなんとか歩みを進めていくのだが、その過程で立ち寄る村の描写もまた興味深い。人里離れた山間の小さな村の人懐《ひとなつ》っこい笑顔を描いた上で、その村が存続していくために定着したある〝知恵〟が語られるため、村人たちを取り巻く状況の厳しさが読み手の心に深く刺さってくるのだ。

こうしたエピソードをはさみつつ、仙造が「なにも聞いていない」と戸惑うような状況を重ねつつ、さらに元奥方が新たな事実を告白して仙造に衝撃を与えながら、彼等は進んでいく。そしてその旅路を締めくくるラスト一行。『裂けて海峡』のラスト一行とはまたまるで異なる意味で衝撃的である。その一行に書かれた内容の矛先は仙造に向いており、この作品での仙造の活躍や、あるいは「つばくろ越え」などで語られた彼の凄《すご》みからして、とにかく衝撃的なのだ。また、全く別の観点では（しかも全く脈絡もないのだが）、二〇一三年の流行語を想起させたりするという点でも衝撃的である。

以上三篇、各一五〇頁《ページ》前後とボリュームもあり、読み応《ごた》えも充分である。そう、つくづく素晴らしい作品集なのだ。

■時代小説

志水辰夫同様、一九八〇年頃から冒険小説やハードボイルドの書き手として活躍し、その後、時代小説を書き始めた作家は少なくない。例えば佐々木譲は七九年に『鉄騎兵、跳んだ』でオール讀物新人賞を受賞し、翌年書籍デビューを飾り、その後、九一年の『五稜郭《ごりようかく》残党伝』以降、従来のジャンルの作品に加え、時代小説を書いた（その後軸足をさらに警察小説に移す）。八〇年に「暗殺者グラナダに死す」でオール讀物推理小説新人賞を受賞し、翌年『裏切りの日日』で書籍デビューを果たした逢坂剛は、冒険小説を軸足に警察小説などにも手を染めた後、二〇〇一年の『重蔵始末』以降、同書のシリーズを含め、時代小説をコンスタントに書き続けている。彼らとは若干異なるが、『弔鐘はるかなり』を初の著書として世に送り出した北方謙三は、八九年の『武王の門』以降、本邦と中国を舞台にした歴史・時代小説を書き続けている。七九年に『非合法員』でデビューした船戸与一も、『蝦夷地《えぞち》別件』（九五年）を上梓《じようし》し、『新・雨月』（二〇一〇年）を書いた。

こうして列挙してみると、志水辰夫は最も遅く時代小説に手を染めたことになるわけだが、従来型の作品の執筆をきっぱりとやめ、時代小説に活動の場を振り切った作家は、本稿執筆時点では彼だけである。そして時代小説への移行とほぼ同時に、志水辰夫はシリーズ作品を書き始めたのだ――そう、この《蓬莱屋帳外控》シリーズである（時代小説第一作の『青に候』が〇七年二月の刊行であったのに対し、《蓬莱屋帳外控》シリーズ第一作の「つばくろ越え」は、《小説新潮》二〇〇八年二月号に掲載された）。

それまでの志水辰夫において、まがりなりにもシリーズ作品と呼べるのは、彼のなかでも異色に位置付けられるコメディ『あっちが上海《シャンハイ》』（八四年）『こっちは渤海《ぼっかい》』（八八年）だけであった。それが、ひとたび「つばくろ越え」を書いてしまうと、同年七月号に第二話「出直し街道」を、そして十一月号に第三話「長い道草」を発表するといった具合に、この〝蓬莱屋の通し飛脚〟という枠組みを活《い》かしたシリーズ中篇を次々と発表していったのである。志水辰夫は、現代小説から時代小説へと舵《かじ》を切り、あわせて、単独作品からシリーズ作品へという舵も切ったのだ。

ちなみに後者の舵については、一気に切ったわけではない。何故《なぜ》ならこの《蓬莱屋帳外控》シリーズでは、枠組みが共通であっても、視点人物は各作品毎《ごと》に入れ替わるからである。各作品間の関連が緩やかなシリーズなのだ。

志水辰夫はこれまで、「一つのスタイルを確立し、その線に沿った作品を送り出しているほうがはるかに楽」ということは理解しつつも、「それがどうしてもできない」「できれば一作ごとに中身をがらっと変えてみたくなる」と発言し、その通りに執筆してきた。そんな彼がシリーズ作品を書いたわけで、これは実は大きな挑戦であったといえよう。そして、自分らしさを維持しつつ、シリーズを成立させるために選んだ手段が、〝蓬萊屋の通し飛脚〟という枠組みで、視点人物を切り替えていくというものだった。

そのため（同時にシミタツ節からの訣別《けつべつ》の延長線上にもあるのだろうが）、視点人物たちは驚くほど自己の内面を語らない。三人称であることも手伝ってか、通し飛脚たちの言葉や想《おも》いは、地の文でも台詞《せりふ》でも、抑制が利《き》いている。声高に自己主張したりはしないのだ（自分の死さえ語っていたシミタツ節の時代と比較すると、その変化をより強く感じられるはずだ）。そうした視点人物であるが故《ゆえ》に、再登場も容易なのだろう（例えば『つばくろ越え』第一話の視点人物であった仙造が第三話ですぐに復帰しており、第二話「出直し街道」の宇三郎は、『引かれ者でござい』の「旅は道連れ」に再登場している）。また、己を語らない視点人物を用いるが故に、周囲の人物がくっきりと浮かび上がる。仏像を巡る物語であったり、逃亡した腰元の物語であったり、あるいはやはり逃亡した元奥方の物語であったりが、（もちろん通し飛脚側の物語と一体となってではあるが）読者の心に残るのだ。そんなスタイルでこのシリーズは貫かれている。だからこそ同じ枠組みのなかで多様な物語が生まれるのであり、「一作ごとに中身を変える」ことができるのである。

もう一つ特徴的なのは、《蓬莱屋帳外控》シリーズが中篇の連作として書かれてきたという点である。八一年にデビューした志水辰夫が、初の短篇集を世に送り出したのは実に九四年のことだ（九篇収録の『いまひとたびの』）。その歳月を考えると、当初から中篇というスタイルでスタートするということも、また志水辰夫にとって新たな挑戦だったのだ。

時代小説という新たなフィールドで、文体を改め、同一の枠組みと共通した視点人物を使い、中篇というスタイルでスタートしたこの《蓬莱屋帳外控》シリーズ。新しいことだらけであり、マンネリを嫌う志水辰夫にとって最適なシリーズであることがよく理解できる。著者がワクワクしながら書いていることがくっきりと伝わってくるとさえ思える。冒頭に記したように、実に素晴らしい作品集なのだ。だからこそ、ちょっと想ってしまったりもする――蓬莱屋帳外控の長篇、なんていう挑戦をしてもらえないだろうか、などと。

（二〇一四年一月、ミステリ書評家）

この作品は二〇一一年九月新潮社より刊行された。

桐野夏生著　**残虐記**
柴田錬三郎賞受賞

自分は二十五年前の少女誘拐監禁事件の被害者だという手記を残し、作家が消えた。折り重なった虚実と強烈な欲望を描き切った傑作。

桐野夏生著　**ナニカアル**
島清恋愛文学賞・読売文学賞受賞

「どこにも楽園なんてないんだ」。戦争が愛人との関係を歪めてゆく。林芙美子が熱帯で覗き込んだ恋の闇。桐野夏生の新たな代表作。

北森鴻著　**凶笑面**
―蓮丈那智フィールドファイルI―

封じられた怨念は、新たな血を求め甦る――。異端の民俗学者・蓮丈那智の赴く所、怪奇な事件が起こる。本邦初、民俗学ミステリー。

黒川博行著　**疫病神**

建設コンサルタントと現役ヤクザが、産廃処理場の巨大な利権をめぐる闇の構図に挑んだ。欲望と暴力の世界を描き切る圧倒的長編！

黒川博行著　**螻(けら)蛄**
―シリーズ疫病神―

最凶「疫病神」コンビが東京進出！　巨大宗派の秘宝に群がる腐敗刑事、新宿極道、怪しい画廊の美女。金満坊主から金を分捕るのは。

近藤史恵著　**サクリファイス**
大藪春彦賞受賞

自転車ロードレースチームに所属する、白石誓。欧州遠征中、彼の目の前で悲劇は起きた！　青春小説×サスペンス、奇跡の二重奏。

今野敏著
リオ
―警視庁強行犯係・樋口顕―
捜査本部は間違っている！　火曜日の連続殺人を捜査する樋口警部補。彼の直感がそう告げた。刑事たちの真実を描く本格警察小説。

今野敏著
隠蔽捜査
吉川英治文学新人賞受賞
東大卒、警視長、竜崎伸也。ただのキャリアではない。彼は信じる正義のため、警察組織という迷宮に挑む。ミステリ史に輝く長篇。

佐々木譲著
天下城（上・下）
鍛えあげた軍師の眼と日本一の石積み技術を備えた男・戸波市郎太。浅井、松永、織田、群雄たちは、彼を守護神として迎えた――。

佐々木譲著
警官の血（上・下）
初代・清二の断ち切られた志。二代・民雄を蝕み続けた任務。そして、三代・和也が拓く新たな道。ミステリ史に輝く、大河警察小説。

佐藤賢一著
双頭の鷲（上・下）
英国との百年戦争で劣勢に陥ったフランスを救うは、ベルトラン・デュ・ゲクラン。傭兵隊長から大元帥となった男の、痛快な一代記。

佐藤賢一著
新徴組
沖田総司の義兄にして剣客、林太郎。フランス式歩兵を操る庄内藩青年中老、酒井玄蕃。戊辰戦争で官軍を破り続けた二人の男の物語。

津原泰水著

ブラバン

一九八〇。吹奏楽部に入った僕は、音楽の喜び、忘れえぬ男女と出会った。二十五年後、再結成話が持ち上がって。胸を熱くする青春組曲。

津原泰水著

爛漫たる爛漫
―クロニクル・アラウンド・ザ・クロック―

ロックバンド爛漫のボーカリストが急逝した。バンドの崩壊に巻き込まれたのは、絶対音感を持つ少女。津原やすみ×泰水の二重奏！

天童荒太著

孤独の歌声
日本推理サスペンス大賞優秀作

さぁ、さぁ、よく見て。ぼくは、次に、どこを刺すと思う？　孤独を抱える男と女のせつない愛と暴力が渦巻く戦慄のサイコホラー。

天童荒太著

幻世《まぼろよ》の祈《いの》り
家族狩り　第一部

高校教師・巣藤浚介、馬見原光毅警部補、児童心理に携わる氷崎游子。三つの生が交錯したとき、哀しき惨劇に続く階段が姿を現わす。

西村賢太著

暗渠の宿
野間文芸新人賞受賞

この女はもっと私に従順であるべきだと思う。粘着質な妄念と師清造への義。破滅のふちで喘ぐ男の内面を異様な迫力で描く新私小説。

西村賢太著

苦役列車
芥川賞受賞

やり場ない劣等感と怒りを抱えたどん底の人生に、出口はあるか？　伝統的私小説の逆襲を遂げた芥川賞受賞作。解説・石原慎太郎

新潮文庫最新刊

海堂尊著

ナニワ・モンスター

インフルエンザ・パニックの裏で蠢く霞が関の陰謀。浪速府知事《ドラゴン》&特捜部《カマイタチ》vs厚労省を描く新時代メディカル・エンターテインメント！

小野不由美著

黄昏の岸 暁の天
―十二国記―

登極からわずか半年。反乱鎮圧に赴いた王は還らず、麒麟も消えた戴国。案じる景王陽子の許へ各国の麒麟たちが集結するのだが――。

高杉良著

虚像の政商（上・下）

大泉内閣の陰で暗躍し、強欲の限りを尽くした男、加藤愛一郎。拝金主義で日本経済を壊した「平成の政商」を描く経済小説の金字塔。

絲山秋子著

末裔

母は認知症、妻を亡くし、子供たちとも疎遠な公務員58歳。独りきりのオヤジが彷徨う〈別次元〉の世界。懐かしさ溢れる家族小説。

志水辰夫著

待ち伏せ街道
―蓬莱屋帳外控―

江戸留守居役奥方を西国へ逃がせ。禁制御法度、磔覚悟の逃避行がはじまる。智勇度胸を備えた影の飛脚、その奮闘を描く冒険活劇。

夢枕獏著

魔獣狩りI 淫楽編

中国拳法の鬼・文成仙吉。魔的な美貌の密教僧・美空。凄腕精神ダイバー・九門鳳介。空海の即身仏をめぐる超絶バトルがここに始まる。

新潮文庫最新刊

中谷航太郎著
アテルイの遺刀
—秘闘秘録 新三郎&魁—

覇者のギヤマンを手に入れた新三郎&魁だったが、新たな刺客が迫る。その裏では国を動かす大陰謀が蠢いていた。シリーズ第五弾!

吉川英治著
新・平家物語(四)

源氏と縁ふかい奥州藤原氏を頼り、打倒平家の思いを胸に、平泉に向う牛若。旅の途上、元服した牛若は九郎義経を名乗ることに……。

林和清著
日本の涙の名歌100選

叶わぬ恋、別れ、死、世の無常。今も万人の共感を呼ぶ、魂の叫びをとじこめた、万葉集から現代までの心洗われる名歌とその解説。

佐藤優著
外務省に告ぐ

北方領土問題を後退させ、中国の海洋進出を許し、失策と敗北を重ねた日本外交を著者しか知らぬ現場最深部から斬る告発の書。

養老孟司著
大切なことは言葉にならない
養老孟司の大言論Ⅲ

地震も津波も生き死にも、すべて言葉ではない。大切なことはいつもそうなのだ。オススメ本リスト付き、「大言論」シリーズ最終巻。

よしもとばなな著
人生のこつあれこれ2013

お金好き、野心家、毒舌家。ひとの心の姿は私の目にはっきり見えます。悪い心に負けずに生きる方法をさずける、読む道しるべ。

待《ま》ち伏《ぶ》せ街《かい》道《どう》

蓬萊屋帳外控

新潮文庫　し－35－16

平成二十六年四月一日発行

著者　志《し》水《みず》辰《たつ》夫《お》

発行者　佐藤隆信

発行所　株式会社 新潮社

郵便番号　一六二―八七一一
東京都新宿区矢来町七一
電話 編集部(〇三)三二六六―五四四〇
　　 読者係(〇三)三二六六―五一一一
http://www.shinchosha.co.jp

価格はカバーに表示してあります。

乱丁・落丁本は、ご面倒ですが小社読者係宛ご送付ください。送料小社負担にてお取替えいたします。

印刷・大日本印刷株式会社　製本・株式会社大進堂

ISBN978-4-10-134526-0 C0193